文學論

최남선 한국학 총서 13

문학론

최남선 지음

문성환 옮김

景仁文化社

• 목 차 •

제2부 조선 문학과 일본

일러두기

본 총서는 각 단행본의 특징에 맞추어 구성되었으나, 총서 전체의 일관성을 위해 다음 사항은 통일하였다.

1. 한문 원문은 모두 번역하여 실었다. 이 경우 번역문만 싣고 그 출전을 제시하였다. 단, 의미 전달상 필요한 경우는 원문을 남겨 두었다.

2. 저자의 원주와 옮긴이의 주를 구분하였다. 저자 원주는 본문 중에 ( )와 ※로 표시하였고, 옮긴이 주석은 각주로 두었다.

3. ( )는 저자 원주, 한자 병기, 서력 병기에 한정했다. [ ]는 한자와 한글 음이 일치하지 않는 경우와 한자 조어를 풀면서 원래의 한자를 두어야 할 경우에 사용했다.

4. 맞춤법과 띄어쓰기는 『표준국어대사전』의 「한글맞춤법」에 따랐다. 다만 시문(詩文)의 경우는 운율과 시각적 효과를 고려하여 예외를 두었다.

5. 외래어 표기는 『표준국어대사전』의 「외래어표기법」에 따랐다. 「외래어 표기법」의 기본 원칙은 현지음을 따른다는 것으로, 이에 의거하였다.

 1) 지명: 역사 지명은 우리 한자음으로, 현재 지명은 현지음에 따르는 것을 원칙으로 하였다.

 2) 인명: 중국은 신해혁명을 기준으로 이전의 인명은 우리 한자음으로, 이후의 것은 현지음으로 표기하였고, 일본은 시대에 관계없이 모두 현지음으로 바꾸는 것을 원칙으로 하였다.

6. 원래의 글은 간지 · 왕력 · 연호가 병기되고 여기에 일본 · 중국의 왕력 · 연호가 부기되었으나, 현재 우리에게 익숙한 시간 정보 규준에 따라 서력을 병기하되 우리나라 왕력과 연호 중심으로 표기하였다. 다만, 문 맥상 필요한 경우에는 해당 국가의 왕력과 연호를 그대로 두었다.

제1부
조선 문학의 기원과 전통

조선 국민 문학으로의 시조

날씨가 아무리 사나워도 쌀쌀한 그 속에 잔뜩 알배어 있는 것은 봄의 생명력이었다. 속으로 자라다 못해 꾸역꾸역 겉으로 거룩한 힘이 비어져 나올 때에, 땅 위에는 벌레들이 지난해의 발자국을 찾고, 약속받은 개나리나무에는 황금 괴불이 벌써부터 조랑조랑 하였다. 어제까지 파르스름한 냄새만 피우던 풀싹들이 하룻밤 사이에 손가락 마디만큼 고개를 쳐들었음에 자던 눈이 한꺼번에 번쩍 뜨이지 않을 수 없다.

새벽같이 서재인 일람각(一覽閣) 앞뜰로 나선 나는 단지 하룻밤 사이에 딴 세계처럼 짙어진 봄기운·봄빛을 보며 숨겨놓고 쓰는 조물주의 더 큰 힘에 새삼스러이 가슴이 울렁거렸다. 소금더미 같던 그 많은 눈들과 유리장판 같던 그 많은 얼음들은 다 어디로 갔는가. 인왕산 저편에서부터 쏜살같이 달려들어서는 참고용 책을 찾아 서재를 들락거리던 내 뺨을 인정사정없이 떼어가던 그 서북풍이 이제는 다 어디로 들어갔는가. 아직도 차다면 찬바람이지만, 저도 하는 수 없는지 쌀쌀한 그대로 훗훗한 봄을 나무마다 풀잎마다

---

* 이 글은 1926년 『조선문단』 5월호에 발표되었다.

가져다준다. 이로써 눌렸던 생명력은 불길같이 타오르게 되었다.

봄은 조선의 동산에도, 조선심(朝鮮心)의 오래된 나무에도 돌아왔다. 오랫동안 눈곱 끼었던 조선인의 눈이 차츰차츰 무엇을 바로 보게 되고, 남의 거울에 비친 자기 그림자를 보게 되고, 그리하여 버렸던 자기를 다시 찾으며 몰랐던 자기의 새 정신을 차리게 되었다. 봄의 큰 불은 겨울에게 지질렸던 온갖 것들을 모조리 녹이고 말겠다는 기세다. 땡땡한 얼음에 눌렸던 조선심도 본래 자기가 가지고 있던 힘을 발휘하여 묵은 것들의 원숙함과 새로운 것의 진취성으로 영원한 젊은 기운을 보이기 비롯하였다.

터질 듯한 마음은 먼저 '말'에게 하소연을 하고, 말은 그 주체하지 못하는 울결(鬱結)을 음절의 조리로 건지고자 하니, 시(詩)의 이치는 여기에서 발흥하였다. 북방 국가의 푸새가 봄과 여름을 한데 맞이하듯, 조선심이라는 언 땅은 녹으면서 시의 홍수로 예술계 전체를 휩쓸었다. 하지만 너도나도 짓는 시는 동시에 그것이 시인지 아닌지조차 알 수 없는 허다한 검불을 만들어 내었다. 이 얼마나 굉장한 시적 열풍인가! 그러나 이 얼마나 괴상한 시의 재앙이란 말인가!

모처럼 봄을 즐기려고 고개를 내미는 조선 정조(情調)의 싹도 이래서는 떡잎에서부터 말라버리지 않을 것을 누가 담보할 것인가. 아니 설사 그대로 펼쳐낸다 해도 그것이 엎드려 코를 들이대며 맡을 만한 향기가 아니라 코를 싸매고 달아날 만큼 악취라면 그 노릇을 어찌할 것인가 하여 마음 있는 이의 눈썹이 퍽 찡그려지던 일이었다. 그러나 조선인이 시를 요구하는 것은 장난이나 소견으로서가 아니라, 실로 가슴을 메어뜨리려 하는 신음 소리를, 견디다 견디다 못한 애끓는 소리를 굴려 내며 삭여 없애려 하는, 말리려 해도 말릴 수 없는 욕구에서 나온 것이다. 그 아픈 마음을 바로 뒤집어 보이는 무슨 길을 얻지 않고서는 그만둘 수 없는 깊은 사정에 끌려 있는 것이다.

　턱 없이 뛰기 전에 튼튼히 걷기부터 해야 할 것을 정신 차리지 않을 수 없고, 황새 같은 남을 따르기 전에 뱁새 같은 내 자신부터 돌아보는 일에 생각을 갖지 않을 수 없다. 우리 집이 목조인지 석축인지, 집터가 모래흙 위에 있는 건지 암석 위에 있는 건지 굴러 보아야 할 것에 요량이 미치지 않을 수 없는 때가 된 것이다. 자기 스스로를 모르고, 자기 스스로에 터 잡지 않고, 자기 스스로와 상응하지 않는 시심(詩心)·시태(詩態)란 결국 개구리밥 같은 것, 아지랭이 같은 것, 아니 허수아비 같은 것임을 알게 되었다. 남만 보고 허덕거리던 눈이 한 번 자기 자신에게로 돌이켜 비춰질 때면 다른 무엇보다도 먼저 자기 발밑과 자기 벽장(壁欌) 속에서 검토해야 할 매우 절박한 무엇이 있음을 깨닫지 않을 수 없었다.

　내던졌던 부시쌈지 속에는 "나를 좀 보아 줘야지"라고 말하는 듯한 시조(時調)가 이쪽에서 새로 주의를 기울여주기를 기다리고 있었다. 그것은 마치 별것이나 찾아낸 것처럼 시조 시조 하는 문단에 새 메아리를 일으켰다. 시조를 찾은 것이 신기할 것 없는 것처럼, 시조를 내세우는 것이 반드시 큰일, 끔찍한 일은 아니겠지마는, 이만큼 제 정신을 차린 것, 제 본질을 검토하려 하게 된 것, 근본 있는 자기로부터 튼튼히 출발하겠다는 것만은 아닌 게 아니라 주의할 일, 감탄할 일이 아닐 수 없다.

　문학으로서의 시조, 시(詩)로서의 시조는 과연 얼마만한 가치를 가진 것일까. 시조라는 그릇이 담을 수 있는 전체 용량과 나타낼 수 있는 전체 국면은 과연 얼마나 될 것인가. 거대 화산(火山) 같은 우리네 마음의 기미와 거대 해조(海潮) 같은 우리네 마음의 소용돌이들을 표백하기에 얼마만한 푼더분함과 탄탄함과 맛깔스러움 등을 가졌는가. 이것은 물론 다 미지수, 아니 의심스럽다 하는 것이 도리어 정직할는지 모른다. 이것을 벌려서 『신곡(神曲)』을 이룬다든지, 이것을 늘여서 『파우스트』를 짓는다든지, 여기에 웅장하고 곱고 묵직하고 넓은 무엇이거나 혹은 기만적이고 기이하고 요상하고 변화무쌍한 무엇인가를 수미산처럼 담는 일 같은 것은 여간한 변통을 더하지 않고는 아마 바라기 어려울 것이다.

그러나 어떠한 문학의 형식이든지 다 제 분수만한 의의와 가치가 있는 법이며, 또한 그것은 어느 한 민족의 독특한 형식으로서 그 민족의 독특한 감정과 뜻을 담아내기에 최적화된 태생 및 발달의 내력을 갖는다. 그리하여 다른 데서는 볼 수 없는 독특한 종류의 맛과 멋을 품는다면 그런 대로 정돈된 내포와 외연을 가지고 인간 생활의 어느 한 리듬과 인간의 정감을 어느 한 부분 조리 있게 문자로 번역해 내고 또 재현해 내는 방법이 되어서 인류 전체의 시 왕국에서 비록 규모는 작아도 '베들레헴' 같은 한 고을이 된다면, 그것은 전체 인류에게 그리고 전체 문화적으로 깊고 미세한 의의와 가치를 가질 것이 틀림없다.

시조가 시의 형식으로 인류 보편의 정감이나 생각 등을 운율 있게 표현한 최선의 방법이라든가, 혹은 지극히 기묘하다는 식으로는 물론 말할 수 없을 것이다. 무엇에든지 절대선이 있지 아니한 것처럼, 시적 절대가 시조에 있을 이유는 본래부터 전혀 없을 것이다. 그러나 줄잡아도 시조가 인류의 시적 충동이나 예술적 울분 등을 유연하게 드러내고 펼치게 하는 주요한 범주의 하나이며, 그 시적 본체가 조선의 국토 · 조선 사람 · 조선의 마음 · 조선의 말 · 조선의 음률 등을 통해 표현하는 필연적인 일대 양식이어서, 세계의 온갖 계통과 조류에서 나온 문화 · 예술이 흘러서 흘러서 조선이란 체로 들어갔다가 걸러져 나온 하나의 정채로운 엑기스인 것은 누구라도 앙탈부릴 수 없는 일일 것이다.

또한 시조는 본질에 있어서 일정한 공로와 효과를 가지고 있다는 것, 설혹 아직까지는 충분한 발전을 펼쳐 보이지는 못하였을지라도 앞으로 더욱 많은 장래성이 그 속에 간직된 채 품어져 있다는 것, 시조가 가진 풍부한 장래성은 삼세(三世)·육도(六塗)·구식(九識)·팔고(八苦)[1]의 쓰디쓴 맛을 하소연하려는 우리들이 특별한 매혹을 가지게 되는 점이라는 것, 그리고 아직 다듬지 않은 채 질박한 원석 그대로 있기에 앞으로 우리가 희망하는 대로 정련된 금과 아름다운 옥이 될 여지가 충분하다는 사실 등등은 누구라도 생각해 보면 이를 수 있을 것이다.

하물며 이것이 조선 민족의 독특한 생산물의 하나로 세계 예술원에서 뺄 수 없는 핵심 요소의 하나요, 또 시조에는 시조 특유의 시경(詩境)과 시맥(詩脈)과 시체(詩體) 및 시용(詩用) 등이 있어 영원토록 감상할 만한 가치를 본래부터 그 속에 충분히 갖추고 있으니 무슨 말이 더 필요하랴. 더 짧아도 못쓰고, 더 길어도 못쓰고, 더 드러내도 못쓰고 더 으늑히 감추어도 못쓸, 시(詩)의 어떤 신비함이 분명히 시조 안에 들어 있으니 더 무엇이 필요하랴. 시조도 인류 문화의 노리개로 자랑할 만한 창조물의 하나임에랴.

시조는 조선인의 손으로 인류의 운율계에 제출된 시 형식의 하나다. 조선의 풍토와 조선인의 성정이 음조(音調)를 빌어 소용돌이치는 일대 형상(形相)을 구현한 것이다. 음파(音波) 위에 던져진 조

---

1 삼세(三世)는 과거·현재·미래를 말한다. 육도(六塗)는 문맥상 육도(六道)와 같은 말로, 육도(六道)란 일체 중생들이 선악의 업으로 인해 필연적으로 이르게 되는 지옥·아귀·축생(畜生)·수라(修羅)·인간·천상 등의 여섯 경계를 말한다. 구식(九識)은 불교에서 말하는 아홉 가지 인식 작용으로 눈·귀·코·혀·몸·의식의 6식에 말나식(末那識)·아뢰야식(阿賴耶識)·아마라식(阿摩羅識)을 더한 것이다. 팔고(八苦)는 중생들이 받는 8가지 고통으로, 보통 네 가지로 말하는 4고(四苦) 즉 생·노·병·사에 더하여 사랑하는 자와 이별하는 고통인 애별리고(愛別離苦), 원수와 만나는 고통인 원증회고(怨憎會苦), 구하여도 얻지 못하는 고통인 구부득고(求不得苦), 그리고 오온(五蘊) 즉 나를 구성하고 있는 색(色)·수(受)·상(想)·행(行)·식(識)의 다섯 가지 요소가 너무 치성(熾盛)한 고통인 오온성고(五蘊盛苦)를 더하여 8고라 한다.

선이라는 자의식의 그림자이다. 어떻게 하면 자기 자신 그대로를 가락 있는 말로 그려낼까 하여 조선인이 오랜 동안 여러 가지로 애를 쓰면서 오늘날까지 도달한 막다른 골이다. 조선심의 방사성(放射性)과 조선어의 섬유 조직이 가장 밀도 높은 압축 상태로 표현된 '공든 탑'이다.

타인으로서 우리를 알려 할 때 가장 요긴한 재료의 하나임은 물론, 우리 자신으로 하여금 우리를 관조하고 맛보고 체험하게 하는 상황으로도 시조는 아직까지 유일한 그리고 최고의 기준일 것이다. 다른 것으로도 그렇지만 특히 예술적인 면에서, 더욱이 시로서도 그렇지 않을 수 없는 것이다. 왜 그러냐 하면 조선은 문학의 소재에 있어서 다른 어느 것에 비해서도 부족하지 아니하며, 또 그것이 포태(胞胎)로 어느 정도 만큼의 발육을 이룬 것도 사실이지만, 대체적으로 문학적 성인(成人)이라거나 성립 문학·완성 문학의 국가라 또는 그러한 국민이라고 하기는 어렵기 때문이다.

조선이 상당한 문학국, 예컨대 민족의 독자적인 문학 전당을 만들어 가진 국가라고 하려면 먼저 문학, 즉 민족 문학이란 것에 특수한 정의를 하나 만들어 가지고 덤빌 필요가 있다. 소설로든 혹은 희곡으로든 도무지 아직 발생기(내지 발육기)에 있다 할 것이지, 이것이오 하고 내어 놓은 완성품은 거의 없다고 할 수밖에 없는 게 섭섭하지만 사실이다. 그중 오직 한 가지, 시에서 형식·내용·용법·용도 등에서 상당한 발달과 성립을 가진 한 가지가 있으니 이것이 시조다.

시조가 조선에 있는 유일한 성립 문학임을 생각할 때에, 시조에 대한 우리의 친밀한 사랑은 그 깊이와 두터움에 있어 조금도 더 보탤 게 없을 정도다. 오천 년인지 만 년인지 모르는 오랜 민족 생활이 갈아내고 광내어 놓은 유일한 구슬임을 생각하면 그것이 캄캄한 돌의 거친 덩어리일지언정 그 임자에게는 끔찍이 귀한 일물(一

物)이 아닐 수 없겠거늘, 그렇지 않고 그것이 목에 두르는 고리에라도 꿸 만하고, 귀고리에 달린 구슬에라도 들일 만한 것이라면, 그 사랑스러움이 또 얼마나 대단하겠는가. 시조는 실로 조선에서 구조(句調) · 음절(音節) · 단락(段落) · 체제(體制) 등의 방면에서 정형(定型)을 가진 유일한 성형(成形) 문학이다.

아닌 게 아니라 시조는 사상을 담아내는 차원과 음률을 표현해 내는 차원에서 쾌활하면서도 순탄하고, 유장하면서도 우아한 조선 정조(情操)의 특질을 용하게 짜 낸 한 필의 비단이다. 말로, 조(調)로, 또 가락으로 다 그곳의 자연과 인정을 아울러 착 달라붙게 터럭 하나 들이 낄 틈 없이 흠싹 표현되기를 조선의 시조 같은 것은 세계 시단에서 많이 볼 수 없으리라고 할 만하다.

또 한편으로는 조선인의 민족 생활, 예컨대 그 사상적 생활의 발자국을 남겨 가진 것으로 조선에서 시조 외에 다시 만나보기가 어려운데, 이 시조라는 보물 창고에는 능히 천여 년간 계속된 보물 같은 약간의 걸작들이 간직되어 있으니, 그 전무후무한 일물을 창작하는 일은 조선 생활의 중요한 연원 하나를 알려주는 일이므로 그 앞에 많은 감사를 드려야 할 일일 것이다.

예술적으로는 더 말할 것도 없거니와, 그 나머지에 해당하는 문화적 · 사회적 · 역사적 의의로만 따져보아도 조선의 아득한 근원으로부터 발생하여 오늘날까지도 가늘게 혹은 거침없이 흘러내리는 정신 생활의 유일한 흐름인 이 시조에 대하여 상당한 경의와 이해, 아울러 그 장래를 북돋우는 성의와 노력을 갖지 않을 수 없을 것이다. 그렇다, 시조는 '도랑'이라고나 할 것, '개울'이라고나 할 것, 한 줄기 계곡물의 흐름이라고나 할 것인지도 모른다. 구태여 해와 달이 출몰하고 세상천지를 적실 만한 큰 바다라고는 아니할 일이다. 하지만 귀여운, 거룩한, 잊으려야 잊을 수 없는 조선심의 원천이 오직 여기에서 흐르고, 이러나 저러나 간에 일찍이 '네가 곧

나'인 조상(祖上)이란 이들의 생활, 곧 현재 내 생활의 과거상의 단면인 그것이 고요하고 점잖은 고불(古佛) 같은 그림자를 이곳 시조 속에서만 비치어 있음을 생각하면 계곡물이라고 하여 그리 가볍게 볼 것이겠는가.

또 천광(天光)과 운영(雲影) 무엇이 그 신비함을 여기 담지 아니하고, 춘화(春花)와 추월(秋月) 무엇이 그 미묘함을 여기 담그지 아니할까. 계곡의 물이 웬만하다면 천하의 물이 그 끝은 바다요, 시작이 반이요 실상은 두루두루 막힘없이 통해있는 것이라 하면, 계곡물 그대로인들 왜 바다만큼 크다고 못할까. 이런 의미에서 시조의 시적 크기를 감상하고 평가하는 일은 시조 임자인 조선인의 특권이기도 하고 의무이기도 할 것이다.

세상에는 문학만큼 그리고 시만큼 세계성(보편성)을 가진 것이 없으며, 또 동시에 그만큼 향토성(특수성)을 가진 것도 없다. 천지자연과 인간의 삶 사이의 뒤엉킴, 외적 환경과 내적 감정 사이의 감응 등이 문학(또한 시)의 기반이 되는 바, 서로 다른 자연적 조건 및 사회적 과정이 서로 다른 인정의 맛과 멋을 담은 각각의 문학을 만들어내는 것은 당연한 일이라 할 것이다. 다르지 않다면 오히려 괴변(怪變)이고 낭패일 것이다. 온갖 예술 내지 문화는 그 본래적인 요구에서나 필연적인 행태나 형상 등에서 분화 · 변화 · 진화 내지 문화를 취하는 것이니, 이러한 각각의 차이, 이와 같은 개별성이야말로 큰 통일과 조화의 전제가 되고 계기가 되는 것이다.

인생이든 문화든 혹은 세상의 온갖 법칙들 전부가 단조(單調)를 모면하고, 정체(停滯)를 벗어나고, 빈약함과 평범함을 넘어 온갖 소리와 음향 · 색채 · 향기와 맛 · 감정의 가락 등으로써 능히 일체의 요구에 응하여 궁핍해지지 않는 것은, 진실로 이 특수함과 개별적인 차이를 그 본질로 삼았기 때문이다. 부분을 떠난 전체가 있을 수 없는 것처럼, 지방을 따로 떼내어 놓은 세계가 있을 수 없는 것처럼, 향토성을 배척하고 제거하는 인류적인 예술이란 있을 수 없다. 향토성이 문학의 전체 성질·전체 면모는 아니겠지만, 그 중요한 한 요소이자 떼어낼 수 없는 근본 요소임은 말할 것도 없는 사실인 것이다.

가령 시로 말할지라도 그 형식에서, 그 맛스러움과 멋스러움에서, 그 표현되는 태도·조건·과정에서, 그 물적이고 형태적으로 기대고 있는 곳에서 능히 각 지방·각 민족·각 집단의 본질·특질을 따로따로 표현하여 각각 서로 다른 꽃을 피워내야만 그것이 한데로 통섭(統攝)되고 총람(總攬)되는 곳에 온갖 꽃이 요란하게 얽히고설키는 세계 예술의 화원, 즉 세계적인 일대 예술 전당이 출현할 것은 자명한 이치이다. 막연히 세계를 말하고 인류를 말하고 또 짐짓 자기만을 야멸치게 잊어버리고 자기만을 알뜰하게 내어 던짐은 다른 아무것에서와 한가지로, 아니 다른 아무것에서보다도 더욱더 예술에서는, 시에서는 특히 잘못하는 일이 아닐 수 없다. 예술처럼 진실 없는 거짓, 근거 없는 허무맹랑함, 내용 없는 경박함 등을 허락치 않는 것이 없기 때문이다.

조선의 시 그리고 조선인의 시는 아무것보다도 먼저, 무엇보다도 더 조선인의 사상·감정·고뇌·희망과 바람·미와 추·기쁨과 슬픔 등을 정직하게, 명백하게 영탄 상미한 것이라야 한다. 그런데 그 제일 조건, 근본 조건은 무엇으로든지 '조선스러움'이라야 할 것이다. 이러한 시라야 조선인의 생활 내용 및 생활상 수요품으로 의의와 가치가 있을 것이며, 나아가 세계 문학 및 세계시의 일부를 구성하는 점에서도, 세계가 본디부터 조선에게 요구하는 그것은 이러한 조선적인 시일 것이다.

돌산에서는 돌을 때리고, 나무숲에서는 나무를 베고, 강변에서는 모래를 퍼다가 한 집의 역사(役事)가 비로소 진행하고 성취하는 것이니, 돌만으로 혹은 나무만으로는 집이 될 수 없다. 돌 쓸 곳에

석비레이거나, 나무 쓸 곳에 검불이어서도 집은 되지 않는다. 세계라는 집, 그 예술의 전당을 짓는 대대적인 일이 조선에 대하여 찾는 것이 돌이라면 조선은 돌을 공급함으로써 거기 필요한 쓰임을 이루는 동시에 가치 있는 지위를 차지하게 될 것이다. 조선이 세계적인 무엇이 되는 것은 오직 하나 조선의 특성과 재능을 완전히 발휘하는 데 있음은 우리가 다른 모든 것에서 하던 말이거니와, 여기 문학에도 시에도 그것이 그러한 것임을 굳세게 다시 한 번 말하고 싶다.

조선인은 세계에서 조선이라는 부분을 맡은 사람이요, 조선이라는 광맥을 파내라고 배치된 사람이요, '조선'이라는 것에 표현되는 우주 의지의 섬광을 주의하여 붙잡을 의무를 짊어진 사람임은 문학에서도 시에서도 똑같을 따름이다. 조선인에게 태운 세계란 것은 요컨대 조선이라는 세계와 조선을 통해서의 세계니, 세계를 당기어다가 조선으로 접속해 들어가려하는 것이나 혹은 거꾸로 조선을 잡아 늘여서 세계로 몰입시키는 것이나 외형은 어떻든간에 실질로 말하면 조선인에게는 동일한 일의 양면일 따름이다.

지금 조선인의 폐허 수정 운동, 신천지 개벽 운동의 기조 혹은 지점이 될 것은 실로 이에 대한 명확한 의식이니, 문학(또 시)으로 말할지라도 '조선으로부터 세계로'라는 사상과 방법과 실행 실현이 그 알맹이가 아니면 안 될 것이다. 조선의 특색을 또렷하게 각출하고, 조선의 본성을 고스란히 도출하고, 조선의 실정을 날카롭게 묘출하되 조선 뼈다귀 혹은 조선 고갱이로 이룩한 시(詩)만이 우리가 세계에 내어놓을 뜻 있는 시요, 또한 세계가 우리에게 기다리는 값있는 시일 것이다.

그런데 여기에 대한 성찰과 깨우침과 준비와 노력 등등의 보잘 것 없음은 실로 신흥 문단에 대한 가장 큰 섭섭과 걱정일 것이니, 우리가 아직까지도 조선 신문단이 정당한 길을 잡지 못하였다고 보는 것은 요컨대 조선적으로는 한 걸음도 내어놓지 못하였음을 의미함이요, 그리하여 세계에 대한 자기 몫의 지위를 아직 바라보지도 못한 편으로서 걱정하는 것이다. 어떠한 건설 운동이라도 앞서는 것은 기반이 되는 토대요, 어떠한 토대 기반 공사라도 앞서는 것은 지반의 꼼꼼한 살핌이다. 그런데 조선 문학(또 시)의 지반을 꼼꼼히 살펴보면, 이론은 일단 그렇다 치고 어쨌든 실물적 고찰에 있어 유일하면서도 최고의 대상은 그래 시조 밖에 또 무엇이 있다 하랴.

우리가 반드시 시조만을 조선 문학의 극치라 하는 것은 물론 아니다. 다만 시조가 이제까지의 정수이며 우뚝하고 독보적인 조선 문학의 영광임을 사실대로 인식하여, 그전의 꼴이나 지금의 출발, 혹은 이 다음의 희망까지를 여기에서 한 번 응시하여야 하자는 것이다. 그리고 이것을 새로운 출발점으로 삼아서 얼마든지 앞으로 발전시키고 변화시키고 내지 탈화(脫化)하여 조선심의 소리됨에 가장 적절한 새 형식도 만들려니와, 그것이 이제까지의 조선 시들의 금자탑임을 생각하여 금자탑적 의의와 효용을 발휘도 하고, 또 그 본래의 사명을 완성하게도 할 것을 생각하고, 또 힘쓰자 함으로 남다른 정성을 가질 뿐이다.

조선 국민 문학(민족 문학)인 시조를 좀 더 밝은 데로 끌어내고, 힘 있게 만들고, 막다른 골에서 길을 터 주어 새로운 생명을 집어넣으려 하는 일에 남들과 같이 다소의 정열을 가질 뿐이다. 그리하여 문학이니 시니 우레같이 떠들어야, 조선아(朝鮮我)의 망각이 조선 유일의 문학적 금자탑인 시조의 폐척(廢擲)·무시(無視)에 남다른 섭섭을 가졌던 것처럼, 천운이 순환(循環)하여 난질만 하던 조선인의 자기 성찰 운동이 문학에서 시에서도 나타나서 쓰레기통에 넣었던 시조가 끄집혀 나오게 되었음에 유독 기뻐 날뛰며 춤추지 않을 수 없는 것이다.

시조 하나만이 조선의 예술계를 꾸민다거나 또는 조선인이 소유한 것 중 세계 시단에 기여할 유일한 물건인 것은 아니다. 시조는 그러한 여러 가지 것들 가운데 하나일 뿐이지만, 어떤 다른 것들보다 우선 내 동산이 거친 것을 걱정하는 것을 비롯해, 내 동산에서 태어난 토양과 품성에 적합한 꽃을 애호하겠다는 생각이 났다는 것만으로도 이미 조선이라는 신날[2]을 꼬아 세계라는 큰 세계로 나아간다는 것으로 한없이 든든한 생각을 가지게 함이 있다.

오래오래 몹쓸 추위에 눌려서 아주 죽어 없어졌나 했던 국민 문학의 귀여운 싹이 그래도 살아 있다가 봄이 온 것을 알고 봄 비음을 할 양으로 조금이라도 고개 쳐드는 것을 보면서, 봄이 온 바에는 그의 앞에 놀라운 생장과 꽃의 결실 있을 것을 믿지 않으려 해도 믿지 않을 수 없겠기에, 첫사랑 하는 이의 가슴 속 같은 울렁거림이 자는 듯한 심장을 흔든다. 괴테가 말하듯 '모든 국민의 소리가 점점 나타나오는 일대 악보(樂譜)'라는 세계 문학사에 시조라는 숨었던 음계와 박자도 이제는 참여할까 하니, 새로운 응시가 시조로 향하는 것은 막을 수가 없다.

> – 4월 8일, 일람각에서 쌀쌀한 바람에
> 훗훗하게 피어나오는 잔디 잎을 보면서

---

2 짚신이나 미투리 바닥에 세로 놓은 날. 네 가닥이나 여섯 가닥으로 하여 삼는다.

시조 태반으로서의 조선 민성과 민속

사상 경향을 통해 세계 인류를 살펴보면, 대개 두 종류로 나눌수가 있는데, 한 쪽이 내관적(內觀的), 즉 내적으로 성찰하는 인종이라면, 다른 한 쪽은 외선적(外宣的), 즉 외적으로 선양하는 인종이라할 것이다. 우주를 이념적으로 보아서 침묵하면서 생각하고, 정적을 관조하여 자기의 마음과 우주의 마음 사이의 거리를 한걸음 한걸음 접근하여 가는 가운데 이른바 깨닫는 기쁨과 참선의 즐거움을 감수하는 이들은 전자이니, 대표적으로 인도인을 들 수 있다. 그런가 하면 우주를 감정적으로 보아서 찬미하고 우러르며, 신앙하고 기꺼워하며 흠모하여 황홀한 심경으로 자기를 온통 그대로 믿음을 따라 대상에 고스란히 의탁하여 충족감과 평화로움을 얻는이들은 후자이니, 대표적으로 유태인을 들 수 있다.

내관적 인종은 철학적·사상적·변론 증명적인 측면으로 발전했고, 외선적 인종은 종교적·낙천적·찬송적인 측면으로 나아갔다. 따라서 전자가 산문적 경향을 띤다면, 후자는 시적 경향을 취하게 되었다. 같은 시에 대해 말하더라도 전자는 가만히 생각케 하는

---

* 이 글은 1926년 『조선문단』 6월호에 발표되었다.

시를 만드는 데 반해 후자는 소리 질러 부르는 시를 만들었다. 인도에도 시가 있고, 시 중심의 베다(Veda) 시대도 있었지만, 시대와 마찬가지로 이 색채가 점점 엷어 가다가 마침내 순연(純然)한 산문적 국민을 이루고 말았다. 유태에도 그 사상과 문학에 산문적 방면이 없는 것은 아니지만, 구약(舊約)과 신약(舊新) 두 시기를 통하여 한결같이 그 주축이 된 것은 시(詩)와 가요(歌謠)였다.

예술면에서 보자면, 전자가 주로 회화적(繪畵的)이고 상설적(像設的)인 데 반해 후자가 주로 음악적이고 규창적(叫唱的)인 점도 자연스런 약속 같았다. 그런데 우리 조선인은 속으로 속으로 마음을 파들어가는 쪽 사람이 아니라, 겉으로 겉으로 마음을 소리지르는 쪽 사람으로, 저 두 가지 중에서 보면 유태적인 쪽에 가까운 종족인 듯하다.

다시 음악의 발달면에서 세계의 인류를 살펴보면, 여기서도 인류가 양대 무리로 나뉘어져있음을 볼 수 있다. 주로 금석관현(金石管絃) 등의 진동을 빌어서 슬픔과 기쁨의 정조를 재현하는 기악적(器樂的) 인종이 하나인데, 이집트가 대표적이다. 이에 반해 주로 자신의 성대를 악기로 삼아 생각과 소릿가락을 같은 기관으로 표현하는 성악적 인종이 다른 하나인데, 유태와 아라비아 같은 곳이 대표적이다.

대체로 인류의 음악적 출발은 극히 원시적인 고대로부터 이어진 것이니, 이르기를 인류가 처음 만든 물건들과 함께 악기가 생겨나고 처음 말을 하는 것과 함께 가곡이 시작하였다고 할 정도로, 인류의 소리 생활은 두 가지 모두 다 오래고 또 보편적이어서 언제 어디든 기악·성악이 반드시 짝지어 있고 결코 그 하나만으로 홀아비·홀어미 놀음을 하는 일은 물론 없다.

하지만 그럼에도 불구하고 가만히 살펴보면 악기를 주로 하고 성대 사용이 그에 따르는 민족과 거꾸로 성대를 위주로 하고 악기

사용이 그에 따르는 민족으로 분류해 볼 수 있다. 전자가 곡절(曲節) 위주의 좀 더 물리적 발달의 길을 취하는 것에 반해 후자는 저작(咀嚼) 위주의 좀 더 심리적 발달의 길로 나아가니, 전자에는 저절로 가곡에 비해 악기가 더 일찍 더 많이 발달하게 되고, 후자는 그 반대였다. 전자가 소리를 듣는 것이라면 후자는 소리를 하는 이라 할 것이니, 더 좀 두드러지게 말하면 전자는 손으로 소리하는 것이요, 후자는 목청으로 소리하는 이라 할 것이다. 그런데 우리 조선인은 장단으로 노래를 하는 인종이 아니라, 노래로 장단치는 인종이어서 저 두 무리 중 아라비아 계열인 후자에 해당하는 종족이었다.

물론 조선인의 음악 생활도 남들처럼 그 생활의 가장 첫 번째 사실로부터 기원하는 것으로, 곡조에 의하는 의사 발표 방법은 극히 오랜 옛날로부터 존재하였음은 두말할 것 없다. 진작부터 악기도 있었고 가곡도 있어서 두 가지가 혹은 단독으로 혹은 제휴하여서 그 향상의 길을 진행하였다. 그러나 그들은 '노래'를 주로 하는 미(美)의 향락자였으며, '노래'를 통해 우주를 감각하는 자들이었다. 일체의 예술적 욕구를 다만 '노래' 한 가지에서 만족할 기회를 만들고자 했고, 그리하여 그것을 얻은 자들이었다. 이것은 그들이 품어 지니고 있던 우주관과 인생관으로부터 나온 당연한 귀결이요, 생활 경험의 최고 통일 원리에서 나온 당연한 현상이었다.

대체로 조선인은 언젠지 모를 아득한 옛날에 이미 '한우님'이라는 통일 원리를 붙들고, 일체를 여기에 맡겨 믿고 따르는 생활을 해왔는데, 이 비교적 단순한 기초 위에 있는 편안한 마음은 자신들도 알지 못하는 사이에 그네들로 하여금 천박하다 할 만한 낙천적 경향을 갖도록 하였다. '한우님'을 믿고 기대고 우러러 뵈오면서, 몸은 깨끗하고, 마음은 맑아서 한 점의 흐림이 없는 생활을 살겠다는 것이 그네들의 유일한 바라는 점이요, 또 그 생활 노력의 전부였다. '한우님' 하나에서 온통으로 우주심을 붙들어서 온갖 공포와 갈등에서 해방되고, 가을 물·가을 하늘처럼 밑바닥까지 들여다보이는 심경을 가진 그네에게는 오뇌(懊惱)와 비통, 침통함과 장엄 화려함 등은 다 관계없는 것일 수밖에 없었다.

그네들에게는 공작 같은 아름다운 깃털도 없었고 독수리 같은 사나운 부리나 발톱도 없었으며, 대붕(大鵬)의 웅대함이나 가릉빈가(迦陵頻伽)의 미묘(美妙)함도 대체로 없었다. 하지만 새로 넘쳐 나오는 천지양화(天地陽和)의 기운을 혼자 맡아 가진 듯한 청공(靑空)의 종달새처럼, 팔딱거림과 종잘거림일망정, 그것은 과연 넘치는 즐거움의 격정적인 급류였고, 북받치는 기쁨의 분천(噴泉)의 주인임이 옛날의 조선인이었다. 섬유(纖維)마다와 골절(骨節)마다에서 소옴소옴 솟아나오는 생명의 속살거림을 다물다 못해서 터뜨리는 것이 작게 군세고 어푸수수한 채 아름다운 노래가 되어서 끊일 새 없는 운율의 흐름으로써 그네의 혀와 입술을 축였었다. 이래서 고대의 조선인은 무엇보다 노래의 국민이라는 것이 가장 적절함을 깨닫게 하였다. 그네들의 청정한 심정은 아무것에서보다 그 순박한 '노래' 생활을 통해 표상되고 있음을 본다.

과연 조선인은 노래부르기(소리하기) 좋아하는 국민이요, 또 민족이었다. "노는 입에 염불"이란 말은 물론 불교가 들어온 이후에야 생긴 말이겠지만, 무엇이든지 옮겨서 입을 놀리지 말자, 이왕이면 우리의 임자이신 '한우님'을 찬송하자 하는 것은 이미 오래전부터 그네들의 한 생활상이었다. 입이라는 것은 노래하라고 가진 기관이요, 노래라는 것은 '한우님'을 기리라고 생긴 것이라는 게 그네들의 믿는 바인 듯하였다. 우리는 이것을 기록으로 혹은 사실을 통하여 아주 환하게 살펴 알 수 있다. 고대 조선의 생활상을 실제적으로 고찰할 기록은 『삼국지(三國志)』로써 최고를 삼는데, 거기에서 일러주는 바를 들어보자.

부여는 "밤낮으로 길을 가면서, 어른 아이 할 것 없이 모두 노래를 부르는데 종일 노래 소리가 끊이지 않았다." 하고, 고구려는 "그 백성이 노래와 춤을 좋아하여 나라의 읍락에서는 한밤중에 남녀가 무리지어 모여 서로 노래하며 논다."고 하였다. 옥저와 예에는 이에 관한 명문(明文)이 없지마는 법속(法俗)이 고구려와 같다 하였고, 마한은 난밭에서 일할 때에 "종일 떠들썩하게 일을 한다."한다 하고, 변한은 "풍속에 음주가무를 좋아한다."라 하여 평상시에도 가무를 즐김은 거의 남북을 관통하는 진역(震域) 대동(大同)의 풍속인 듯하다. 저 『후한서(後漢書)』가 그 동이전(東夷傳)의 총서(總叙)에서, "동이는 모두 토박이로 음주가무를 좋아한다."라고 일괄하여 설명한 것도 진실로 이유가 없지 않다.

이때에 이네들의 부른 노래가 어떠한 성질의 것이며, 얼마만한 정도의 것이며, 얼마나 되는 종류의 것인지는 물론 돌이켜 자세히 살펴볼 도리가 없지만 사설은 이럭저럭 없어지기도 하고, 또 한(漢)나라 땅의 문자와 사상이 들어온 뒤에는 그것에 부대껴 일긋얄긋 흐지부지하고 말기도 하였겠지마는, 그 곡조와 음절만은 필시 그 강인한 생명력을 지금 우리 규창(叫唱) 속으로 전해 내려왔을 것이니, 오늘날까지도 남중(南中)에서 심상(尋常)한 농요(農謠)로 큰 민속적 생명을 가지는 「산유화(山有花)」가 실상은 백제의 옛 가락이라 하는 것처럼, 우리가 지금 내력도 모르고 옮기는 소리와 넘기는 가락 중에는 그 배후에 수천 년의 오랜 전통을 가진 것이 물론 허다히 있을 것이다.

어느 나라의 음악(歌謠·舞曲)이든지 그 기원과 발달은 종교적 동기에 크게 힘입는 것처럼, 조선의 그것도 또한 종교의 자매(姉妹) 형태로, 아니 도리어 부속물처럼 생기기도 하고 자라기도 하였다. 그런데 특히 고조선의 문화는 종교 중심이었고, 고조선인의 생활은 제사 중심이었다. 정치나 속상(俗尙)이나 문학이나 예술이나, 무엇이든지 그 존재와 발전은 한결같이 제사 의식을 중심에 두었다. 종교라는 것이 원체 신령한 힘에 대한 제사를 표현으로 하는 것이 거니와, 신에 대하여 사람들이 우러러 감탄하고 갈구하여 바라는 지극한 정을 표현하는 본위적 방법은 다름 아닌 음악이었다. 공포를 느끼며 그 분노한 기운을 끄는 것도 노래와 춤으로 하였고, 존경하고 사모하여 그 환심을 사려는 것도 노래와 춤으로 하였으며, 신통력에 도움 받고 신을 섬기는 일을 실행하는 표적도 노래와 춤이었다.

조선에서 신을 섬기는 일로 말할지라도 '공수'니 '푸념'이니 '사설'이니 '말명'이니 하는 등등은 요하건대 모두 '노랫가락'의 일종이다. '노랫가락'이란 것은 당초부터 신을 기껍게 하려는 필요에 의해 만들어진 것으로 철두철미하게 종교적 성질의 것이었다. 우리들이 일정한 때도 없이 이것저것 노래 부르는 것도 본래 의의로 말하면 종교적 행사의 일부를 떼어다가 장난 비스름히 흉내 내는 것에 지나지 않는다. 이렇듯 음악 특히 가곡과 종교는 지극히 긴밀한 상관성이 있으니, 제사 중심의 고조선이 '노래'로써 그 문화의 최대 장식을 삼았고, 또한 고조선인이 '노래'로써 생활의 최대 윤택을 삼았음이 이유 있음을 알 것이다.

무슨 큰일이 있다 해도, 고조선의 사회나 개인에게 제사 이상의 일은 있을 리 없었다. 집집마다 있는 일반적인 제사 행위는 그만두고라도, 어떠한 부족이든 혹은 나라이든 일 년에 한 차례 '한우님'을 향한 큰 제사가 있어서 정치 · 경제 이하 온갖 사회적 기능이 모두 여기 예속되었다. 이것은 마치 문화적인 측면에서 최고 봉우리 같은 것이어서 일 년 전체를 준비하여 이 정상에 올랐다가 다음 해에 다시 봉우리에 오르기 위해 내려오기를 한 해 또 한 해 되풀이하는 셈이었다.

이 제천(祭天) 대회야말로 참으로 국민적인 최대 경축절의 의미를 가져서 상하 국민과 온갖가지 풍습·교화 등이 묵은 때를 씻는 목욕통도 되고, 새 용기를 길러내는 샘도 되고, 창조의 원동력도 되고, 유행의 근원처도 되었다. 음악은 물론 이 대회의 중심 사실이요, '노래'는 또 그 정수였다. '노래'라는 말부터가 자기의 생각을 늘여다가 신의 마음속 깊은 곳에 넣는 것을 의미하는 것이니, 그 속에 기원(祈願)·기도(祈禱)·환오(歡娛), 유락(遊樂) 등의 종속적인 의미를 갖는 것은 다 제사 본위로 생긴 말이기 때문이었다. 그네들의 제사 행위가 얼마나 중대한 의미와 융성한 규모로 거행되는가 하는 점은 우선 『삼국지』의 글로 넉넉히 짐작할 수 있다.

• 부여
은나라의 정월(正月)[1]에 하늘에 제사지내는 국중 대회(國中大會)는 며칠 동안 계속 먹고 마시며 노래하고 춤을 추는데, '영고(迎鼓)'라고 한다. 이때에는 형옥(刑獄)을 멈추고 죄수를 풀어준다.

• 고구려
10월에 하늘에 제사지내는 국중 대회를 '동맹(東盟)'이라 한다. …그 나라 동쪽에는 동굴이 있는데 '대혈(隊穴)'이라고 한다. 10월 국중 대회에서는 대신(隊神)을 맞이하여 나라의 동쪽으로 돌아와 제사지내며 신좌(神坐)에 목대(木隊)를 둔다(「후한서」에는, '10월에 하늘에 제사지내는 대회를 동맹이라 한다. 그 나라 동쪽에는 큰 동굴이 있는데 대신(隊神)이라 한다. 또한 10월에 맞이하여 제사지낸다.'라고 하였다).

옥저에 관해서는 밝혀놓은 글이 없지만 풍속과 법식이 고구려와 크게 같다고 했으니 어떠한 형식으로든 큰 제사가 거기에도 마땅

---

1 은나라 정월은 현재로는 음력 12월이다.

히 있었을 것이다.

• 예(濊)

항상 10월의 절일(節日)에 하늘에 제사지내고, 밤낮으로 술을 마시고 노래를 부르며 춤을 추는데, '무천(舞天)'이라고 한다.

• 마한

항상 5월에 파종이 끝나면 귀신에 제사지내고 무리지어 모여 노래를 부르고 춤추며 술을 마시는데 밤낮으로 쉬지 않는다. 그 춤은 수십 명이 모두 일어나 서로 따르며, 땅을 밟고 (몸을) 낮추었다 높였다 하고, 손과 발은 서로 응한다. 가락은 탁무(鐸舞)와 비슷한 데가 있다. 10월에 농사가 끝나면 또한 다시 이것과 같이 한다.

진한 · 변한에 관해서도 밝혀놓은 글은 없지만 대개 마한과 흡사했으리라 짐작할 수 있다. 이러한 유풍(遺風)을 전승한 것으로 볼 수 있는 것이 신라와 고려의 팔관회(八關會)이다.

태조 원년(918) 11월에 유사(有司)가 말하길, "전의 임금은 해마다 중동(仲冬; 음력 11월)에 팔관회를 크게 열어 복을 빌었으니, 그 제도를 따르시기 바랍니다."라고 하니, 왕이 따랐다. 마침내 구정(毬庭)에 윤등(輪燈)[2] 1좌(座)를 설치하고 사방에 향등(香燈)을 늘어놓았다. 또 2개의 채붕(綵棚)[3]을 매는데, 각각의 높이는 5장(丈) 남짓이다. 그 앞에서 온갖 놀이와 노래와 춤을 드리는데, 사선악부(四仙樂部)[4]와 용 · 봉황 · 코끼리 · 말

---

2 불전(佛前)의 좌우에 매달고 불을 켜는 전등 기구. 수레바퀴 모양과 같이 둥글어 배등(輩燈)이라고도 한다.
3 나라에 경사가 있거나 중국의 사신을 맞이할 때 노래와 춤 따위를 베풀기 위하여 갖가지 채색으로 아름답게 꾸민 무대를 말한다.

· 수레 · 배 등은 모두 신라의 고사(故事)이다. 백관(百官)은 도포를 입고 홀을 들고서 예를 행하니, 구경하는 사람들이 도성으로 다투어 나왔다. 왕은 위봉루(威鳳樓)에서 구경하였다. 해마다 상례(常例)로 삼았다(『고려사』 악지).

한편 『고려사』에는 '중동팔관회의(仲冬八關會儀)'라는 글귀도 있으니, 이를 통해 팔관회의 절차가 얼마나 성대했는지, 그리고 그것이 여전히 가무(歌舞) 중심의 국민적 일대 회합이었음을 알 수 있다. 큰 틀에서 그리스의 '올림푸스'와 로마의 '바카스'와 비슷하고 한층 더 광범위한 옛 의미를 가진 것이 고대 조선 각 나라들의 제천 대회였다. 특히 음곡(音曲) 중심인 점에서 그러한 것이니, 조선의 '노래'는 실로 이와 같은 기름진 땅에서 싹이 나고 이와 같은 따뜻한 비에 살이 쪄서, 오랜 동안의 생장을 이룬 것이었다.

조선의 음악이 어떻게 출발하여 어떻게 진행되어 왔는지는 이러한 본질을 통해 대강 짐작하게 되었을 것이다. 첫째 그 본래의 쓰임이 신 앞에서 사람의 뜻을 베푸는데 있은즉, 저절로 악기 중심이 아니라 음성 중심의 음악일 밖에 없었으며, 또한 '사설(辭說)' 본위의 가요일 수밖에 없었다('고', '거문고', '가야고' 등의 독특하다 할 악기와, 우륵 · 옥보고 등의 명인名人도 있지마는, 그것도 '노래'에 비하면 작은 부분이요 또 '노래'의 부속물로 볼 것이었다).

또한 단지 내 생각과 뜻만을 진술하는 것이 아니라, 신을 달래며 신을 기껍게 할 필요가 있으매, 내용과 외형이 함께 투명하고 평이하면서도 조화로운 것을 위주로 하게 되고, 따라서 의미 중심이 아니라 곡조 중심으로 발전할 수밖에 없었다. 조선에서 '노래'가 발

4 고려 시대 궁중 가무의 한 종류로, 사선(四仙)을 주제로 한 악부. 악부는 관현악의 악기로 구성한 악대(樂隊)이다.

생한 역사와 이를 숭상해 온 정도에 비해 그 내용의 깊이나 넓이 등이 모두 그다지 보잘 것 없는 것은 실로 이러한 까닭에 말미암은 것이었다.

중간에 중국 문화 중심의 시기로 접어들고 본래의 옛 형태나 옛 의미가 몹시 훼손되면서 시들시들 남겨진 지금의 것만을 가지고 융성하던 당시의 일을 미루어보는 것은 매우 위험한 일이겠지만, 간략하면서도 소박하고 평이하면서도 분명함을 중심으로 삼는 국민성으로 보든지, 평탄하고 쉬우면서도 거추장스럽지 않게 곧바로 헤아리는 국민 신앙의 내용으로 보든지, 혹은 평화롭고 안정된 그 사회 상태로 생각하든지 대체로 이런 가운데서 침통하고 비장하고, 웅장하고 두터운 형태의 시가 발생하였을 것 같지는 않다. 찬송하는 시에서 놀이하는 희곡 등에까지 품류와 종목은 꽤 번다하였겠지마는, 대개는 물차는 제비처럼 얕게 떠서 가벼이 지나가는 정도의 물건이었을까 하며, 그것도 또한 '뜻'보다는 '가락'으로써 보다 많이 표현하였을 것이다.

– 시조가 이러한 환경 속에서 어떻게 배태되어 성장 발육하였는지는 다음 회에서 고찰을 시도해 볼 것이다. 뚝뚝 듣는 짙은 푸르름이 유리창 너머로 화가(畵架)와 서황(書幌)과 광선(光線)이 미치는 모든 것을 생장의 기쁜 빛에 물들이는 가운데 생명 예술의 최고 조성자인 싯다르타 동자(童子)가 '천상천하유아독존(天上天下唯我獨尊)'이라 사자후(獅子吼)를 지르던 룸비니 동산을 상상하면서, 음력 석가탄신일 아침에 적다. 여러 날 겨울같이 춥던 날이 어제 와서는 별안간 따뜻함을 지나 더위라 할 만큼 급변하더니, 그 열매로 맺히는 비가 새벽부터 함석 차양 위로 듣기 알맞은 정도로 일종의 천상의 음악을 아뢰는 듯도 하다. –

조선 민요의 개관

　민중의 거짓 없는 감정이 허식 없는 형태로 발로된 곳에 민요가 있다. 민중의 소박한 심정의 바탕 그대로 어떤 운율을 구하는 곳에 민요의 태반이 있다. 이른바 야성(野聲)이요, 또한 천성(天聲)인 것이다.

　민요에는 기교가 필요치 않다. 제목도 필요 없다. 교양 있는 작자를 필요로 하지도 않는다. 예의나 종교적 권위도 민요는 구애받지 않는다. 깊이를 느끼게 하는 고사(故事)도, 우아하고 담백한 멋진 말도, 민요의 생명에 있어서는 아무런 권위를 갖지 못한다. 솔직한 심상들이 흐리지 않게 나타나면 그만이다. 거칠어도 좋다, 아니 차라리 세련되게 연마된 것이나, 근본이 갖추어진 것은 금물이라고 할

* 이 글은 1927년 1월 『진인(眞人)』 제5권 제1호에 일본어로 발표되었고, 이치야마 시게오(市山成雄)가 편집한 민요 논문집인 『조선 민요의 연구(朝鮮民謠の硏究)』에도 게재되었다. 1927년 발간된 『조선 민요의 연구』는 한국인 3명과 일본인 11명의 민요 관련 논문을 모았는데, 한국인으로는 최남선의 「조선 민요의 개관」 외에 이광수의 「민요에 나타난 조선 민족성의 일단(一端)」, 이은상의 「청상(靑霜) 민요 소고(小考)」가 실려 있다. 고려대학교 아세아문제연구소의 『육당최남선전집』 9권에 실린 조용만 번역을 참고하여 윤문 작업을 하였다.

수도 있다.

시가(詩歌)가 없는 곳에도 민요는 있다. 시가가 성립되지 않은 시대에도 민요는 성립된다. 아니, 종교적인 제사도, 철학적인 신화도, 다른 어떠한 지적 산물이 없던 곳에서도 민요가 없는 일은 없다. 또한 언어의 기능을 알지 못했던 시기에도 민요가 있을 수 있다. 반사적인 마음의 충동과 감탄사 따위의 약간의 말만 있으면 민요는 성립될 수 있기 때문이다. 그리고 이 같은 때에도 '노래하고 싶은' 욕망의 충동이 있기 때문이다.

일체의 문화적 연원을 찾아 들어가 보면 그 가장 깊은 곳에서 발현되는 것이 민요다. 인류의 지식도 정(情)도 그 싹은 단 하나, 민요에서 터져 나온 것이라 볼 수 있다. 이 어리석은 인류의 유치한 목소리가 신을 예찬하는 방향으로 전환되었을 때 종교는 움트고, 한 가닥 한 가닥 감정의 얽힘이 이성과 지혜를 배경으로 수미일관(首尾一貫)되는 '이야기 줄거리'를 요구할 때 신화가 탄생하였다. 민요야말로 인류의 지적 활동의 첫걸음이며, 예술적 창작이 출발하는 원천이라 할 것이다.

조선이 문학의 나라인지 어떤지는 의문이다. 조선에 과연 자랑할 만한 오랜 성형(成形) 문학이 있는가 없는가, 세계 문학사에 요석(要石)의 하나가 될 만한 문학적 사실이 있는가 없는가, 순수한 조선심과 조선 정조를 조선어를 통해 조선 '리듬'으로 표현한 것을 계통적으로 설명할 수 있는 조선 문학사가 성립할 수 있는가 없는가 등등. 이와 같은 사실들은 조선적인 조선 문학이 학대당하고 있는 오늘날에 있어서는 상당히 의문스러운 일이다. 그 숨겨진 것을 헤쳐내고 가려진 것을 드러나게 해서 조선 문학의 본래 면목을 밝히는 일은 쉽지 않아 보인다. 내가 평소에 늘 하던 말이지만, 조선은 문학의 소재를 가진 나라지, 훌륭한 건축물을 소유한 나라가 아닌 것이다.

문학 소재국으로서의 조선은 실로 만만치 않은 풍부한 능력을 가지고 있다. 아직 개척되지 않은 보물 창고이니만큼, 그 장구한 문화사적 배후에는 밑을 알 수 없는 깊이와 기이한 것들이 얼마나 잠재해 있을지 알 수 없다. 전설과 민요는 이 보물 창고에 진입하는 통로의 양쪽 측벽인데, 정작 발을 들여 놓으면 얼마 안 가서 민요만의 세계에 영입될 것이 틀림없다. 전설의 연대는 그렇게 길지 않기 때문이다. 주몽의 고개를 넘고 단군의 정상에 올라도 민요의 하늘은 한없이 잇닿아 있기 때문이다.

　　조선은 문학의 나라가 아닐는지 몰라도 확실히 민요의 나라이다. 민요도 문학에 딸린 식구라 본다면 조선은 민요를 통한 문학국이라고 말할 수 있을 것이다. 조선은 다른 예술적 충동에서 만족할 만한 기회를 얻지 못한 만큼, 민요에게서 혜택을 받고 윤택해진 것을 볼 수 있다. 조선이라는 예술 산악에는 산기슭에도, 골짜기에도, 꽃밭에도, 그리고 구름이 낀 최정상 봉우리 위에도 온통 피어나고 장식된 것은 거의 민요뿐이라 해도 과언이 아닐 것이다.

　　조선 문학에 있어서 민요의 영역은 실로 넓다. 다른 어느 곳에서도 볼 수 없는 정도의 문학적 세력을 점유하고 있다. 이것이 조선 문학사의 중요한 특색일지도 모른다. 이는 문학을 통해 나타나는 사상사의 전체 여정이자 전체 내용이기도 하다. 왜냐하면 조선에는 민족적 종교도 있었지만 그 경전이 전해지지 않기 때문이다. 민족적 철학이 있었지만 그 체계를 기록해 두지 않았던 것이다. 그 사상 생활의 발자취를 밝힐 수 있는 것은 오직 문학 방면 하나뿐이지만 문학의 냄비 속에 들어 있는 것을 70~80%가 민요이기 때문이다. 조선인의 생활, 조선의 역사에 민요는 이만큼 중대한 의의를 가지고 있다. 민요 없이는 조선을 이해하기 어려운 이유가 여기에 있다. 조선의 민요는 다른 나라에서와 같이 단순한 민요, 혹은 민요적 가치 등에 그치지 않는다.

조선인은 극적(劇的)이기보다는 음악적인 국민이다. 음악 중에서도 악기를 이용한 기악적(器樂的)인 국민이기보다도 목소리를 이용한 성악적(聲樂的)인 국민이다. 그렇기 때문에 그들의 운율 생활, 시(詩)의 역사는 길고도 굵다. 기요(技謠; Art Song)도 상당히 오랜 기원을 가지고 정리된 형식을 이루고 있다. 『삼국사기』에는 고구려 제2대 왕인 유리왕의 작품이라 하여 연가(戀歌)의 번역문인 "날아드는 저 꾀꼬리, 암수가 서로 의지하거늘, 나의 외로움 생각하니, 그 누구와 더불어 돌아갈까."[1]를 실었고, 신라의 제3대 유리 이사금(儒理尼師今) 5년(기원후 18년)의 일이라 하면서 "이 해에 민간의 풍속이 즐겁고 평안하여 처음으로 도솔가(兜率歌)를 지으니, 이것이 가악(歌樂)의 시초이다."라 하였다.

『삼국유사』 및 『균여전(均如傳)』에는 성형 문학(정형 문학)의 일종으로 향가에 관한 많은 사실과 함께 그 작품이 실려 있고, 진성왕 2년(888)에는 향가의 『만엽집(萬葉集)』이라고도 할 수 있는 『삼대목(三代目)』이란 것이 칙명에 의해 편찬되기에 이르렀다. 향가는 국풍(國風), 즉 '나라의 풍속'이란 뜻으로 제사에도, 기도에도, 군왕의 훈계에도, 궁전·누각의 낙성식을 경축하는 등에도 쓰이게 되었다. 말하자면 신라 국교(國敎)인 '선(仙)도'의 주술적 표현이면서, 시 작품이고, 찬미의 노래이기도 하였던 것이다. 대체로 중국의 '아(雅)'나 '송(頌)'에 견줄 만한 기요(技謠) 즉 예술 가곡인 것이다.

그러나 중국의 문자 및 사상이 유입되면서 '아(雅)'의 방면을 대표하는 향가는 형식과 내용이 함께 중국의 정악(正樂)에 비슷해지려고 힘쓰는 바람에 더욱더욱 고유의 민속으로부터 멀리 떨어져 갔었다. 이렇게 향가가 국풍의 본의를 몰각한 것은, 다른 한편으로

---

1 황조가의 원문은 "편편황조(翩翩黃鳥) 자웅상의(雌雄相依) 염아지독(念我之獨) 수기여귀(誰其與歸)"이다.

조선인의 감정이 자연스럽게 나타나는 점에 있어서, 민요의 지위를 더욱 가중시키는 원인이 되었다. 유교와 같은 형식 도덕에 구애되지 않고, 도교나 불교의 초연한 사상에도 탐닉되지 않고, 밝은 낙천 사상을 기조로 한 조선인 본래의 사상 경향은 오로지 민요를 따라서만 흐르는 것을 보게 되었다. 이 경향은 '향가'가 '시조'가 되고, '시조'에서 '가사(歌詞)'가 파생되어 감에 따라 더욱 심해져갈 뿐이었다.

중국 문화의 이입·유행은 조선인의 생활면에 끊어진 일대 단층을 만들고 드디어 생활 기조를 달리하는 두 개의 계급 대립으로 나타나게 되었다. 이 경우에 민족적 특질과 전통적 정신을 지지하는 사람은 권력 계급이나 지식 계급 등의 상류 사회가 아닌, 문화적 저층으로 인식되던 평민·서민 계급이 영광스런 임무의 담당자가 되었다. 전자가 『시경』을 읊조리고 『이소(離騷)』를 외우고, 한(漢)·위(魏)의 옛 시를 배우고 삼당(三唐)의 근체시를 흉내 내는 동안에도, 후자는 끊임없는 노력으로 묵은 부대에 새 술을 부으면서 민족정신과 그 발로에 의한 민족 예술의 수호자임을 게을리 하지 않았다.

그 유일한 성채(城砦)이던 것이 다름 아닌 민요였다. 정몽주·이황·송시열이 한문의 형식에 매달리고 성리학의 지꺼기를 빨 때에, 민중 윤리학인 「심청가」·「흥부가」·「춘향가」, 민중 성전인 「회심곡(回心曲)」·「서왕가(西往歌)」·「오륜가(五倫歌)」, 민중 교과서인 「장타령(場打令)」·「바위타령」, 민중 혁명서인 「산대(山臺)」·「꼭두각시」 등이 모두 민요의 형식을 취해서 활발하게 민중의 붉은 심장을 울렸다.

예리한 눈으로 능히 이러한 분위기를 살핀 '남조선 사도(南朝鮮使徒)'의 한 사람인 동학의 최제우(崔濟愚) 등도 민요를 본뜬 '화찬(和讚)' 같은 것을 지어서, 사상 선전의 훌륭한 무기로 삼기에 이르렀다. 이렇게 해서 민요는 외연에 있어서뿐만 아니라 그 내용까지도 비상한 넓이와 깊이를 가지게 되었다.

또 하나, 조선의 민요 발달에 간과할 수 없는 일대 조연은 피압박자인 민중이 어쩔 수 없는 슬픔과 모든 것이 막힌 그 신음을 민요라는 유일한 출구를 통해 털어놓았다는 점이다. 그중에는 애절한 호소도 있다. 날카로운 풍자도 있었다. 『삼국유사』의 「서동요」가 그 예 중의 하나인데, 지배층과 피지배 계급간의 격차가 가장 심했던 이조에 들어와서부터는 민요의 발생이 더욱더 번다해졌다.

「흥타령(興打令)」을 통해 지배층에 대한 원망하고 탄식하는 마음을 담고, 「담파고(淡婆姑)」에 의하여 틈입자에 대한 적개심을 설파하는 등 상당히 넓은 범위에 걸쳐 그 활약의 보폭을 넓히고 있었다. 연산군이나 숙종 시대처럼 정치의 알력 또는 궁중 권력 싸움이 심할 때에는 그 재촉하는 힘이 특히 강하여, 은밀히 품고 있는 새로운 분위기 때문에 왕관의 주인이 바뀌고, 이 때문에 임금의 총애가 방향을 바꿀 만큼의 위세를 보였었다. 이와 같이 민요는 여론을 표시하는 한 방법이고, 위대한 권력의 발휘자이기도 하였다.

숙종 때 인현 왕후 민씨와 장 희빈이 군왕의 총애를 놓고 벌인 다툼은 오랜 근심 걱정을 거쳐 마침내 인현 왕후가 승리하였다. 여기까지 이르는 동안 물론 여러 가지 경로가 있었겠지만, 여론의 빛을 통해 연정에 어두워졌던 왕의 눈을 뜨게 한 것은 유명한 "장다리는 한철이지만 민나리(미나리)는 사철이라"던 한 민요였다(무장다리는 한때이지만 미나리는 사시사철 관통한다는 뜻인데, 장다리의 첫소리는 장 희빈의 장(張)과 상통하고, 민나리(미나리)의 첫소리는 인현 왕후 민씨의 민(閔)과 상통함으로써 장씨가 한때 영화를 누릴는지 모르지만, 영겁의 승리는 민씨에게 돌아온다는 뜻을 풍자한 것이다).

이런 종류의 민요의 또 다른 흐름 옛날부터 '동요(童謠)'라는 것이 있다. 이는 "강구(康衢)에 동요 듣는다"는 한 중국 고사(故事)로부터 나온 것일 터인데, 이는 민중의 입을 빌어서 발표된 시사적이고 후험적인 일종의 예언이었다. 무명이던 이사야·다니엘 등이 나라를 걱정하는 마음에 민중의 머리에 쏘아 넣은 의미 있는 노력이었다. 도선(道詵)이니 무학(無學)이니, 정감(鄭鑑)이라 토정(土亭)이라 하여 예언자를 표상으로 표면에 내세우는 일이 있었지만, 대개는 출처도 작자도 모르는 민요로 유포되는 것이었다. 최치원(崔致遠)에 의해 기술되었다고 하는 고려 건국 예언인 "계림(신라)은 시들어가는 누런 잎이고, 곡령(고려)은 푸른 소나무"라는 것도,『용비어천가』등에 수집된 이조 건국 예언인 "목자(木子) 즉 이(李)씨 성을 가진 이가 나라를 얻는다." 같은 것도 그 근원을 캐어보면 모두 정치에 관련된 일종의 민요였다.

더욱이 이조에 와서는 태조의 위화도 회군이라든지, 중종·인조 시절의 왕통 다툼이라든지, 성종·숙종 시절 왕가 분쟁 같은 민심의 향배, 운명의 전환 등은 이런 종류의 민요의 이용에 의하여 좌우되었던 것이다. 또 민요는 혁명 수단으로 특이한 능률을 올린 것도 한두 번이 아니다. 조선의 민요는 이처럼 사회적으로나 역사적으로 실로 중대한 구실을 하여, 여타의 국가에서처럼 단순히 원시적 시(詩) 형태의 일종이라거나 민중 예술의 한 모서리 정도로 존재하던 것과 그 차원을 달리하고 있다.

그렇다면, 그만한 구실을 했던 조선 민요가 그 양에 있어서는 얼마만큼의 유물을 남겨 놓고 있는가.『삼국지』에 기술된 삼한(三韓)의 고속(古俗)에 의하면 '환호역작(歡呼力作)'은 이 민족의 일대 특색이고, 노래 읊조리기를 즐기고 집안에서나 밖에서도 입을 쉬지 않는 것이 같은 계통에 속한 여러 민족의 공통된 풍습인 것 같은데, 이른바 '환호'나 '노래 읊조리기'가 대체로 순수한 민요이고, 더욱이 집단 노동에 보조를 맞추기 위해서인 것으로 짐작된다.

마한(馬韓)에 불렸던 이러한 종류의 노래는 오늘날 전라도의「육자배기」에서 그 일면을 볼 수 있고, 진한에서의 그것은 오늘날 경상도 중심의 「산유화」에서 운율의 흔적을 볼 수 있는 것이다. 황해도의 「김매기」나 평안도의 「수심가」 등도 지방색이 현저해서 오랜 전통을 지닌 것임을 알 수 있다. 이것들이 각각 본류에 해당하는 것이었는지 아니면 특별한 가락에 속하는 것인지 등은 알 수 없지만, 주요한 일부였다는 점은 단언할 수 있다. 새로운 글귀 속에 옛날 선율이 흐르고 있음을 부인할 수 없는 것이다.

그러나 선율은 차치하고라도, 고대인의 사상을 볼 수 있는 문구는 과연 얼마만큼 남겨져 있다고 인정할 수 있을까. 대체로 보수적인 「산유화」에는 그 기원 설화와 함께 원시적인 시가나 문장도 얼마만큼 전해져 있는 것 같지만, 그것도 많이 기대할 수 없는 것이 사실이다. 『삼국사기』 악지에 최치원의 「향악잡영(鄕樂雜詠)」[2] 다섯 수를 인용한 것을 보면, "노래 소리 듣는 이들 저마다 웃는다."는 구절이 있다. 대개 시골 신악(神樂)이나 광대놀이 등에서 보는 것 같은 당시의 속요를 섞어 만든 춤과 노래일 것이라고 추측되지만, 이 문구 역시 전래되지 않고 있다.

『고려사』 악지에 실려 있는 기자 조선 때의 작품이라는 「서경(西京)」·「대동강」 등도 당시의 민요가 분명하지만, "꺾이고 쓰러진 버들가지에도 생기가 있다."고 하거나, "대동강을 황하와 견주고, 영명령(永明嶺)을 숭산(嵩山)과 견주었다."고만 했을 뿐이어서 그 원형을 알 수는 없다. 또 그 밖에 고려의 「양주(楊州)」·「장단(長湍)」·「거사연(居士戀)」·「사리화(沙里花)」·「안동자청(安東紫靑)」·「한송정(寒松亭)」 내지 삼국 속악(俗樂)이라고 실려져 있는 것들은 대개 당시의 민요일 것이지만, 그 문구에 이르러서는 이제현(李齊賢)의 한문 번역에서 약간의 운율적 풍모를 느낄 뿐 그 이상은 엿보기가 어

---

2 신라 헌강왕 11년(885)에 당나라에서 돌아온 최치원이 향악(鄕樂)으로 지은 5수의 시. 서역에서 들어온 듯한 곡예와 춤인 금환·월전·대면·속독·산예 등의 연기 광경을 읊었다.

려운 상태다.

조선 근대에 있어서 음곡(音曲)은 대체로 시조(時調)·가사(歌詞)·잡가(雜歌) 등 셋으로 나눌 수 있는데, 민요는 '타령(打令)'이라고 일컫는 것을 중심으로 하여 가장 마지막에 포함된다. 시조는 정악(正樂)이고 가사는 이에 준하는 것이지만, 그 유래와 성질에 있어서 가사 역시 민요의 계승자이다. 아니 일반 민요 속에서 선출되어서 정악의 위치에 서게 된 것임이 틀림없다. 저「매화가(梅花歌)」·「길군악(길軍樂)」 등은 말할 것도 없고, 가사 중에서 고상한 것으로 알려진「황계사(黃鷄詞)」·「상사별곡(相思別曲)」처럼 결(闋)을 잇는 방법과 음절을 바꾸면서 이어나가는 신축성이 자유자재하고, 정해진 고정형이 없는 작품 한 편을 이룬 것 등 바로 순박한 민요 그대로의 형이다.

그런데「황계사」란 이름이 생긴 "병풍에 그려진 수탉 운운"의 일절과 같이『고려사』의 악지에 보이는「왕관산(王冠山)」의 의의를 계승한 것은 오늘날의「새타령」이 또한 고려의「벌곡조(伐谷鳥)」의 지류를 급히 이입한 것과 함께 의심할 여지가 없지만,「처용가」처럼『삼국유사』에도『고려사』에도『악학궤범(樂學軌範)』에도 거의 동일한 문구로 계승되었고, 오늘날 시조 등에서의 관용구인 "십인백설(十人百舌)을 농(弄)한다 할지라도 주(主)만 아시면 되네." 같이 고려「사룡(蛇龍)」의 "뱀이 용의 꼬리를 물고 태산(太山) 봉우리를 지나간 것을 듣고 모든 이들이 각기 한마디씩 하는데 짐작은 두 마음에 있네."를 답습한 것과 아울러 노랫말과 곡조의 의의가 얼마나 시간적으로 강인한가를 알 수 있다.

이로써 말미암아 보건대, 민간에서 입으로 전해져 오늘날까지 전해져 계승된 것 속에 많은 옛날 어구가 남겨져 있는 것이 명료하다. 그러나 어느 것이 그것에 해당하고 또 그 전체적인 형태를 전하는 것은 얼마나 되는지는 알 수 없다.『용비어천가』와『월인천강

지곡(月印天江之曲)』을 제외하고, 속악(俗樂)으로서 조정에 연주되었던 약간의 가요가 『악학궤범(樂學軌範)』과 『국조사장(國朝詞章)』에 모아져 판각된 것 외에, 『삼대목』 이후 '시조'나 '가사' 등에 그 편집 조판이 있었다는 말을 듣지 못했다.

길게 잡아 백 년 이래 『남훈태평가(南薰太平歌)』인 기생 교과서의 방각본(坊刻本)에 의해 빈약하나마 일종의 가곡 결집을 보게 되었는데, 거기 수록된 것은 잡가 3편, 가사 4편에 불과하여 도저히 민요 연구의 대본을 삼을 수가 없다. 나는 해마다 조선 가요 수집에 노력하고 있지만 순수한 민요로 꼽을 만한 것은 아직 기록에 올릴 수 없을 만큼 성적이 빈약하다.

다만 민요가 기록상에 나타난 수가 적다고 하여 그것의 양이 빈약하다는 증거가 되지 않는다는 것은 말할 필요가 없는 것으로, 도리어 문장가가 돌아다보지 않은 곳에 민요의 진면목이 있다고 말할 수 있을 것이다. 차라리 미라가 되지 않고 살아있는 구설(口舌)의 발랄한 생명을 전하는 곳에 별종의 흥미가 있다고도 말할 수 있을 것이다. 하나씩 그 유주(遺珠)를 모으고 한 겹씩 그 장애물을 벗겨, 망령됨과 참됨이 다르지 않고, 오늘날 부처가 바로 예전 그 부처라는 본면목을 보이는 곳에서야 그 노력에 상응하는 큰 기쁨이 있다고 할 수 있다. 이것이 혹은 어렵고 힘든 일일는지도 모르지만, 조선민요의 연구가 어떤 의미에 있어서는 참된 조선, 본래의 조선, 적나라한 조선을 총괄적으로 연구하는 것과 같은 가치라는 점을 생각 용기도 나고 할 만한 맛도 생길 것이다.

한편으로 조선 민요 연구자에게 특별한 편의가 없는 것도 아니다. 우선 경성 안에서만도 조선 전체 민요의 반 이상을 조사하고 연구할 수 있다. 이것은 단순히 경성이 문화의 중심이라는 막연한 이유 때문이 아니라, 필연적인 다른 원인이 있다. 첫째는 60년 전의 일이지만, 대원군이 경복궁 부흥 공사 때 팔도의 물자와 함께 부역 인부가 크게 징발되었던 일이다. 그때 사방의 인부들은 대열을 이루고 춤추고 노래하며 경성에 집결하였는데, 마치 제국의 문물이 로마에 모인 것처럼, 반도의 민요가 일시에 경성에 모이는 성대한 구경거리를 보여주었다.

그것은 피로를 위로하고 원망과 탄식을 해소하는 방편으로 무동(舞童)[3] 및 기타 민중적 오락을 장려한 때문인데, 이 때문에 지방에서는 이미 없어졌지만 지금 경성에 남아 있는 것이 있고, 또 그 혹독한 노역에 대한 원망의 뜻이 마치 솜에 싼 바늘 모양으로 새 민요가 되어 나타나, 민요 발생론의 좋은 실제 사례를 많이 보이게 되었다. 이후 고종 황제가 뜻밖에 민간의 속된 가요와 이야기 등을 좋아하여, 궁중이 민요를 즐기는 장소가 되었고, 아리랑 외에도 많은 신곡을 산출할 수 있는 기운을 열게 된 인연이, 혹은 어렸을 때 귀에 익은 경복궁 부흥의 노동 민요에 있지 않았나 하고 생각되는 것을 보면 이것만으로도 무한한 흥미가 돋우게 되는 것이다.

또 하나의 이유는 경성 화류계의 새 국면이다. 예컨대 옛 풍속으로는 기생 등이 품격을 제일로 삼아서 조금이라도 민간의 속된 노래나 곡조 등을 입에 담게 되면 벌써 기생으로서의 격을 잃게 된다고 보았다. 그런데 지금 와서는 모든 노래가 평등하다는, 아니 세속의 곡조가 제일이라고 등급에 대한 판단이 달라졌기 때문에 옛날 민요만으로는 수요가 모자라서 새로운 임기응변이 속출하게 되었다.

또는 옛날에는 설사 경성일지라도 기생의 출신지와 수효가 퍽 제한되었지만 지금은 동서남북 마음대로 섞여 들어오고, 그 예술적 재주란 것이 속요를 제일이라 하므로 어느 정도 지방색을 띤 민

---

3 농악이나 걸립패 굿 따위에서 상쇠의 목말을 타고 춤추고 재롱을 부리는 아이를 가리키나 여기에서는 무동을 포함해 민중에서 행해지던 각종 연주와 놀이를 가리킨다.

요나 각종의 민요를 경성에서도 고찰할 수 있게 된 것이다. 웅혼하고 위압적인 영남의 기풍, 부드럽고 여유 있는 호남의 기풍, 맑고 화목하며 우아하며 궁정적인 기분이 넘치는 경성의 기풍, 촉박하면서도 애잔하며 상심어린 소리인 서도(평안·황해)의 기풍 등등을 하룻밤 한 자리에서 죄다 음미해 볼 수 있게 되었다.

사랑의 노래(사랑가·이별가), 모내기 노래(농부가), 절구 찧는 노래(방아타령), 자장가 등은 말할 것도 없고, 마부의 노래(말몰이소리)나 초부(나무꾼)의 노래(놀량), 견선(遣船)의 노래(배따라기), 함경도 소녀의 기직가(機織歌; 베틀노래)나 황해도 여자의 적면가(摘綿歌; 목화밭소리)나 경상도 무당의 불가(祓歌; 성주풀이) 등등 특수한 일부를 제외하고, 경성에서 들을 수 없는 것이 거의 없게 되었다. 조선 민요의 기본 연구는 우선 경성에서만으로도 별 불편이 없을 것이다. 기생도(妓生道)와 유흥도(遊興道)가 민중화된 것은 시조나 기타 정악에 해당하는 가락과 소리들은 유흥가와 술집 등의 주변에서 모조리 쫓아내지 않으면 안 될 지경에까지 이르렀다.

이상으로 조선 시가에 있어서 민요의 지위와 아울러 그 역사적·사회적 가치의 조감을 시도하였다. 물론 단편적인 생각과 형식에 구애받지 않은 글이라 요령을 얻지는 못했다. 그 재료 같은 것도 이제 수집하는 첫 번째 단계에 속하여 정리, 관찰, 연구, 평가 등등도 모두 이제부터의 일이 되었다. 원컨대 전문적인 학자들에 의해 조선 민중 문학의 최대 분야인 민요가 화려한 신예술의 초석으로 하루 빨리 천명되고 갈고 닦여져 빛나게 되기를 열망한다.

조선의 가정 문학

1. 서언

고대에는 남자에 대한 교육 기관도 충분하지 못하였으니 여자 교육 기관은 더욱 허술함을 면할 수가 없었습니다. 그러나 집안을 다스리는 상기둥이 되고 자식을 가르치는 물밑이 되는 부녀를 그대로 온통 무지하고 무교양한 상태에 버려두는 것은 아무리 그 시절에라도 능히 참을 수 있을 바가 아닙니다. 그래서 줄잡아도 가정의 수호자 노릇을 할 만한 방법은 예로부터 관심을 가져서 여기 응하는 가지가지의 서책이 차차 저술되어 왔습니다.

조선에서도 훈민정음(언문)이 창작된 이후로 이 편리한 글을 통해 부녀자들에게 지식과 취미를 주기 위한 저술이 당대로부터 생겨나서, 그때 시절의 사회 상식의 수준에 섞일 만한 종류는 대강 구비했다고 말할 만한 정도에까지 이른 것이 사실입니다. 다만 그

---

* 이 글은 『매일신보』에 1938년 7월 22일부터 8월 2일까지 10회에 걸쳐 연재되었다.

런 것의 대부분이 상류 사회 소수 특권 계급에 국한되고, 일반 민중에 대한 보급률이 시원치 못한 유감이 있었음은 그때 문화 기구에 있어서 또한 어찌 할 수 없는 일이라 할 것입니다.

대체로 여자에 대하여 학문의 길은 굳게 닫혀 있었지만, 학문이 본질상 여자를 싫어하는 것이 아닌 만큼, 왕왕 탁월한 능력과 특수한 기회를 가진 여성들이 바위를 쪼개고 뿌리박아 사는 소나무처럼, 학문 또는 문예 방면에 정정한 모양과 그윽한 향기를 발휘해 보인 사례도 많이 있습니다.

심연원(沈連源) · 심봉원(沈逢源) 형제, 이연경(李延慶) · 이준경(李浚慶) 형제, 홍석주(洪奭周) · 홍현주(洪顯周) · 홍길주(洪吉周) 형제 등 형제 명사를 가르쳐 낸 그네들의 어머님, 정광필(鄭光弼) · 이율곡(李栗谷) 등을 가르쳐 낸 어머님도 있고, 가까운 시대로 말하자면 임윤지당(任允摯堂) · 강정일당(姜靜一堂) 같은 현숙한 부인, 시문(詩文)으로 말하여도 최치운(崔致雲) 따님인 최열녀(崔列女), 허엽(許曄) 따님인 허난설헌(許蘭雪軒), 일반 부녀가 문학하고 남 되어 지내는 세상에서 기생의 몸이기 때문에 문학적 수양의 기회를 가진 고려 시대의 우돌(于咄)과 동인홍(動人紅), 이조 시대의 계생(桂生) · 황진이 · 운초(雲楚) 등은 그중에서도 표표히 이름난 실제 사례인 것입니다.

그러나 이네들은 예외에 속하는 것이니, 일반적 상황으로 논할 것은 아닙니다. 옛 시절 여자가 볼 수 있는 서책, 배울 수 있는 글 그 범위가 대단히 좁고 종류 또한 많지 못하였습니다. 그네들의 우수한 재능과 무한한 지식욕도 이 허락된 좁은 천지에서만 옴치고 뛸 수밖에 없었던 것입니다. 이러한 방면의 작품, 읽을거리를 여기 가정 문학이란 이름으로 휘몰이하여 약간의 해설을 시도해보려 합니다.

언문으로 생긴 것이면 모두 여기 집어넣어서 말할 이유도 있지

마는, 여기는 특히 교육적 의미를 가진 것만을 취하고자 합니다. 또 같은 작품이라도 그것을 교육 방면으로 보아 가겠습니다. 원래 조선의 가정 문학은 그 본질과 성능이 어디까지고 교육적 효과를 목적으로 하려 생성 발전한 것이므로, 이 점을 주로 하여 고찰함이 그 본래 뜻에 가장 적합하리라 생각되기 때문입니다.

  가정 문학은 편의상 세 종류로 나누어 볼 수 있습니다. 하나는 윤리 효과적인 면입니다. 여자의 본분이라든지 행위의 준칙이라든지를 정면으로 가르쳐서, 말하자면 현모양처를 목표로 하는 수신 교과서, 곧 여학독본(女學讀本)쯤으로 쓰이던 서책들이 여기 속합니다. 물론 넓은 의미에서 문학에 속합니다. 유명한 이덕무(李德懋)의 『사소절(士小節)』 – 남녀 행위의 준칙을 실천적 측면에서 조목조목 가르치는 일대의 명저라 하는 이 책에서 「부의편(婦儀篇)」, 즉 여자 윤리를 말한 부분에 다음과 같은 말이 있습니다.

  부인은 마땅히 경서와 사서를 간략히 읽어서 『논어(論語)』·『모시(毛詩)』·『소학서(小學書)』·『여사서(女四書)』에 대해 그 뜻을 통달하고, 백가(百家)의 성(姓), 선대의 보계(譜系), 역대 국호(國號), 성현의 이름을 알 뿐이요, 함부로 시사(詩詞)를 지어서 외간에 전파되게 해서는 안 된다. 주문위(周文煒)가 말하기를, "차라리 남들이 재주가 없다고 칭하게 할지언정 그 덕이 없다고 하게 해서는 안 된다. 명문대가의 한두 편의 시장(詩章)이 불행히 전해지면 반드시 승려의 뒤나 창기(娼妓)의 앞에 늘어놓게 될 것이니, 어찌 부끄럽지 않으리오."하였다.

이덕무는 모든 일에 비교적 진보주의를 가진 자입니다. 여기 말한 것으로 보아도 그때 시절의 통념으로는 꽤 넓은 범위, 높은 학문 수양을 여자에게 허락한 셈이지만, 남자에 비하면 그 한계가 이렇듯 협소합니다. 그러니 다른 완고하고 고루한 샌님네들의 생각과 이러한 샌님들이 지배권을 가지고 있는 사회에서 여자들에 대해 실제로 허락된 학문이 얼마나 변변치 않았는가는 새삼스레 말할 것도 없는 것입니다.

이덕무는 『논어』·『모시(毛詩)』[1]·『소학서(小學書)』(문자에 관한 지식을 얻을 책)까지 들었습니다만, 실제로 이 정도까지 여자에게 가르친 가정은 온 세상을 털어도 몇 명이나 있을까 말까였을 것입니다. 제가백가의 이름이나, 조상들의 족보, 역대 왕조의 이름, 성현들의 이름조차도 제대로 배워본 일이 없을 것입니다.

다만 그 중에 『여사서(女四書)』란 것만은, 그때 그 시절에도 있어서 여자가 반드시 읽을 것이라고 일반적으로 공인된 책입니다. 원체 서책이 귀하여 얻어 보기가 어려웠으므로 사실 일반적으로 널리 읽혀지지는 못하였지만, 아무쪼록 조정에서 백성들에게 가정에서 자녀에게 읽힐 요량으로 마음도 먹고 노력도 한 것도 이 『여사서』였습니다.

2. 여사서(女四書)

『여사서』란 것은 『논어』, 『맹자』, 『중용』, 『대학』을 사서(四書)라 하여 남자들의 필독서로 치는 것처럼, 여자에게 사서만큼 도움이 되는 네 가지 책이라 하여 이름한 것입니다.

1) 한(漢), 반소(班昭), 『여계(女誡)』, 비약장(卑弱章) 이하 7.

2) 당(唐), 송약소(宋若昭), 『여논어(女論語)』, 입신장(立身章) 이하 12.

---

1 『시경(詩經)』의 별칭이다. 노나라 모형(毛亨)과 조나라 모장(毛萇)이 『시경』을 주석했기 때문에 쓰이는 말이다. 모형을 대모공(大毛公), 모장을 소모공(小毛公)이라 불렀다.

3) 명(明), 문황후(文皇后), 『문훈(門訓)』, 덕성장(德性章) 이하 20.

4) 명(明), 왕절부(王節婦), 『여범첩록(女範捷錄)』, 총론편(統論篇) 이하 11.

『여사서』는 이렇듯 여자가 찬술한 네 편의 글을 합해서 부르는데, 이른바 그윽하고 여유롭고 곧고 조용한 부녀자의 덕을 고취하는데 가장 적절하다는 저술들입니다. 이런 종류의 글로는 당나라의 제후였던 막진막(莫陳邈)의 처인 정씨(鄭氏) 부인이 찬술한 『여효경(女孝經)』 같은 것이 있지만, 명나라 저술이 둘씩이나 들어간 반면 오히려 오대(五代) 이래로 세상에 성행하던 이 책은 무엇 때문인지 제외되었습니다.

『여사서』가 조선에 널리 알려진 건 인수 대비(仁粹大妃)가 널리 반포한 데서 시작되었습니다. 이 인수 대비란 어른은 이조 오백 년간의 궁정 여성 중 가장 갸륵한 이로, 특히 문화 교육에 큰 관심을 가지고 유학과 불교를 통해 유익한 경전들을 많이 간행하고 유포하였습니다. 인수 대비는 또한 여자 교육에 대한 관심으로 이 『여사서』를 골라 한글로 풀어 일반인들이 보도록 번역하시고, 또 당신 스스로 『내훈(內訓)』 7편을 만들어 세상에 간행하셨습니다. 그 초간은 성종 6년(1475)에 있었고, 22년 후인 연산군 2년에도 임금이 직접 시(詩)를 지어 얹어 다시 간행하였는데, 이 뒤로도 몇 번 고쳐 간행이 되어 자못 세간에 널리 돌아다니게 되었습니다.

인수 대비의 『내훈』은 조선에서 여자를 위해 특별히 저술된 수신서의 시초입니다. 인수 대비께서 직접 지은 서문에 다음과 같은 말이 있으니, 이로써 그 저술 동기를 우러러 찬탄할 만합니다.

요 임금과 순 임금은 천하의 위대한 성인이시며, 각각 단주(丹朱)와 상균(商均)이라는 아들이 있었다. 엄격한 아버지의 가르침 앞에서도 정숙하지 않은 아들이 있는데 하물며 나는 홀어머니이니 옥결처럼 고운 마음씨의 며느리를 볼 수 있겠는가. 이런 까닭에 『소학』·『열녀』·『여교(女教)』·『명감(明鑑)』이 지극히 적절하고 명료하지만 권수가 꽤 많아서 쉽게 깨우칠 수가 없다. 이에 사서(四書) 가운데서 중요할 만한 말을 뽑아서 7장(章)으로 만들어 너희들을 바로 잡노라.

또 여성 관직으로는 정5품에 해당하는 상의(尚儀) 조씨(曺氏)의 발문에는 다음과 같은 글이 있습니다.

우리 인수 왕대비 전하께서는 세조 대왕의 잠저(潛邸) 시절부터 양궁(兩宮)을 받들어 모셔 밤새도록 해이해지지 않으시더니 책봉되어 빈(嬪)이 되심에 더욱 며느리의 도에 부지런하시어 직접 임금의 반찬을 맡아 좌우를 떠나지 않으시니, 세조 대왕이 늘 효부라고 칭하시어 효부 도서(孝婦圖書)를 만들어 내리시어 효를 드러내셨다. 타고난 자질이 엄정하여 기르는 왕손(王孫) 등이 어려서 과실이 있으면 간단히 엄호하지 않으시고 즉시 낯빛을 바로잡고 타이르니, 양쪽 궁에서는 농담으로 '폭빈(暴嬪)'이라 하셨다. 세조 대왕은 우리 주상 전하를 '나의 아들'이라 하시고 대왕대비는 월산 대군을 '우리 아들'이라 하시어 위로하셨다. 엄한 가르침이 이와 같으니 오늘날에 이르러 이루 말할 수 있겠는가.

이것을 보면 인수 대비가 이 찬술을 단지 소일삼아 하신 것이 아니라, 세상의 자녀를 생각하는 지극한 뜻에서 지은 것임을 알 수 있습니다. 그 내용으로 보아도, 언행(言行)·효친(孝親)·혼례(昏禮)·부부(夫婦)·모의(母儀)·돈목(敦睦)·염근(廉勤) 등 7장으로 나누어 재래의 모든 여자 수신서에 비해 가장 절실·타당할 뿐 아니라 아주 실제적이기까지 하다는 걸 알 수 있습니다.

인수 대비의 『내훈』의 바탕이 된 네 가지 책인 『소학』·『열녀전』·『여교』·『명감(明鑑)』(『后妃明鑑』)은 저마다 유명한 여성 학문의 주요한 책들이지만, 그중에서 가장 유명한 것이 『열녀전』임은 새삼스레 설명할 것도 없는 일입니다. 『열녀전』(전 7권)은 한나라 유향(劉向)이 요순 이래의 부녀를 모의(母儀)·현명(賢明)·인지(仁智)·정순(貞順)·절의(節義)·변통(辨通)·폐얼(嬖孽) 등 7종류로 나누어 그 사실을 소개하고 간단한 평론을 더한 것입니다. 이에 따라 후세에는 여기에 덧붙여 『속열녀전(續烈女傳)』·『고금열녀전(古今烈女傳)』이란 것이 나와서, 앞의 것은 『고열녀전(古烈女傳)』이라고 구별합니다.

『열녀전』은 전래가 매우 오래되었으며, 태종 초년에는 명나라로부터 몇 백 부씩 두 차례 받은 일도 있으며, 중종 38년(1543)에는 임금의 명으로 신정(申珽)과 유항(柳沆) 등에게 이를 번역하게 하고, 유이손(柳耳孫)에게 글씨를 이상좌(李上佐)에게 그림을 맡겨 세상에 간행한 일이 있습니다. 고개지(顧愷之)의 작품이던 원본의 그림이 심하게 닳아 이상좌를 시켜 고쳐 그리게 하였음이 어숙권(魚叔權)의 『패관잡기(稗官雜記)』에 보입니다.

우리는 아직 이 『열녀전』의 판본을 만나보지 못하였습니다만, 만일 그것이 세상에 책으로라도 전하는 게 있다면 그것으로도 큰 진품임이 물론입니다. 여하간 『여사서』의 이름은 듣지 못하였을지라도 『열녀전』만은 읽든 안 읽든 여자라면 한 번쯤은 읽은 셈 치는 유명한 여성 학문의 성전(聖典)입니다.

또 『명감(明鑑)』은 제대로 말하면 『후비명감(後妃明鑑)』이라 일컫는 것인데, 세조 임금 당시 최항(崔恒) 이하 일대의 문사들을 시켜 중국 역대의 왕비 중 모범이 될 만한 인물들의 사실을 모은, 말하자면 제왕학(帝王學)에 대한 후비학(后妃學)의 독본을 만든 것입니다. 여학서(女學書) 중에서 가장 계급성 및 국부적인 특성을 가진 것입니다. 이밖에도 『여칙(女則)』·『여헌(女憲)』·『여훈(女訓)』·『여범(女範)』 등의 책들도 제각기 번역되어 일부에서는 많이 읽히기도 하였습니다.

그러나 이상에 말씀한 것은 정도의 차이는 있어도 어느 것이고 특수 계급을 대상으로 한 내용이기 때문에, 이른바 상류 사회에는 읽혀졌지만 일반의 부녀자들과는 연분이 깊지 못하였습니다. 그리하여 결함을 보충하기 위하여 대중성과 일반성을 띤 실천 윤리가 생겨나게 되었습니다. 그것이 유명한 『삼강행실도(三綱行實圖)』입니다.

3. 윤리적 독서물

『삼강행실도』는 세종 13년(1431)에 임금께서 설순(偰循) 이하 문신 1,188명을 뽑아서 먼저 그림을 그리게 하고 다음으로 사실을 적게 하였으며, 권채(權採) 등으로 하여금 시(詩)로 그 뜻을 밝히게 한 것입니다. 찬술이 끝나자 『삼강행실도(三綱行實圖)』라고 이름 지어 세종 16년(1434) 주자소(鑄字所)에서 간행하였는데, 내용은 한문과 아울러 언해 번역을 붙여서 많은 사람이 볼 수 있게 하였고, 글을 모르는 사람이라도 그림만으로 그 뜻을 짐작하게 하여 누구든지 보고 느끼고 격려하게 하였습니다.

이 『삼강행실도』는 성종·중종·명종·선종·광해·인조·영조 시대를 거치면서 계속해서 덧붙여 엮어 그때마다 많은 부수를 간행·배포하였으며, 중종 6년(1511)에는 한꺼번에 3,000권이라는, 당시로는 막대한 부수를 일시에 간행한 예도 있습니다. 아마 이러한 종류로 편찬된 책으로는 가장 많이 보급된 것일지도 모릅니다.

『삼강행실도』가 널리 행한 뒤에 오륜(五倫) 중 장유(長幼)와 붕우(朋友)에 관한 2조목을 마저 찬술하여 유교 도덕을 전체적으로 충분히 갖추게 하자는 논의가 있어 모재(慕齋) 김안국(金安國)이 임금께 청을 올려 다시 전담 부서를 만들라는 어명이 나기도 했습니다.

그러나 미처 실시되지 못하고 김안국이 경상도 관찰사로 나가게 되면서 조신(曺伸)에게 위촉하여 장유와 붕우에 관한 모범적 행실을 뽑고, 형제에 종족(宗族)을 붙이고 붕우에 사생(師生)을 붙여 체제를 『삼강행실도』와 똑같이 하여 이름은 『이륜행실도(二倫行實圖)』라 하여 금산군(金山郡)에서 간행하였습니다.

『삼강행실도』나 『이륜행실도』는 『여사서』·『내훈』 등의 책과 같지 않고, 그 내용과 목적에 상응하게 오랫동안 세상에 유행하여, 진실로 민중 교화와 가정 교육에 측량할 수 없는 공헌을 하였습니다. 그러나 두 책이 그 편찬 과정을 달리했던 관계로 오랫동안 따로따로 전해져오다가, 정조 2년(1797)에 이르러 이병모 등에게 명하여 『삼강행실도』와 『이륜행실도』를 합치고 필요한 수정을 더하여 효자 33인, 충신 35인, 열녀 35인, 형제 24인(종족 7인 포함), 붕우 11인(스승 제자 5인 포함) 등의 사실을 채집하였습니다. 이 책은 제목을 『오륜행실도』라 고치고, 당대 제일의 화가 김홍도로 하여금 그림을 그리게 한 후 세상에 간행·배포되었습니다.

『열녀전』에 이상좌가 그린 삽화와 마찬가지로 삽화로 모양을 낸 것이 끔찍하다 할 정도인데, 더욱이 정조 시절에는 서책에 간행에 정성을 다하던 때이므로, 『오륜행실도』의 초간본은 책 그것으로도 아닌 게 아니라 일대의 호화판이라 할 것입니다. 이 초판 판각은 철종 9년(1858) 겨울에 화재로 소실되어, 그 이듬해인 철종 10년(1859)에 다시 간행하였는데, 이것이 지금 흔히 세상에서 보는 『오륜행실도』입니다. 하지만 초판을 그대로 눌러 새긴지라 그 삽화에는 의연히 한 시대를 풍미한 명장(名匠)의 풍모를 더듬을 수 있습니다.

『오륜행실도』는 초판 이래로 일반 문화 수준이 높아지는 것과 함께, 이런 종류의 저술에 대한 수요가 커지게 되면서 공적으로든 혹은 사적으로든 여러 종류의 판각을 낳은 놀라운 세력으로써 세상에 보급하여, 이른바 백성을 교화하고 훌륭한 풍속을 이루는 데 있어 아무도 따를 수 없는 가르침의 이득이 있었습니다. 조선에서 민중 일반 및 가정 전부에서 윤리 교육에 관한 독본(읽을거리) 역할을 한 것은 참으로 『오륜행실도』뿐이라 할 수 있을 것입니다. 『오륜행실도』가 나온 후 일반 가정에서 윤리 독본을 가졌다고 말할 것입니다.

『이륜행실도』의 편찬자이자 간행자인 김안국의 아우 김정국은 황해도 관찰사가 되었을 때 일반 민중이 인륜의 소중함과 법이 무엇인지 모르는 채 죄를 범하고 형벌에 빠지는 일이 많은 것을 보고 이를 한탄하여, 부모·부부·형제·자매·친족·주종·이웃·산업·싸움·저축·사기·간통·도적·살인 등 13항목을 간추려 인민들이 평소 주의할 사항으로 설명하는 '경민(警民)', 즉 백성을 깨우치는 글이란 제목으로 민간에 반포한 일이 있습니다. 마치 명나라 태조가 『대고(大誥)』를 간포한 것과 같은 친절에서 나온 것이겠지요.

그 뒤에 선조조의 송강(松江) 정철(鄭澈)이 아마 강원도 감사로 갔을 때의 일인 듯한데, 오륜(五倫)의 중요한 이치를 알기 쉬운 말로 짧은 노래 수십 개를 지어 민간에 유행케 한 일이 있었습니다. 효종 7년(1656)에 이후원이 『경민』을 번역하고 이를 판각하여 지방에 널리 유포할 때에, 정철의 단가 16수를 「훈민가(訓民歌)」라 이름하여 『경민』에 합쳐 간행하였습니다. 이 『경민』과 「훈민가」는 이후에도 가끔 임금의 명으로 지방에 단단히 경계하도록 하여 아무쪼록 민간에 보급하기를 꾀한 일이 있습니다. 이것도 근대 조선의 실천 윤리서이자 가정 교육 독본으로 간과할 수 없이 요긴한 책입니다.

「훈민가」는 일반 백성들의 입에 오르내리기 좋은 운문의 형식을 취한 점에서 지금까지도 없는 특색을 가졌습니다. 그 예를 보자면 이런 것들입니다.

「훈민가」 중 세 절

1. 아버님 날 낳으시고 어머님 날 기르시니

　두 분 아니셨으면 이 몸이 자랐을까

　하늘같은 끝없는 은덕을 어디에다 갚을 수 있을까

3. 형아, 아우야, 네 살을 만져보아라.

　누구에게서 태어났길래 모습조차 같은 것인가?

　같은 젖을 먹고 자랐으니 딴마음을 먹지 마라.

13. 오늘도 다 새었다, 호미 매고 가자꾸나

　　내 논 다 매거든 네 논도 매어주마

　　오는 길에 뽕 따다가 누에 먹여보자꾸나

　정철의 단가체인 「훈민가」 외에, 작자가 누구인지 알기 어려운 것이 『오륜가』니 『경세가(警世歌)』니 하는 장가체(長歌體)가 있습니다. 『경세가』와 같은 것은 역대 부자·군신·부부·장유·붕우·종교 이하를 15편으로 나누어 당당하게 한 권의 큰 책자를 이루고 있습니다. 윤리 교육적 가정 독서물은 이상에서 말한 것 외에 『소학』·『동몽선습(童蒙先習)』 등의 언해를 들 수 있습니다만, 이것들은 특별히 설명을 덧붙일 필요가 있다고 생각합니다.

　조선 가정 문학의 첫 번째라 한 윤리 효과적인 것은 대강 이러한 몇 가지를 들어 말할 것입니다. 이러한 가정 독본 혹은 실천 윤리서 같은 것을 문학이라고 말하는 게 좀 미안한 지점도 있지만, 이 외에 이렇다 할 가정 문학 분야를 말할 거리가 변변치 못한 조선에서는 이것이 가정에 있어서 그 목적하는 윤리 교육 외에 그냥 글을 배우는 기회도 되고 생각을 단련하는 재료도 되었습니다.

　이 외에 약간 있는 것은 전부 감춰 두고 숨어서 보는 종류의 것인데 비하여, 어떠한 가정에서고 드러내놓고 가족 모두가 한 가지로 보고 또한 즐겨 문학에 대한 감상으로 유일한 재료가 되는 점에서 본다면, 아직 문학적이라는 범위에 집어넣고 보는 것도 그다지 잘못된 일이 아니라고 우리는 생각합니다.

4. 종교적 독서물

가정 문학의 두 번째 종류는 종교 방면의 것입니다. 이것도 물론 광의의 문학에 속할 것입니다. 종교심·신앙심에 대한 정성은 원래 부녀자들 사이에서 특별히 깊은데, 일반 여성의 사회적 지위, 즉 눌리고 짓밟힌 부자유한 생활은 저절로 현실을 초월한 다른 세계에 대한 어렴풋한 희망을 붙이게 되기 때문에, 이른바 저승길을 닦는다는 의미에서 종교 신앙은 부녀자 생활의 주요한 일면인 것입니다.

아마 어떠한 부인네든 혹은 어떠한 가정이든 완전히 종교적 요소와 남남이 되어 있을 이는 하나도 없을 것입니다. 간단하게는 성주·터주·건립·업의 양으로부터, 두드러지게는 염불·조상 참배 등에 이르기까지 무엇이든지 종교적·신앙적 행위가 어느 가정에서든지 반드시 발견됩니다. 신앙에 대한 부녀자의 이와 같은 심리는 의례를 실천하는 측면을 넘어 차츰 예술·문화 위에서도 적당한 표상을 구하게 되었습니다. 이것이 실로 가정 문학과 종교가 저절로 친밀한 인연을 가지게 된 계기입니다. 더욱이 조선처럼 가정 및 부녀자가 문학적·예술적으로 은덕을 받지 못함이 극심한 곳에서는 종교 관계의 문학·저술이 단지 신앙적 이유 외에는 달리 생활을 관조한다거나 신심(神心)을 윤택하게 하는 일종의 문학적 가치·예술적 직능 따위를 발휘할 여지가 푼푼히 없는 것입니다.

조선의 가정에 신앙 측면에서와 마찬가지로 문학 측면을 가지고 나타난 종교는 불교가 처음입니다. 불교는 여러 가지 점에서, 아니 어떠한 점으로도 남들보다 탁월하지만 그 문학적 요소로만 말해도 세계 어느 종교보다 풍부하고 위대한 것이 있음을 새삼스레 말할 것도 없습니다. 시로, 소설로, 희곡으로, 논설 등등으로 불교는 종교 그 자체로 이미 위대하고 절대한 문학입니다. 세상에 통용되는 『팔만대장경(八萬大藏經)』이나 되는 일체의 경전 중 어떤 것 하나도 문학으로 칠보명주(七寶明珠) 아닌 것이 없습니다. 그 자그마하고 변변치 않은 모퉁이 한 조각을 떼어 내올지라도 사람들 마음에 찬연한 빛과 유연(油然)한 흥미를 주지 아니하는 것이 없습니다.

이러한 본질을 가진 불교가 메말라서 탈 듯한 조선의 인심과 만났으니, 그 문학적 성능이 얼마나 활발하게 작용하였을지는 상상하고도 남음이 있을 바입니다. 불교가 신앙의 위력을 주지 못한 부면이 있을지라도 그 문학적 영향만은 깊이깊이 물들어 퍼지고 스며들어간 것이 사실입니다. 오늘날 조선의 사회, 특히 가정과 부녀자 사이에서 문학 예술의 냄새를 풍기는 생각과 말은 그 대부분이 불교의 경전에서 연원해 나온 것임을 우리는 지적할 수 있습니다.

문학의 성능은 답답하고 텁텁한 인생 현실로부터 황홀한 도취에 빠지는 정감의 세계로 끌어들임에 있는 것입니다. 이 점에 있어 불교의 교리 표현은 예술적 기교의 극치를 나타냅니다. 아미타불의 극락정토(極樂淨土), 약사여래의 만월세계(滿月世界), 미륵망(彌勒望)의 도솔천궁(兜率天宮)은 말할 것도 없고, 『법화경』의 영산회상(靈山會上), 『화엄경』의 화장찰해(華藏刹海) 등 그 어느 것이라도 우리에게 예술의 지극한 맛, 문학의 오묘한 뜻을 무척무척 가져다주는 큰 보물 창고가 아닙니까? 불교의 연설을 듣고 절에서 코끼리 상을 만나는 것이 이미 문학적 도취의 획득에 값하는 것입니다. 오그라졌던 마음의 거문고 줄이 이를 말미암아 기쁨의 가락을 울려내고, 안개에 가렸던 영혼의 눈이 이를 말미암아 고향의 해를 우러러보는 모양이었습니다.

불교의 문학적 작용도 글로 하는 것보다 말로 하는 것이 많고, 눈으로 들어가는 것보다 귀로 들어가는 것이 많은 게 사실입니다. 경륜이 오래되고 의미가 세다고 해서 그대로 온통 가정에서 통용되는 무엇이 될 수는 없습니다. 세종 대왕께서 언문을 만드시고, 세종으로부터 세조 시대에 걸쳐 허다한 불경이 언문으로 번역되었습니다만, 이러한 불경 언해가 일반 가정에 문학으로 들어가 작용했다는 흔적은 찾을 수 없습니다. 또한 『월인천강지곡(月印千江之曲)』이니 『석보상절(釋譜詳節)』이니 하는 붓다(부처님)의 전기가 노래체로 저술되어 언문으로 간행되었지만, 이것이 얼마나 민간에 보급되었는지 또한 의문입니다.

그렇다면 불교의 문학이 일반적으로 읽히는 서책으로 대중의 사이에 행한 것이 없느냐 하면 그것은 결코 그렇지 않습니다. 이렇게 크고 바른 경전류는 대개 장식용으로 존재하였을 뿐 아니라 표면적으로 작동했던 것에 비해, 일반적이고 실제적으로 가정 문학의 중요한 일각을 점거했던 것은 따로 있었습니다.

첫째로는 석가세존(釋迦世尊)의 『팔상록(八相錄)』입니다. 좀 전에 언급한 『석보상절』이니 『월인천강지곡』이니 하는 것도 죄다 석가모니 부처님의 일대기 행적을 설명하여 신심을 열어주는 저술들이어니와, 이 『팔상록』도 역시 석가모니 부처님의 일생 사실을 소설투로 평이하게 소개한 것입니다. 『월인석보』가 관을 쓰고 도포를 차려입은 위엄을 갖추어 쉽게 덤비기 어려운 것임에 비해, 『팔상록』은 동저고리바람으로 책상다리를 한 사람 같아서 얼른 가까이 달려들기 쉬운 격입니다.

조선의 대중 특히 가정과 부인이 가진 불교 문학의 대표적인 것은 이 『팔상록』이 되어버렸습니다. 팔상(八相)이란 더할 말없이 석가모니의 평생 사적을 종도솔천하(從兜率天下) · 탁태(託胎) · 출생(出生) · 출가(出家) · 성도(成道) · 항마(降魔) · 전법륜(轉法輪) · 입열반(入涅槃)이라 하여 여덟 개의 큰 단계로 나누어 서술한 것입니다.[2]

불교란 결국 석가모니의 인격 및 평생의 이력에 대한 이론적 조직에 불과한 것이매, 이 『팔상록』 한 편으로 불교의 핵심을 물론 설명하자면 설명할 수 있습니다. 삼법인(三法印)이니 팔정도(八正道)니 십이인연(十二因緣)이니 하는 추상적 이론보다, 일반 평민에게는 석가모니 일평생의 구체적 사실이 쉽게 불교를 붙들게 하는 손잡이가 될 듯도 한 것입니다.

여하간 『팔상록』은 불교를 신앙하는 가정이든, 신앙하지 않는 가정이든 어디에든지 골고루 들어가서, 언문을 보는 아낙네들이 대개 한 번은 읽는다고 할 정도로 일반에 널리 보급되었습니다. 이것을 불교라고 의식해서 보기보다는 다만 이야기책의 하나로 심상히 대할 때 『팔상록』 작자의 목적은 더 순조롭게 다가갈 수 있는 편도 되었습니다.

5. 불교적 요소

이조 오백 년 동안 표적으로는 불교가 무서운 억압을 받았고, 이

---

2 불교에서는 석가모니의 생애를 다음과 같은 여덟 가지로 나누어 설명한다. (1) 종도솔천하(從兜率天下): 도솔천에서 이 세상에 내려오는 모습. (2) 탁태(託胎): 룸비니 동산에서 탄생하는 모습. (3) 출생(出生): 네 성문으로 나가 세상을 관찰하는 모습. (4) 출가(出家): 성을 넘어 출가하는 모습. (5) 성도(成道): 설산에서 수도하는 모습. (6) 항마(降魔): 보리수 아래에서 악마의 항복을 받는 모습. (7) 전법륜(轉法輪): 녹야원에서 최초로 설법하는 모습. (8) 입열반(入涅槃): 사라쌍수(沙羅雙樹) 아래에서 열반에 드는 모습. 하지만 경론(經論)에 따라 팔상(八相)은 여러 설을 보이기도 한다.

면으로는 민중 사이에서 의연하게 질긴 생명을 가지고 있었습니다. 일방적으로 반드시 불교여야 한다는 의식이 아닐지라도, 일반 가정에서 충충한 굴속 같은 그 바삭바삭한 생활의 위에 구원의 생명으로 한 올 연락이 있어 기분의 여유와 윤기를 더한 점이 많았습니다. 그러한 힘은 맑은 샘물과 같은 『팔상록』의 힘을 입었기에 가능하였습니다.

이 『팔상록』이 인연이 되어 좀 더 깊고 오묘한 교리를 찾기도 하고, 좀 더 절실하고 충분히 갖추어져 있는 안심을 얻으려고도 하여, 마침내 아미타불의 안양국토(安養國土) 극락세계(極樂世界)와 같은 것이 어슴푸레한 중에 그의 생활을 인도하게 되었습니다. 부처를 알게 되면서 절대계(絶對界)를 알게 되고, 진리의 생활을 알게 되어 종교적 훈련을 하는 몸이 되었습니다. 『팔상록』은 단지 불교를 소개하는 것에서 그치지 않고, 곧 그대로 우리의 가정에 종교를 인식시킨 것이었습니다.

『팔상록』 외에도 일반 가정에 꽤 많이 읽힌 불전이 더러 있습니다. 경전으로 말하면 『아미타경』 같은 것은 진작부터 언해본이 나와서 다른 어떤 것보다 세상에서 많이 행하여졌습니다. 왜 그런고 하니, 불교의 취지와 열반의 묘미를 구체적인 사물로 표현하여 불법을 수행하는 이의 극락국토의 광경이 그림같이 눈앞에 떠오르도록 베풀어져 있어, 말만 들어도 재미가 나기 때문입니다.

칠중난순(七重欄楯)과 칠중라망(七重羅網)과 대중행수(大重行樹)가 모두 네 보물로 두루 둘러싼 것이라든지, 칠보지(七寶池)가 있어 팔공덕수(八功德水)[3]가 괴고, 칠보누대(七寶樓臺)와 오색향련(五色香蓮)이 거기 서로 빛을 내며 비추는 것이라든지, 주야(晝夜) 6시로 만다라화(曼陀羅華)[4]가 퍼붓고 하늘에선 노래가 진동하고, 백학(白鶴)·공

---

3 여덟 가지의 공덕(功德)이 있다는 극락정토의 못을 말한다.

작(孔雀) · 앵무(鸚鵡) · 사리(舍利) · 가릉빈가(迦陵頻迦)[5] · 공명지조(共命之鳥)[6]들이 우아하고 조화로운 음조로 신묘한 법문을 연설하는 광경을 파노라마처럼 우리의 눈앞에 펼쳐주는 『아미타경』은, 그것이 다만 관념적인 것에 불과하다 할지라도 그 경전을 가지고 있는 가정에 얼마나 큰 위안과 기꺼움을 넘쳐흐르게 하였을지는, 실로 상상 이상이었습니다.

이 초초한 몇 장의 책이 우리 가정 부인에게 단테도 되고, 밀턴도 되고, 셰익스피어도 되고, 괴테도 되었습니다. 종교의 성전인 동시에 문학의 황금탑이었습니다.

경전 외에는 이른바 영적 체험기, 즉 종교적 신심이 갸륵하여 신령한 부처의 도움을 받은 이야기가 꽤 많이 가정에서 읽혔습니다. 『삼국유사』 중에도 경륜 독송의 공덕 및 그 영험한 사실이 많이 있고, 조선 본토에는 잃어버려 전하지 않지만 백제와 신라의 비구승과 비구니승에 관한 기이한 사적이 중국의 『신승전(神僧傳)』이나 일본의 『영이기(靈異記)』 등에 실려 있는 것이 한두 개에 그치지 않습니다. 『법화영험전(法華靈驗傳)』 같은 것은 중국 뿐 아니라 우리 땅의 이야기까지 합쳐져 고려 시절에 세상에 판각된 것이 있습니다.

그러나 이것들은 죄다 한문으로 된 것이어서, 어느 정도 대중 가정의 눈을 거쳤을지는 잘 알 수 없습니다. 그런데 이러한 영적 체험기(영험기) 중에 『왕랑반혼전(王郎返魂傳)』이란 것이 있습니다. 일찍부터 한문으로 번역되어 혹은 단행본으로 혹은 여러 경전의 부록으로 갖가지 기회를 통해 퍽 널리 일반 대중에게 읽혔습니다.

---

4 인드라의 천계에 있다는 네 가지 꽃 가운데 하나를 일컫는다.

5 산스크리트 kalaviṅka의 음사. 묘음조(妙音鳥) · 애란(哀鸞)이라 번역되기도 한다. 머리와 팔은 사람의 모습이고 몸은 새의 모습을 한 상상의 새라고 일컬어지며, 극락정토에 사는데 소리가 매우 아름다워 극락조라고도 불린다.

6 산스크리트로는 jīva-jīvaka라고 한다. 인도의 북동 지역에 서식하는 꿩의 일종인데, jīva-jīvaka는 새의 울음소리를 표현했다.

길주 사람 왕사궤(王思机)가 나이 57세에 부인 송씨를 잃었는데, 11
년이 지난 어느 날 한밤중에 죽은 부인 송씨가 와서 창을 두드리며 급
하게 말했다.

"우리 부부가 평생 남이 염불하는 것을 비방하였는데, 이 때문에 내
가 먼저 저승으로 잡혀 와서 그 동안 문초를 당하여 오던 바, 내일은 당
신을 붙들어다가 대질을 하게 되었으니 그대는 주의하시오."

이에 왕씨가 미리 아미타불 그림족자를 걸어 놓고 사방을 향하고 염
불을 하자, 과연 저승의 온갖 잡귀들이 다가 왔지만, 단정하게 앉아 염
불을 하는 왕씨를 보고 감히 달려들어 붙들지 못했다. 오히려 가만히
염라 대왕의 명을 전하며 곱게 모시고 들어가 사정을 염라 대왕께 여
쭈었다. 대왕도 바삐 의자에게 일어나 왕씨를 맞아 섬돌 위로 올라오게
하니, 십대왕이 일제히 절하며 말하였다.

"그대 부부가 전날에는 남이 염불하는 것을 비방하기에 지옥으로
보내려 하였는데, 지금은 들으니 이전에 갖고 있던 마음을 회개하고 염
불을 삼가 잘 실천한다는구나. 그러면 인간으로 돌아가서 남은 목숨 30
년에 상으로 60년을 더하여 불법을 인연으로 삼아 즐거운 세월을 보내
라."

이리하여 왕씨는 그냥 회생시키고 송씨는 이미 죽었으니 공주의 몸
에 혼을 넣어 환생시켜 서로 부부가 되니, 150세씩이나 함께 살며 즐거
워하다가 극락으로 가니라.

『왕랑반혼전』 일편은 그다지 신기한 내용을 가진 것이 아니지만,
불법에 대한 신심이 조금씩 싹트기 시작한 사람에게는 자극이 되
고 길잡이가 되어서, 염불 수행을 부지런히 하게 하는 채찍이 되었
습니다.

직접적인 경전이나 영험기 종류 말고도, 여러 가지 기회를 통하
여 불교의 경륜은 그 특유한 문학적 공효(功效)를 우리의 가정에 물

대어 주었습니다. 가정에서 읽히는 많은 소설 중에 넌지시 들어 있는 불교적 요소들이 그 일례입니다. 『금송아지전』이나 『적성의전(翟成義傳)』처럼 아예 불교 설법을 그대로 번역한 것은 말고라도, 아들 없는 이가 불전에 기도를 한다든지, 아들 낳은 뒤에 신통한 승려가 중요한 가르침을 하고 간다든지, 『구운몽』과 같이 인생의 무상함을 상징적으로 가르친다든지 하는 종류의 사실은, 죄다 불교와 가정의 거리를 더욱 가깝게 만든 것임이 틀림없습니다.

말하자면 불교와 일반 대중과를 친밀히 붙잡아 준 것은 결코 고상한 교리나 오묘한 경전이 아니라, 도리어 이러한 종류의 하찮고 평이한 소설과 평범하게 가까이 있는 문학들이었음이 사실입니다. 이것을 대중 편에서 보자면, 불교를 통해서 먹고 사는 의식 혹은 어쨌든 그것과 연관된 의식을 붙잡게 되는데, 이것은 또한 결코 의식적이거나 노력을 통해 한 것이라기보다 대개 가정 안에서 어머니 품속의 젖꼭지를 주무르는 동안 자연스럽게 이와 같은 문학적 훈기를 쐬는 중에 자신도 모르게 머리에 들어가고 마음에 받게 된 것입니다.

6. 도교적 색채

불교 다음으로 우리 앞에 나타난 종교 문학은 도교 곧 신선도(神仙道)입니다. 도교라 하면 저절로 노자를 생각하지만, 노자와 『도덕경』이 곧 도교냐 하면 그것은 그렇지 않습니다. 도교가 철학적·이론적 근거를 노자에 두고 있는 것은 사실이지만, 이를 구체적이고 실행적으로 조직한 도교는 결국 중국의 예로부터 전해오는 온갖 민간 신앙을 모아서 만든 것입니다. 큰 틀에서 조직은 후한(後漢) 시대 장도릉(張道陵)의 손에 완성되었습니다.

중국에서 당나라 시대에 이르러 도교의 세력이 와짝 커져서 그 여파가 고구려 및 신라로 전해져 오고, 고려로부터 이조에 걸쳐 나라에 이미 태청관(太淸觀)이니 소격서(昭格署)니 하는 도교 법당이 있었습니다. 민간으로 말하여도 상원(上元)[7]이니 경신일(庚申日)이니 하는 세시 풍속과 북두칠성이니 농왕(籠王)이니 하는 신앙 대상이 있어 도교의 분자는 꽤 깊이 민중의 생활에 발길을 들여놓고 있었음이 사실입니다.

그러나 도교 문학이 가정 생활의 요소 중 하나로 자리매김한 것은 후대의 일입니다. 일부 단학 수련가, 즉 연단술(煉丹術)로 신선(神仙) 되는 공부를 하는 이들 사이에서는 진작부터 『참동계(參同契)』니 『오진편(悟眞篇)』이니 하는 도교 전적이 애송되고 공경된 것이 사실입니다. 그러나 이것이 일반 사람들과 가정 현상에 교섭하지 아니 함은 물론입니다.

도교의 문학적 요소가 가정과 부인네들의 생활에 그림자를 던지기 시작한건 아마 소설을 통해서 간접적으로 스며들면서부터입니다. 이조 소설의 획기적으로 건설한 자는 우리가 다른 기회에 소개한 것처럼 선조·광해군 시절의 허균(許筠)이라는 사람인데, 이 허균은 드러난 명사 중 가장 도교를 좋아하던 이입니다.

근래에 그 사람이 보던 무슨 책을 보니, 거기에 자신의 장서인(藏書印)을 찍어 놓았는데 그 문구가 스스로 도사(道士), 도교 수행자를 자처하고 있었습니다.[8] 그의 명작인 『홍길동전』에 허다하게 등장하는 신술적(神術的)인 장면이 나옴은 진실로 이러한 근거로써 나온

---

7 도교에서 '대보름날'을 이르는 말. 도교에서는 천상(天上)의 선관(仙官)이 일 년에 세 번 1월 15일, 7월 15일, 10월 15일에 인간의 선악을 살피는 때를 '삼원'이라고 하여 초제(醮祭)를 지내는데, 이 가운데 1월 15일을 가리킨다.

8 허균의 장서인은 '자원우현진인복양자허균단보도서기(紫垣右玄眞人復陽子許筠端甫圖書記)'이다. 현인(玄人)·진인(眞人) 등은 도교에서 참된 이치를 터득한 이를 가리킨다.

것입니다. 육정육갑(六丁六甲)이니 둔갑장신(遁甲藏身)이니 호풍환우(呼風喚雨)니 분신변형(分身變形)이니 하는 것이 죄다 장도릉의 도가에서 숭상하는 것입니다.

허균의 『홍길동전』에서 말미암는 이러한 도교적 사실은 그 이후 조선 전 소설을 구성하는 거의 공통적으로 반드시 갖춰야 하는 요소가 되어 버린 점이 있습니다. 『전우치전』이라든지 『금신선전(金神仙傳)』 같은 부류가 그 중에서 특별히 유난한 것이지만, 어느 소설에고 신술적 요소가 섞이지 아니한 것은 하나도 없다고 하여도 과언이 아닐 만합니다. 이러한 소설이 애독된 우리의 가정에서는 은연중에 도교적 관념이 꽤 진하게 스며들어온 셈입니다.

그러나 이러한 간접적 사실은 그만두고, 직접으로 도교의 서적이 우리의 가정에 들어온 것도 결코 적다고 할 수는 없습니다. 그것은 주로 관장무(關壯繆; 관우), 즉 속칭 관공(關公)님 숭배와 짝지어 공포된 것으로 보입니다. 조선에서 관우 장군을 정식으로 제사지내기 시작한 것은 임진란 이후의 일입니다. 명나라에서 온 군인들이 오래 머물러 있던 곳에는 반드시 그네의 무신(武神)으로 극히 존숭하는 관장무의 말을 딴 글을 세웠습니다. 이를테면 경성 · 남원 · 강진 · 평양 등에 있는 사당이 그것입니다.

실로 중국 민간에서 행하는 실제 도교의 주신이 관우 장군으로, 다른 여러 신은 죄다 관성제군(關聖帝君)을 내둘러 존재하는 것쯤 되어 있는 형편입니다. 그런데 그때 이래로 관공에 대한 숭배가 어찌나 널리 퍼졌는지 이른바 '전래님'처럼 위대한 세력을 우리 민간에서 발휘되게 되었으니, 이에 대해서는 새로 설명할 필요가 없을 것입니다. 경성의 남관왕묘(南關王廟) · 동관왕묘(東關王廟)와 같은 곳은 가끔 군주의 참배를 받잡고 나라에서 제향을 바쳐온 터입니다. 이 관공 숭배와 짝지어 중국에 있는 실제 도교의 경전을 차차 우리의 민간, 그중에서도 특히 가정으로 들여오게 되었습니다.

그 가장 주요한 것은 『감응편(感應編)』입니다. 이 책은 중국 송나라 사람인 이창령(李昌齡)이 태상노군(太上老君), 즉 도교 하느님의 계시를 받아서 쓴 것이라 합니다. 책을 들면 첫머리에 "좋은 일이든 나쁜 일이든 오직 사람이 초래하는 것일 뿐"이라는 말을 인용하면서, 사람이 착한 일을 하면 복을 받고, 악한 일을 하면 앙화를 받는 교리를 종교적으로 서술하였습니다.

또한 삼태성(三台星)[9]과 북두성(北斗星) 신군(神君)이 사람의 머리 위에서 사람의 죄과를 기록하여 그 수명을 빼앗는다. 또 삼시신(三尸神)[10]이 사람의 몸 안에 있으면서 매번 경신일(庚申日)이 되면 천조(天曹)[11]에 올라가 사람의 죄과를 말한다. 그믐날에는 조신(竈神; 부뚜막신)이 또한 그렇게 한다.

전체 1,277자로 된 이 『감응편』은 실로 민간에서 행하는 실제 도교의 근본 성전이라 할 만한 것인데, 언제부터인지 언문으로 번역되어 일반에서 행하여졌습니다.

다음으로는 문창제군(文昌帝君)이 주셨다는 『음즐문(陰騭文)』이란 것이 있습니다. 여기서 음(陰)은 '가만히'란 뜻이고, 즐(騭)은 '정한다'는 뜻입니다. 하느님이 드러나지 않고 그윽하게 가만히 인류의 행위를 보살피시고 화복을 내리신다는 취지를 말한 것입니다. 전문이 겨우 544글자인 단편이지만, 민간 도교에서는 매우 중요한 경전입니다.

---

9 국자 모양 북두칠성의 물을 담는 쪽에 비스듬히 길게 늘어선 세 쌍의 별을 말한다.

10 도교에서는 인간의 신체에 세 가지 벌레가 있다고 여기는데, 이를 삼충(三蟲), 삼팽(三彭), 삼시신(三尸神)이라 한다.

11 천상의 관부·관리를 일컫는 말로, 도교에서 사람의 공죄(功罪)에 따라 수명을 가감하는 권한이 있는 신을 의미한다.

문창제군의 본신은 하늘에 있는 문창성(文昌星) 별인데, 그를 인격화하여 문창제군, 줄여서 문제(文帝)라 하여 무제(武帝)인 관장무(관우)에 짝하는 도교 최고신의 한 분입니다. 이렇게 하늘의 신령이 행위의 선악을 따져서 상벌을 정하시매, 아무쪼록 공(功) 즉 선행을 쌓고, 과(過) 즉 악행을 저지르지 말아야 할 필요가 있습니다.

여기 맞추어서 『공과격(功過格)』이란 것이 생겨났습니다. '공과격'이란 매일 행사의 잘잘못을 기록해 두는 치부책이니, 어떤 날은 어떤 선행, 어떤 날은 어떤 악행을 하였다고 일일이 기입하며, 그 선악을 통계하여 더할 것은 더하고 뺄 것은 뺀 결과로 자기에게 닥칠 길흉화복을 판단하는 조건입니다. 이것은 명나라 시대의 원료궤(袁了几)란 이가 시작한 것인데, 이 뒤에 여러 가지 것들이 덧붙여져 세상에서 행해집니다. 이 『음즐문』과 『공과격』은 진작부터 언문번역이 있어 가정에 널리 유포되었습니다.

7. 인정 독서물

그 다음엔 관성제군(關聖帝君=관우)이 만들어 주신 『각세진경(覺世眞經)』입니다. 삼국 시대의 촉한의 장군이던 관우는 의리로 수신한 무용(武勇)의 전형이라 하여 그 후대에 차차 신격을 얻었고, 중국 고대의 군신인 치우(蚩尤)[12]를 대신하여 문창제군(文昌帝軍)은 문신(文神), 관장무(關壯繆) 관우는 무신(武神)으로 높이기에 이르렀습니다.

---

12 중국 고대 신화에 나타나는 인물. 구려족(九黎族)의 우두머리로서 황제(黃帝)와 전쟁을 벌였다고 전해진다. 전투에 매우 뛰어난 능력을 보여 예로부터 중국과 한국에서는 전쟁신 혹은 병기의 신으로 숭배되었다. 신농씨 때 황제와 더불어 탁록(涿鹿)의 들에서 싸웠는데, 짙은 안개를 일으켜 황제를 괴롭혔다. 훗날 지남거(指南車)를 만들어 방위를 알게 된 황제에게 잡혀 죽었다고 전한다.

또 명나라 만력(萬曆)¹³ 18년에는 조정으로부터 협천호국충의대
제(協天護國忠義大帝)라는 존호를 받게 되고, 민간 도교에서는 태상신
위영문웅무(太上神威英文雄武)라느니 지령지성지상지존삼계복마대제
관성제군(至靈至聖至上至尊三界伏魔大帝關聖帝君) 등의 단숨에 옮길 수
도 없는 긴 존호를 가지고 중국 민간 신앙에 있는 최고 · 최대의 존
귀한 신이 되어 공사(公私) 모두로부터 가장 경건한 제사를 받게 되
었습니다. 그래서 이 어른이 중생을 교화하기 위하여 만들어 주신
경전이 여러 가지 있는 중에 그 대표되는 것이 『각세진경』입니다.

　　사람이 세상에 살면서 충교(忠敎) · 절의(節義) 등의 일을 귀하게 여겨
　다하여 바야흐로 사람의 도(道)에 부끄러움이 없으면 천지(天地)의 사이
　에 설 수 있다.

『각세진경』은 이와 같은 말로 시작하면서 효선제악(效善際惡)의
중요한 길을 말한 것입니다. 『감응편』 · 『음즐문』과 이 『각세진경』
을 합하여 이르기를 '삼성교필독(三聖敎必讀)'이라 하여, 중국 민간
도교의 세 경전이라 합니다. 『각세진경』도 물론 진작부터 번역되었
고, 삼성교 중에서 가장 널리 세간에 유표한 것입니다.

고종 5년(1868)에 군의 변화가 있어 청으로부터 장수 오장경(吳長
慶)을 군대로 파견하여 우리 경성에 주둔케 한 적이 있습니다. 이에
그네들의 위력으로 관우 장군 숭배는 바짝 격양되어, 꽤 많은 도교
전적이 차례차례 간행되었습니다. 그중에서도 관우 장군이 지었다
는 『각세진경』 · 「구겁문(救劫文)」 · 「교유문(敎諭文)」 · 「배심성훈(拜
心聖訓)」 등과 이들의 영적 체험기는 원문과 번역문을 한 권에 합하
여 『과화존신(過化存神)』이란 이름으로 간행되었습니다(판본이 몇 종

───────────

13 중국 명나라 신종 때의 연호로 1573년부터 1619년까지이다.

류나 있다).

　이 밖에도 따로 『관성제군오륜경(關聖帝君五倫經)』이란 것도 간행
되었습니다. 『관성제군성독도지(關聖帝君聖讀圖誌)』도 복각(覆刻)되면
서, 조선의 도교는 완전히 관우 장군 중심의 시대로 나타나게 되었
습니다. 좀 전에 말한 관장무(관우)의 기다란 존호는 '관성제군보고
(關聖帝君寶誥)'라 하여, 이것만을 자꾸 외어도 화가 물러나고 복이
이른다 하여, 마치 불교인이 '나무아미타불'이나 '옴마니반메홈'
등의 거룩한 주문을 외듯, 아니 한때는 그보다도 더 굉장히 또 극
력히 일반 민간, 특히 가정 부인 사이에서 유행한 일도 있었습니다.

　이러한 도교 계통의 경전들의 내용은 인생에서 날마다 쓸 수 있
는 보통 논리를 가장 평이하고 담박하게 말하여 누구든지 얼른 알
아들을 수 있을 뿐만 아니라, 실상 그전부터라도 스스로 실행하여
모두 대수롭지 않은 사실쯤 됩니다. 말하는 방법 역시 어디까지고
상식적이요 적설적(맛보기)이었으므로, 이러한 문학의 보급은 일반
서민의 윤리 관념을 격발시켜 사회의 풍화에 크게 도움이 되기도
하였습니다.

　동시에 그 간결하고 친절한 논리는 한편으로 가정 독본쪽에 문
학적 효과를 가져 온 것도 가릴 수 없는 사실입니다. 또 거슬러 올
라가면 도교로 말미암아 구체적으로 제시된 신선세계·삼청옥계
(三清玉界)에 대한 생각들이 우리 가정인의 생활에 커다란 예술적 정
감을 가져다주었음을 우리가 인정치 아니하면 아니 될 사실입니다.

　우리 가정 문학에 있는 종교적 분야를 말함에는 기독교와 관계
된 사실을 들추어야 합니다. 이 방면에는 존 번연[14]의 『The Pilgrim'
s Progress』를 번역해서 『천로역정(天路歷程)』이라고 일컫는 종교 문

────────────

14　영국 설교가이자 우화 작가. 기퍼드가 죽은 후로는 비국교파(非國敎派)의
　　설교자로서 명성을 얻었다. 대표작 『천로역정』은 영국 근대 소설 발전에 크
　　게 기여했으며 전 세계적으로 큰 영향을 끼쳤다.

학의 세계적 명저가 서구 문학 이식의 근원지라는 사실까지 겸해서 우리의 가정에 등장하는 두드러진 현상도 있지만, 아직 이 방면의 것은 말하지 않기로 하겠습니다.

가정 문학의 제3종류로 말씀할 것은 정조(情操) 함양적인 것입니다. 이것이야말로 순정한 의미에 있는 문학이라 할 수 있습니다. 실천 윤리의 교과서나 종교심의 선전문을 벗어나서, 인정 세태를 그려서 우리의 정감을 쑤석거리거나 신기하고 괴이한 사실을 들어서 우리의 악착한 생활면에 상상과 몽환의 여유를 주는 시가(詩歌)와 소설 같은 순문예적 작품이 여기 들 것입니다.

우리 조선 사대부 규문(閨門)의 행실은 지극히 엄정하여 삼대(三代)에 없던 바요, 한서(漢書)에서 "부인들은 정숙하고 신의가 있다."라고 칭한 것에 부끄럽지 않은 것이다. 그러나 근세에 큰 나라가 점점 무너져서 종종 차마 말하지 못하는 것이 있으니, 진실로 세교(世敎)가 쇠하고 예가 일어나 행해지지 않아서 그렇게 된 것이다. 이와 같다면, 어찌 중국인들이 칭찬한 "예악(禮樂)의 나라, 인의(仁義)의 나라"에 맞겠는가. 조선의 풍속은 여자를 가르치는 것을 언문으로 하고 한문으로 하지 않는다. 이 때문에 태어나서 성인의 가르침을 듣지 못하여, 삼강오상(三綱五常)이 중함을 알지 못하고, 언문으로 쓴 소설에 이르러서는 모두 음란하고 불경한 말이거늘, 부녀자들은 모두 공허하고 거짓에서 나온 줄을 모르고 돈사(惇史: 덕행이 있는 사람의 언행을 기록한 것)로 알고 있으니, 그 도덕에 어긋남이 모두 여기에서 나온 것이다. 조정에서 언문으로 쓴 소설을 엄히 금하고, 그 부모로 하여금 『효경』·『소학』·『여사서』 등의 책을 가르치게 하면 거의 풍속을 바꿀 수 있을 것이다. 하지만 이 의리를 아는 자가 매우 적으니, 장차 다 같이 빠져서 오랑캐와 금수가 될 것인가.

근대 산림(山林)의 한 분인 홍직필(洪直弼)의 「매산잡지(梅山雜識)」

란 수필입니다. 여기에 보면 개탄하며 언문 소설의 폐해를 극론합니다. 이 말의 일면에는 여자가 학문을 넓혀야 한다는 의견이 있기도 하고, 또 언문 소설이 가정 안에서 가지는 세력이 얼마나 굉장한 것인지를 나타내는 말도 볼 수 있습니다. 그러나 인성이나 사회 제도의 결함 같은 것은 전혀 거론하지 않고, 가정에 있는 아름답지 못한 현상은 죄다 언문 소설을 보고 받은 것에서 나온 것처럼 말하는 대목은 편벽하기도 하고 가혹하기도 한 심한 논법이라 할 것입니다.

그런데 이것이 홍직필 한 사람의 개인적 의론이 아닙니다. 실로 당시 그리고 그 이후에도 계급적으로 여성이 배우는 문제와 가정 단속 등에 관해서는 옛날부터 내려오는 가르침도 있고, 점잖다는 분들 중에도 여자는 글을 알면 못쓴다 하여 한문은 물론이요, 언문까지도 가르칠 것이 아니라고 하는 완고한 의견을 편 분들이 있습니다.

그러나 옛날 가정의 실제를 보건대, 일부 인사들로부터 유래되어 독약인 비상(砒霜)보다도 더 독하게 생각된 언문 소설이 그 예술적 성능은 그만두고서라도, 다만 일반 가정인의 지식을 계발하고 감정을 순화하고, 사회의 본질을 인식시키고, 그 실제 생활상의 일상적인 변화와 종종 일어나는 파란 등에 순응하는 방법을 시사하는 등, 말하자면 인생학의 교과서로서도 그 공력과 효과는 자못 위대했고 거의 절대적이었음을 인정하지 않을 수 없습니다.

8. 각종 소설류

가정의 부녀자들이 살아있는 실제 사회와 바른 인생을 인식할 수 있는 기회는 언문 소설을 통하는 방법 외에 다른 것이 없었습니다. 이를테면 홍직필이 말한 『효경』·『소학』·『여사서』 등을 아무리 귀에다가 퍼부어도 그것을 알아듣게 하거나, 그것을 소화하여 실행력으로 얼른 옮기기를 얼른 기대할 수 없는 것입니다. 도학(道學) 선생들이 허황하고 불경스럽다고 하는 언문 소설들은, 도학 선생이 가르치려 하는 충효의열(忠孝義烈)이나 수신제가(修身齊家)의 중요한 뜻을 언제 가르치는지 모르게 깊이 배우게 하는 재주를 가졌습니다.

이른바 실물 교육적인 감격과 긍정 중에 이것에 나타난 정신으로, 『심청전』·『적성의전』 등에서 효(孝)를, 『숙영낭자전』·『백학선전』 등에서 열(烈)을, 『장화홍련전』·『정을선전(鄭乙善傳)』·『장풍운전(張豊雲傳)』 등에서 계모와 함께 살 때의 처신 방법을, 『사씨남정기』·『창선감의록』 등에서 처첩간의 갈등에 대한 인식을, 『월봉기(月峰記)』에서 아비 원수 갚는 의리를, 『진대방전(陳大方傳)』에서 집안 다스리는 법도를 보고 느끼고 깨닫고 가다듬음이, 심심한 『소학』이나 말라비틀어진 『여사서』 등에 비할 바가 아님을 알고 보면 탄복할 따름입니다.

옛날 가정 부인이 충효의열의 구체적 인식을 얻는 데가 『열녀전』이나 『내훈』이 아니라, 실상 이러한 언문 소설이었습니다. 도덕적 가치, 교육적 의미로도 이 소설을 찬송할 것이지 조금도 비난할 이유가 있지 아니할 것입니다. 또 일반 서민의 가정에서 보다 특히 상류 귀족 사회에 한하여 읽히던 대다수의 소설들은 다음과 같은 것들입니다.

『무목왕정충록(武穆王貞忠錄)』, 『곽무왕충장록(郭武王忠壯錄)』, 『범문정공충절언행록(范文正公忠節言行錄)』, 『구래공정충직절기(寇萊公貞忠直節記)』, 『김씨효행록(金氏孝行錄)』, 『엄씨효문청행록(嚴氏孝門淸行錄)』, 『명문정의록(名門貞義錄)』, 『최씨숙렬기(崔氏淑烈記)』, 『화씨충효록(花氏忠孝錄)』, 『보은기우록(報恩奇遇錄)』, 『효의정충초행록(孝義貞忠初行錄)』, 『충렬의협전(忠烈義俠傳)』, 『하씨선행록(河氏善行錄)』, 『유씨삼대현행록(劉氏三代賢行錄)』

　전부 충효의열 · 가언선행(嘉言善行)의 주제로 이루어져 있지 아니한 것이 없는 것처럼, 내용은 그만두고라도 겉의 이름만 보아도 도덕 교육의 비근한 목적쯤은 달할 만큼 되어 있습니다. 이러한 소설을 가정에서 구축해야하겠다 라고 함은 결국 인정이나 생활의 의미만 알지 못하는 게 아니라, 언문 소설의 실제 또한 잘 알지 못한 무식에서 나왔다고 말할 수밖에 없습니다.
　물론 언문 소설이 이렇게 도덕적 내용만이 있는 것은 아닙니다. 『임진록(壬辰錄)』이나 『신미록(辛未錄)』 같은 역사적인 내용도 있습니다. 『임장군전(林將軍傳)』이나 『박씨전(朴氏傳)』 같은 인물 전기적인 것도 있습니다. 또 『홍길동전』 같은 영웅적인 것, 『숙향전(淑香傳)』 같은 신선적인 것, 『양산백(梁山伯)』 · 『금방울전』 같은 기이한 것, 『삼설기(三說記)』 같은 풍자적인 것 등등 진실로 다종 · 다양 · 다각 · 다면의 내용을 가지고 있습니다. 외국의 것을 번역한 것도 있고, 본국에서의 창작한 것도 있고, 사실을 변통한 것도 있고, 공상을 마음대로 한 것도 있어 꽃은 붉고 버드나무는 푸른 세계, 즉 자연 그대로의 맛과 멋이 제대로 갖추어져 있습니다.
　대저 언문 소설이란 것도 그 곬이 여럿 있어, 가장 고급한 것은 궁중에서 짜임새 있게 번역하여 보던 것으로, 『홍루몽(紅樓夢)』과 같은 대부분 본성에 관련된 것과 『선진일사(禪眞逸史)』처럼 남녀 애정 관계의 것까지 안과 밖 혹은 옛날과 현재 등에 걸쳐 다수의 종류를 포괄하고 있습니다. 그 가장 저급한 것으로는 일반 민중을 대상으로 손쉽게 팔기 위해 아무쪼록 간단하고 짤막한 것, 설사 원문이 긴 것이라도 기어이 간단하고 짤막하게 만들어서 열장 스무 장짜리 한 권으로 만들어 낸 것이니, 이런 것은 아마 서울이나 지방 모두를 합하여 불과 45~50종쯤 될 것입니다.

이 두 경향 사이에 아마도 경성에만 있을 듯한 세책(貰冊)이란 것이 있습니다. 요컨대 거대한 장편이나 짤막한 단편이나를 막론하고 무릇 대중의 흥미를 끌만한 소설 종류를 등사하여 30~40장씩 한 권으로 만들어서, 많은 것은 수백 권 한 질, 적은 것은 2~3권 한 질로 만들어 한두 푼의 대여비를 받고 빌려주어서 보고 돌려보내고, 돌아온 것을 또 다른 사람에게 빌려주는 조직입니다. 한창 흥성할 때는 그 종류가 수백 종 수천 권을 초과하였습니다. 수십 년 전까지도 서울 향목동(香木洞)에 세책집 하나가 남아 있었는데, 우리는 조만간 없어질 것을 생각하여 그 목록만이라도 남겨 두려고 세책 목록을 베껴 둔 일이 있습니다. 이때에도 실제로 세주던 것이 총 120종, 3,221책(이 중에서 같은 종류 책이 13종 491책)이라 계산되었습니다.

이 중 『윤하정삼문취록(尹河鄭三門聚錄)』이란 책은 총 186권, 『임화정연(林花鄭延)』은 총 139권, 『명주보월빙(明珠寶月聘)』은 총 117권, 『명문정의(明門貞義)』는 총 116권 등 꽤 장편인 작품도 적지 않았습니다. 또한 궁중 언문책 목록으로는 『홍루몽』이 총 120권, 『후홍루몽(後紅樓夢)』이 총 220권, 『속홍루몽(續紅樓夢)』이 총 24권, 『홍루몽보(紅樓夢補)』가 총 20권으로 『홍루몽』만 전체 총 384권에 이릅니다. 이들 소설의 대부분이 대개 가정을 중심으로 인생의 파란을 그리고, 또 거기 임하는데 도를 가르쳐 준다 할 만한 것입니다.

사막 같은 가정에 이러한 소설들이 샘물이 되고, 골방 속에 갇힌 부인네에게는 달 밝고 별 깜박거리는 시원한 하늘을 보여 주는 것이 실로 소설의 세계였습니다. 옛날에 음란하고 방탕해서 가정에 들이지 못할 것으로 치던 『춘향전』 같은 것도, 그 테마로 말하면 고금에 드문 정절을 나타내고 있었으며, 반드시 충효의열을 주제로 하지 않은 것이라도 『열국지(列國志)』・『동서양한의(東西兩漢義)』・

『삼국지(三國志)』등도 가정 부인에게 있어서 역사서인『통감강목
(通鑑綱目)』이상으로, 역사 지식의 큰 원천이 되지 아니하였습니까?
학교가 여기 있고 수신할 수 있는 도량(道場)이 여기 있고 꽃동산과
놀이터도 여기 있었습니다. 그러므로 가정 생활에 있는 이 소설의
공덕은 진실로 더 이상 이를 것도, 더 이상 설명할 것도 없을 만큼
크고 갸륵하며 고마운 것들이었습니다.

9. 가요편

소설 다음으로 가정 문학의 주요한 부분을 차지하는 것에는 또
시가(詩歌), 즉 노래의 종류가 있습니다. 집에는 대청마루가 있고 동
산도 있으며, 밥만 먹는 것이 아니라 떡이나 술도 생각하는 것처럼,
아무리 집구석에 쥐어박은 아낙네에게도 선들선들하고 거들거들
한 문학의 충동이 있습니다.

이것을 이미 눌러 없애지 못할 것인 바에는 이러한 기갈에 대한
양식도 얼마만큼 공급되지 않을 수 없는 것이 물론입니다. 문학, 특
히 운율 생활하고는 높은 담을 쌓고 지내는 듯한 조선의 가정에도
찾아보면 장단(長短)·심천(深淺)을 통하여 꽤 많은 종류의 시가적
인 작품이 있습니다. 또 그것들이 제각기 가정 생활 및 부인 교양
에서 중요한 역할을 담당하고 있었음을 볼 수 있습니다.

우선 교육적 가치부터 살펴볼지라도, 역사 지식에 물을 대어 주
는「만고가(萬古歌)」, 지리 교과서의 대용인「팔도가(八道歌)」, 조선
의 제도를 일러주는「한양가(漢陽歌)」(한양을 중심으로 하여 궁정의 동정,
조정의 제도로부터 옛날 사회의 온갖 문화 풍물을 엮어낸 것) 외국의 풍물을
소개하는「연행가(燕行歌)」(서울로부터 의주 천리, 요동 7백 리를 지나고, 만
리장성을 거쳐서 북경까지 들어가는 노정의 이목에 거치는 모든 사물을 읊어 낸

것)가 있습니다.

앉아서 명승고적을 구경하게 하는 노래로는, 금강산에는 「금강외곡(金剛外曲)」, 묘향산에는 「향산가(香山歌)」, 관동팔경에는 「관동외곡(關同外曲)」, 강선루에는 「선루별곡(仙樓別曲)」, 촉석루에는 「진양외곡(晉陽外曲)」이라 하는 것이 있어 울긋불긋 화려하고 만발한 향기에 감기고 취하는 광경을 발휘해 보여주고 있습니다.

한편 사춘기 여자에게는 인생의 큰일인 혼인 생활에 대한 모든 관심을 과년한 처녀가 시집을 생각하는 사설에 붙여서 완곡하게 감득하게 한 「노처녀가」가 있습니다. 그리고 시집간 뒤에 제사를 받들고, 손님들 응접하고, 자녀 낳아 기르고, 집안 살림 이끌어가는 신묘한 이치를 능수능란하게 하는 어느 아가씨 한 분과 망골로 하는 괴똥어미라는 가상의 인물을 대조하여, 철없이 시집가는 어린 딸의 손그릇 속에 넌지시 넣어주던 「괴똥어미전」도 있습니다. 여기에 「노처녀가」와 「괴똥어미전」을 합해서 한데 반죽하고 거기에 예술적인 양념을 얹은 「꼭두각시전」까지 있으니, 말하자면 새색시 교과서, 웃고 배우는 가사학 독본이라 할 것들이 이 노래책 안에 갖추어 있는 셈입니다.

특별히 경상도 가정에서 자녀 교육에 많이 적용하는 가정 가요인 「오륜가(五倫歌)」·「북청가(北青歌)」·「거창가(居昌歌)」를 비롯한 기타 허다한 작품과, 서울에서도 좀 치우친 사회에서 애독되는 「남초가(南草歌)」·「박물가(博物歌)」·「규중가(閨中歌)」·「과부가(寡婦歌)」 등도 자칫하면 전부 말라붙게 되었을지도 모를 깊은 규중 속 처자들의 목젖을 겨우 부드럽게 침질해 주었던 중요한 가요들이었습니다.

말하자면 텁텁한 나무때기에서 딱딱한 돌덩이로 되어가던 조선 옛날의 가정 부인에게 그 자체로 정조(情操)며 취미며, 꽃에 울고 달에 반가워하는 인생의 기능 등까지를 아직 잊어버리지 않도록 복용하는 독삼탕(獨蔘湯)[15]이 바로 노래들이었습니다.

　가요에는 조선에서 창작된 것뿐만 아니라, 중국의 것을 번역하여 상당히 큰 효과를 나타낸 작품들도 있었습니다. 이를테면 옛날 어느 높은 계급 인사의 가정에서 시집보내는 딸의 경대 한 구석에 집어넣어 주는 「공작행(孔雀行)」·「직금도(織錦圖)」 등의 번역은 그 두드러진 예입니다.

　「공작행」이란 것은 중국에서 오래되고 또 유명한 가정 비극의 서사시입니다. 한나라 말년에 여강부(廬江府) 아전이던 초중경(焦仲卿)의 아내 유씨(劉氏)가 시어머니의 구박으로 생나무가 쪼개지듯 안팎으로 잡아 떼임을 당하게 되었습니다. 당사자인 유씨는 죽기를 각오하여 다른 곳으로는 절대 시집을 가지 않겠다고 하였는데, 그 본가에서는 기어이 좋은 자리가 있다고 하여서 억지로 유씨를 핍박하니, 유씨가 그만 자살하고 중경이 그 뒤를 따라 죽었습니다. 「공작행」은 이 사건을 시로 지어 조문한 글입니다. 그 첫머리에 공작이 동남 방향으로 나는데 5리에 한 번씩 빙빙 돌더라 한 것을 따라 공작행, 즉 공작의 노래라고 이름 지은 것입니다.

　「공작행」은 대체로 유씨가 중경을 향하여 하소연하는 형식을 쓰고 있습니다. "어려서부터 영리하여 온갖 재주를 다 배우고 일도 잘 하고 부지런하기도 짝이 없었는데, 17세 그대의 집으로 시집오매 그대는 궁으로 들어가 있는 날이 많아서 거의 항상 빈 방을 혼자 지키다시피 하였습니다. 그러던 중에, 닭 울 때부터 베틀을 차고앉아서 밤잠을 아니 자고 3일에 다섯 필씩을 만들어도 더디다고 트집하는 시부모 밑에서 갖은 고초를 다 겪고 온갖 고생을 겪으면서 그대를 바라는 마음 하나로 죽은 듯이 참고 지냈습니다. 그런데

─────

15 맹물에 인삼 한 가지로 한 번에 많은 용량을 쓰는 탕약. 더운 약으로 쓰이나 병이 매우 위태한 때에 흥분제로, 또는 크게 기운을 돕는 데 쓰인다.

이래도 달달 볶는 시어머니와 꼭꼭 꼬집는 시누이들이 들볶고 꼬집다 못하여 그토록 나를 죄 없이 쫓아내므로 할 수 없이 집으로 돌아왔습니다…"

집에서 반갑다 할 리 없는데, 며칠 지나지 않아 중매가 들어와 문벌이 좋고 재산이 많고 인물 잘난 신랑을 천거하고 부모 형제들은 이런 자리를 마다하면 복을 잃는 것일까봐 하늘이 무섭다 하였습니다. 부모 형제들을 통해 비단 폐백을 받고 좋은 날짜를 선택하여 '양길(良吉) 30일, 금이(今已) 27일'이라 수많은 말과 수레에 금은보화며 의복·장신구 따위를 가득 싣고 4~5백 명의 사람이 달려와서 내일이면 담아 간다고 하는 그 전날에, 중경이 이 소식을 듣고 황급히 달려와 겨우 둘이 만나 몹시 애절하게 피차의 간곡한 정을 말하고 살아서 헤어질 바에는 죽어서 모이는 편이 낫다 하면서 각자 집으로 돌아가 이튿날 약속한 시간에 색시는 연못에 빠져 죽고, 중경은 뜰 앞 나무에 목을 매서 죽었습니다.

> 양가(兩家)에서 합장하길 원해 화산(華山) 가에 함께 묻었네
> 동서로 소나무와 잣나무를 심고 좌우로 오동나무를 심으니
> 가지들은 서로 덮어주고 잎사귀들은 서로 이어지네
> 그 한 가운데를 날아가는 한 쌍의 새 스스로 원앙이라 이름하네
> 머리를 들고 서로를 향해 울기를 밤마다 오경(五更) 때까지 하니
> 지나는 사람 발을 멈추어 듣고 과부(寡婦)는 일어나 방황하네
> 후세 사람에게 누차 말하노라 경계하고 삼가 잊지 말기를

이렇게 끝을 맺은 이 노래는 1,745자의 장편시입니다. 새색시 시집살이의 어려움과 시부모 밑에서 부부의 사랑이 자유롭지 못한 것, 설사 어떠한 핍박이 다가올지라도 부부는 서로 죽을지언정 따로 헤어지지 못할 것 등을 보이는 그 의미도 좋거니와 사건의 전개

가 자연스럽고 정경의 묘사가 간곡하여 아닌 게 아니라 아름다운 이야기요, 재미있는 시요, 시집간 새색시가 혼자 자기 방에 있을 때 몰래 펴 보고 이 생각 저 생각하며 즐기기도 하고 위로 받기에도 적당한 명작입니다.

「직금도」란 것은 전진(前秦) 시절 소야란(蘇若蘭)이란 색시가 지은 글로, 무늬를 만들어 짠 비단입니다. 소씨의 이름은 혜(蕙)요, 자(字)는 야란(若蘭)인데, 얼굴이 곱고 재주가 놀라웠습니다. 16세에 두도(竇滔)라는 이에게 시집갔는데, 남편이 몹시 경애하였건마는 두도의 성질이 급하고 치우쳤을 뿐 아니라 샘도 많아서 가끔 풍파가 일었습니다. 두도가 전진(5호16국의 秦나라)에서 벼슬하여 안남 장군(安南將軍)에 임명되어 양양(襄陽)으로 부임되어 갈 때, 두도는 자신이 총애하는 첩 조양태(趙陽台)를 몰래 감추었지만 이를 소씨가 찾아내어 갖은 욕을 다 보였습니다. 그러자 양태도 소씨의 흠을 들춰서 두도에게 참소하니 삼각관계의 갈등은 얽힐 대로 얽혔습니다. 이때 소씨의 나이 이때 21세인데 두도가 부임을 하면서 함께 가자고 하였지만 소씨가 이를 거절하므로 어쩔 수 없이 양태를 데리고 가서는 그만 소식을 끊어버렸습니다.

차차 뉘우치는 마음이 싹튼 소씨는 오색 실로 비단을 짰는데, 남편 생각하는 간절한 뜻을 아름답게 시로 짓되 세로로 넓게 8촌의 폭 위에 글자 800자를 가지고 되먹고 맞물려서 시 800여 수가 되고 글자와 글자, 구절과 구절들이 요리조리 엇갈려서 보기 좋은 무늬가 되게 하니, 예로부터 이르기를 사람의 재주로는 더할 나위 없이 용한 것이라고 하는 바입니다. 이것의 정식 명칭은 「선기도(璇璣圖)」요, 속칭으로 소야란의 「직금도」라 하는데, 중국에서도 예로부터 가정 부인뿐만 아니라, 일반 문학가들 사이에서도 탄상을 받는 것입니다.

당나라의 측천무후 같은 이는 일부러 「소씨직금회문기(蘇氏織錦

廻文記)」를 지어서 우러러 경애하는 뜻을 붙이기도 하였습니다. 옛
날 우리 가정에서도 여자의 재주에 대한 자각을 환기하고 더불어
질투를 경계하기 위하여 이 글을 원문과 함께 모조리 뜻을 번역하
여서 여자들의 거울(경대)이나 혹은 헝겊조각을 넣는 책력(冊曆)[16]
속에 끼워 주었습니다.

이 밖에도 전해지는 시 중에서 농가의 살림살이를 달거리로 읊
은 「빈풍칠월(豳風七月)」이라는 시편과 당나라 시 중에서도 평이한
표현으로 여자 운명의 희곡적인 변화를 주제로 한 백낙천(白樂天)
의 「장한가(長恨歌)」·「비파행(琵琶行)」 같은 것도 언문으로 번역하
여 시집가는 여자의 혼수로 삼는 경우도 있었습니다.

이런 것들을 생각하고 실행하는 것이 일부 사회에서 습관을 이
루다시피한 것을 보면, 조선의 부형들이라고 해서 죄다 모과 덩어
리처럼 딱딱하기만 하지는 않다는 것을 나타내는 사실이라고 하
겠습니다. 이것들이 이노크 아든(Enoch Arden)[17]이 되고 안티네아
(Antinea)[18]가 되어서 먼지 나는 우리 가정 부인의 정감 생활이란 밭
에 기름진 비를 퍼부어 주었습니다.

또 한 가지 우리 가정에는 색다른 문화의 분야가 있습니다. 소설
(小說)·전기(傳奇)나 시편(詩篇)·가장(歌章) 이외에 특이한 존재인
산문들로 줄글의 조그만 세계가 있습니다. 궁정에서는 제문이다
상소다, 기타 역사에 관한 책들을 번역하여 많이 보았겠지만, 이것
은 좁고 특수한 범위에 한하는 것이니 본디부터 특별한 문제로 할
것입니다. 일반의 가정에도 약간의 산문 문장이 있었고, 그것은 신

---

16 천체(天體)를 측정하여 해와 달의 돌아다님과 절기를 밝혀 놓은 책을 말한다.
17 영국 빅토리아 시대 최고의 시인으로 일컬어지는 알프레드 테니슨의 작품
   제목이면서, 그 주인공 이름이다.
18 프랑스 작가 피에르 브누아가 1919년 발표한 「아틀란티드」에 등장하는 여
   왕 이름이다.

통하게도 정서 함양에 거름이 될 서정적인 문장으로 되어 있습니다. 그 두드러진 예를 들자면, 「조침문(弔針文)」·「규중칠우쟁공론(閨中七友爭功論)」 같은 것이 그것입니다.

「조침문」은 어느 청춘 과부댁이 바느질품을 팔아 사는데, 어느 해 겨울 밤 희미한 불 아래에서 27년간 아껴 쓰던 바늘로 관대(冠帶) 깃을 달다가 무심중 자끈둥 부러져버리는 참경을 당하여, 애달프고 안쓰러운 마음을 참을 수 없어 미물일망정 정령이 있으면 저인들 섭섭지 아니하랴 하여, 한 번 울고 영결이나 하겠다고 제문을 지어 읽은 애절한 글입니다. 오늘날에야 일전이면 바늘을 몇 개씩이나 얻을 수 있는 좋은 세상이지만, 옛 시절은 북경이나 동래에 갔다 오는 이가 큰 선물삼아 바늘 한 개를 주면 이를 애지중지 위하여 쓰던 때인 만큼, 그나마 20여 년 갖은 정을 다 붙이고 지내던 이 바늘을 부러뜨리고 작별하는 그가 아니고는 그렇게 한 자 한 구가 남의 폐부를 찌르는 글을 지을 수 있겠느냐 할 만한 명문입니다.

「규중칠우쟁공론」은 부인네의 손에서 잠시도 떠나지 아니하는 자·가위·골무·실·바늘·인두·다리미 등 일곱 동무가 주인 없는 틈에 서로 공로를 자랑하고 지체를 다투는 것을 주인이 돌아와서 시비곡직(是非曲直)을 판단하는 사설을 적은 것입니다. 어찌 보면 인도의 옛 이야기나 이솝의 우화 같은 것을 모방한 듯하지만, 여하간 가정에서 의당 하나 생겨나올 만한 글 제목입니다. 이 재판 및 논리를 솜씨 있게 표현한 것이 우리의 「규중칠우쟁공론」입니다.

엄정한 의미에 가정 문학의 본색을 잘 나타낸 것이 이 「조침문」과 「규중칠우쟁공론」 같은 종류라 할 수도 있을 것입니다. 또 민간의 가정에도, 언문과 쉬운 말로 적은 것인 만큼 진실된 마음과 진정어린 뜻이 그대로 담긴 훌륭한 제문이 왕왕 발견되긴 합니다만, 일반 가정에서 보편적으로 읽혀진 것은 별로 없는 모양입니다.

10. 결론

이상 세 종류로 나누어 우리 일반 가정에서 두루 읽혀 내려오는 문학 작품을 한 차례 둘러보았습니다.

첫째의 윤리 효과적인 것과 둘째의 종교 방면의 것은 그것 자체로 곧 문학이라 지칭하기는 미안하지만, 본래 문학적 읽을거리가 심히 빈약하여 다른 사회에서 순정한 문학적 작품을 향하여 요구하고 또 공급받는 정신의 양식을 우리에게서는 많이 이것으로써 대신한 것이 사실이요, 또 이런 것을 제치면 거기 관한 재료가 너무도 빈약한 것을 섭섭히 아는 정(情)으로, 이른바 광의의 문학으로 이러한 종류, 즉 학교의 교과서, 교회당의 경전 비슷한 것을 가정 문학의 일부로 집어다가 말씀한 것입니다.

셋째로 말씀드린 정조 함양을 성능으로 하는 비교적 순정 문학에 가까운 종류도 그 작품의 내용이나 작자의 목적이 죄다 교육 본위로부터 출발한 것들인 점으로 보아 역시 소리치고 순정 문학이라 하기에는 좀 주저하지 않을 수 없습니다.

그러나 돌이켜 생각하면 이렇게 철두철미하게 교육적 의도를 가지고 나온 것이, 어떠한 의미로는 가정 문학으로의 본령을 잘 지닌 것이라고 할 이유가 있다고 할 수 있을 것 같습니다. 조선의 문학은, 다른 모든 분야에서도 죄다 그러하지만, 이 가정 문학에서도 이제부터가 정당한 새 출발기가 될 것을 느끼면서 이 제목을 끝막습니다.

조선 문학 개설

1. '글'에서 '글월'로

　조선인도 그 어떤 방법으로든 사고와 감정을 표현하며 왔을 것이므로, 조선인은 조선인 특유의 자기 문학을 가지고 있었을 것이다. 그 역사의 오래됨, 문화의 빠름, 경우의 다양함, 경험의 기이함 등으로 보자면 조선은 특히 풍부하고 탁월한 국민 문학이 기대될 곳이기도 하다. 그런데 너무 일찍부터 현란한 한문학이 들어와, 시간적·공간적으로 절대적인 위세와 보편적인 권위를 휘둘렀다. 다른 한편으로는 조선에서 독립된 문자의 제정이 비교적 늦어지면서 정당한 전통을 갖거나 자유로운 사상을 전개하는 일을 강하게 저지당하였다.

　이에 언제까지나 그 문학적 생명력이 혼란하고 혼미하게 방황하

---

*　이 글은『중등조선어강좌』에 1931년 6월부터 1932년 6월까지 일본어로 연재하던 중『중등조선어강좌』가 폐간되면서 중단되었다. 따라서 미완성 원고이다. 1973년 고려대학교 아세아문제연구소의『육당최남선전집』(현암사 간행)에 윤재영의 번역으로 실려 있는데, 이 번역을 참고로 하여 윤문 작업을 하였다.

는 와중인 조선에서는 순수한 의미에서 국민 문학이라고 하는 개념적인 논의가 이미 중요한 문제 중 하나일 것이다. 따라서 하나의 국민 문학으로서, 혹은 역사적이거나 개론적으로 조선 문학의 체계를 세우는 것은 오늘날 시급한 해결해야 할 과제에 속한다고 할 수 있다.

특히 본 잡지처럼 일반인의 상식 함량을 근본 취지로 삼는 경우에는 변증법적 사관이나 학설을 나열함도 불필요할 것이므로, 여기서는 이제부터 하등의 형식적이나 이론적 방면에 구애되지 않고, 극히 편의한 방법으로 조선 문학의 대체적인 윤곽을 그려 독자의 상식을 넓히는데 만족하려고 한다.

먼저 조선의 문학 사상의 연원으로 조선 민족의 문학에 대한 인식에서 가장 오래된 표현으로 문학을 표상하는 조선어의 의의를 약간 탐구하여 보기로 하자.

조선에는 '글(Keul)'이란 말이 있는데, 이 말은 문자 · 문장 · 문헌 · 경적(經籍) 등의 뜻을 겸하여 나타내게 되어 있다. 문자에는 '글씨(Keul-ssi)', 문장에는 '글월(keul-wŏl)', 문서나 기록 등에는 '글발(keul-bal)'이라는 식으로 각기 전하는 말들도 있지만, 근대의 글자 훈독 습관 혹은 자전에서 훈을 새기는 경우 등에는 이들 글자에 두루 '글'이란 말이 쓰이고 있다. 그것은 '글'이란 말에 이들의 종합적 의미가 포함되어 있기 때문이며, '글'이란 말이 후세의 어감상 문장 및 문헌의 뜻에 기울어지려고 하면서도, 오히려 근본에 있어서 모든 문학적 사상(事象)의 총괄적 표현일 약속이 내재하기 때문이다.

그리하여 시(詩)는 '귀글'=구(句)로 나타내는 '글', 사문은 '줄글'=장행(長行)의 '글', 학교는 '글방'='글'의 집, 문고(文稿)는 '글장'='글'의 지폭(紙幅)이라는 식의 말에서 보듯, 조선에는 '글' 또는 그 변형어 외에 달리 문학을 나타내는 어휘가 없으므로 '글'의 어의를 찾아봄이 두말할 것 없이 문학의 원시적 의의를 명백히 하는 것이기도 하다.

무릇 문학이란 인간의 상상력 내지 고찰력의 표현에 의한 작품을 말하는 것이므로, 말의 가락 혹 글에 기교를 베푼 말이기만 하면 문학이라고 일컬을 수 있는 것이지만, 그것이 하나의 작품으로서 명확한 지위를 점하게 되는 것은 문자에 의해 존재를 얻고 부터의 일이다. 이러한 의미에서 문학은 문자에서 비롯한다고도 말할 수 있다. 조선어에서 문학과 문자가 다같이 '글'이라 일컬어짐은 이 관계를 나타내는 가장 단적인 경우라 하겠다.

이런 점에서 고찰해 보면 조선인의 문학적 인식에 대한 근원은 문자 혹은 그와 유사한 것들을 얻은 후의 일이 아닌가 생각된다. 순서로 말하자면 '글'이 문학을 의미한다는 것은 이차적인 것이요, 일차적인 것은 문자 자체를 표현하는 말이었을 것이다. 즉 문자를 '글'이라 하고, 그로부터 나아가서 '글'의 작품까지를 '글'이라 일컫게 되었으며, 여기서 더 나아가 양자의 혼동을 피하기 위하여 문자를 의미하기 위한 '글씨'라는 용어가 분화해 나온 것이라 생각된다.

그렇다면 문자를 '글'이라고 한 이유는 어떠한 생각 때문일까? 조선어에는 '선을 긋다'는 말을 '그(Keu)'라 하고, 그리(書)는 것을 '그리(Keuri)'라 하고, '긁'는 것을 '긁(Keurk)'이라 하며, 힘줄을 나타내는 근(筋)이나 틈을 뜻하는 하(罅)를 '금(Keum)'이라고 한다. 이를 통해 '그'의 기본 의미가 모두 선에 의한 형상을 나타내는 것임을 알 수 있다. 문자를 '글'이라고 하는 것도 역시 이 약속에 의한 것이다. '그'는 일본어의 '가쿠(カク)', '기루(キル)' 등과도 어원이 같은 것에서 보듯 그 말뜻이 오래된 것임을 알 수 있다.

그러나 극히 간단한 기호들 외에, 조선에서 문자가 쓰인 것은 대체로 한자 수입 이후의 일인 듯한데, '글'이란 말이 반드시 한자에 의해서 만들어졌다고 할 이유는 없다. 오히려 문자를 '글'이라고 말하는 데 이르기까지 '글'의 진면목은 따로 존재해 있었다고 보는 것이 타당할 것이다. 아직 문자가 없는 상태에서 '글'이라는 말이 있었다면, 이것은 문자가 아니라 관념을 표현하는 데 쓰인 회화의 종류였어야 할 것이다.

요컨대 '글'은 문자의 출현 이전에 본디 그림을 의미하는 말이었을 것이다. 더욱이 조선에 있어서는 고대의 회화적 기술이 그다지 인정되지 않은 점으로 본다면, 그림이라 하더라고 그것은 토기 종류에 쓰인 것과 같은 문양, 그것도 대체로 기하학적인 것이었다고 보는 것이 타당하다.

조선의 현대어로는 회화를 '그림(Keurim)'이라 하고, 영상을 '그림자(Keurimcha)'라 한다. 이와 같이 '글'이라는 말에서 잡아 끈 형태를 붙여서 그림 또는 그림자를 나타내게 된 것은 그림과 문자 내지는 이를 대신하는 형태의 언어가 명확히 분화한 후의 일이다. 본래 그림을 바로 '글'이라고 하는 것은 여느 나라를 보아도 나타나는 일이라, 문자에 선행하여 회화 시대가 있었던 통례로 추찰할 수 있다. 그리하여 조선에 있어서 원시 회화와 문양과의 관계는 그림을 '글'이라 하고, 여기서 다시 선(線)을 '금'이라 한 사실을 바탕으로, 이를 증명할 수 있다.

이러한 순서에 의한 문자 대 회화, 회화 대 문양의 관계는 한문에서도 동일하게 볼 수 있다. 중국의 오랜 문서에는 '문(文)'이란 글자의 유래를 서로 뒤엉킨 무늬의 상형, 즉 글씨와 그림이 교차한 모양을 형상한 것이라 하였다. 곧 비스듬한 두 선을 교차시켜서 문자의 뜻을 나타낸 것으로 문자의 근원은 역시 기하학적인 선에 기인하였음을 알 수 있다.

조선에서는 문자의 형태로 정돈된 것을 만들어내는 데까지 이르지는 못하였지만, 언어상으로 나타난 문학의 생성 과정은 엄연히 문자사(文字史) 내지는 문학사(文學史)와 통례적으로 합치된다. 예컨대 한문에서 '문(文)'이란 글자는 한편으로는 문자라는 본래 의미로부터 어구(語句)·편장(篇章)·서적(書籍)·간독(簡牘)·전장(典章)·의례(儀禮) 등 모든 기록·학예·교화 등으로 의미가 변화되었다. 또한 문은 다른 한편으로는 광채·색감·장식·모양 등 무늬와 관련된 의미를 겸하게 된다. 이것은 마치 조선어에서 글씨(文字), 글발(文書), 글 밴다(학문하다), 글 적는다(기록하다) 등의 의미를 갖는 '글'이라는 말이 글(文), 그림(畵), 금(線) 등의 말과 같은 뿌리를 갖는 관계인 것과 너무나 흡사해서 오히려 기이하다 할 정도이다.

조선어 '글'이 한문의 '문(文)'에 잘 합치됨은 앞서 서술한 바와 같거니와, 일본어와는 어근에 있어서 인연의 계속됨을 보이는 것 외에는 이와 합당해 보이는 말과 어형을 찾아볼 수 없는 것이 기이하다. 어형으로 말하면 '가쿠(カク)', '기루(キル)'와 같은 뿌리를 둔 언어 부류 외에 '가(カ)'행에 해당하는 말에서 문(文)의 뜻을 나타내는 말이 없고, 언어상으로는 '후미(フミ)'란 말이 조선어의 '글'에 해당한다. 그러나 '후미(フミ)'는 내용이나 외연(外延)이 '글'에 일치하는 것이 아니다. '후미(フミ)'는 '글' 중에서 시문(詩文)·기록·서한 등 한정된 의미만을 나타낼 뿐이다. '후미(フミ)'는 오히려 문장이란 뜻으로부터, 이후에는 편지의 뜻으로 쓰이게 된 '글'의 한 어류인 '글월(keul-wŏl)'에 해당하는 말이라 할 수 있다.

그런데 이 '글월'이란 말이야말로 문학상으로는 재미있는 말이다. 오히려 '글월'이란 말이 나타난 이후, 조선의 문학은 비로소 스타트를 끊었다고 할 수 있다. '글월'은 예부터 문(文)이란 글자의 뜻을 표현하는 말로만 쓰인 것인데, 보통 '글얼(Keulŏl)'이라고 읽는다. 우리는 '글월'보다 '글얼'이 옳다고 생각하는데, 그 이유는 '글얼'은 '글'의 '얼' 또는 '글'을 '얼'한 것을 일컫는 말이라고 생각하기 때문이다.

'얼'이란 '어우르(다)'(합병·혼효·얼리)·교착·구성 등의 뜻을 이어받은 말이다. 때문에 '글월'이란 곧 '글'에 의해 구성된 것, '글'을 종자로 하여 여러 가지가 뒤섞여 장(章)을 이룬 것을 의미하는 듯하다. 그리하여 '어른어른' - 빛이 번득이는 뜻을 이끌고 있는지도 알 수 없다. 아무튼 '글얼'은 한문에서의 문장(文章)이다. 조선인은 '글월'이란 말을 만들어냄에 이르러서 비로소 언어의 가락을 의식하고, 그에 의한 저작을 생각하고, 그리하여 문학의 서광이 차차 그들의 생활적인 측면으로 찾아오기 시작하였다고 보아도 큰 착오는 없을 듯하다.

원래 문학과 문자는 반드시 서로 영향을 주고받거나 서로 의지하는 것은 아니다. 문자 없는 국민에게도, 문자가 없는 시대에도 문학은 있을 수 있다. 그러므로 조선인의 문학 생활도 본디 한자 수입 이전의 훨씬 옛날부터 시작되었음이 틀림없고, 그리하여 '글월'이란 말이 나타난 시대를 굳이 한자 수입 이후라고 헤아려 보아야 할 이유는 조금도 없다. 그러나 벌써 '가락'이라거나 '어우르'라거나 한다면, 그것이 유형물에 근거를 두고 그 가치를 분명히 하게 되었음도 부정할 수 없는 일이다. 이러한 의미로 조선의 문학을 역사적으로 다루는 것은 역시 문자가 사용된 이후, 실제로 말해서 한자가 수입된 이후에 비로소 단서가 잡혀질 것이라 하겠다.

아무튼 조선의 문학이 '글'이란 밑씨에서 뻗어나서 마침내 '글월'이란 독립된 개체를 만들어내기까지의 경과는 일반 문학의 발생론적인 측면으로도 재미있는 일례를 첨가한다. 그 문학을 가지지 않은 상태에서 단지 '글'이란 말만으로 마치 문자 국가에서처럼 글과 그림이 같은 뿌리를 갖는 것과 같은 실례를 보인다는 점, 그리고 '글'에서 '글월'까지의 발전이 원시 문화에서 언어로부터 문자로 이르는 과정을 가장 명백하게 보이는 점만으로도 우리에게는 깊은 흥미를 자아내게 된다. 그리하여 '글'이란 말은 조선 문학에서 단지 일개 어휘에 그치는 것이 아니라, 그대로 문학 사상의 기원을 징빙할 수 있는 귀중한 자료임을 알 수 있다.

2. 제사 문학으로서의 '놀애'의 기원

노래는 동물이라면 가지고 있는 본능 중의 하나라고 할 수 있다. 새의 지저귐, 벌레의 울음, 개의 짖음, 고양이의 울음 등 어느 하나 자기의 감정을 호소하는 리듬이 아닌 것이 있으랴. 하물며 감동도 더 잘 받고 사고가 깊으며, 더욱이 그것을 구상적으로 표현할 수 있는 알맞은 언어 기능을 가지고 있는 인간에 있어서는 어떠하랴. 기쁘면 떠들고, 번민하면 신음하고, 노하면 소리 지르고, 놀라면 부르짖어서, 내부에 있는 느낌 외부의 소리로 나타는데, 여기에 가락이 붙으면 노래로 되는 것뿐이다.

반사적 감정과 감탄사 정도의 언어 밖에 가지지 못한 원시의 몽매한 인민에게도 비교적 아름다운 노래는 있을 수 있다. 리듬을 음미하는 것은 원시인이나 초기 인류들에게 주어진 거의 유일한 미적 향락이라 하겠다. 무서운 것에는 연민을 빌고, 연모하는 것에는 그리움을 속삭이며, 혹은 기원하여 이루지 못하고 희구하여 얻지 못하여 애절하고 하염없는 심정을 웅얼거리는 곳에, 노래는 내면적으로 또는 외형적으로 성장 발달을 해가는 계기를 갖게 된다. 가요(歌謠)가 어떤 민족에게든 문학의 선구이자 예술의 중추임은 심리적으로나 생리적으로나 극히 자연스러운 일이라 하겠다.

인류의 사교성은 원시 사회에 있어서 가요의 정서적 요소로서 다대한 역할을 한다. 혼인 · 장례 · 협동 노동 등 부락 취합의 기회에 심적 결합의 표상으로 그 시작과 끝을 일관하는 것은 가무(歌舞) 음악이다. 특히 명목 없고 단순한 교제를 위해서도, 혹은 화톳불을 둘러 앉아, 혹은 달빛을 받으면서 늙은이와 젊은이가 서로 모이고 남녀가 서로 섞여 춤추어 날뛰고 노래하며 떠들어서 밤을 새우기에 이르는 것은 지금도 원시민들 사이에 널리 볼 수 있는 현상이다. 단순한 정(情), 치졸한 사(辭)의 대개 의미 없고 변화 없는 규성(叫聲)의 집요한 연속이라 하더라도, 소박한 그들의 기쁨·슬픔·그리움·번민의 생생한 표현으로서 가요는 원시인 사이에 있어서의 심중을 이야기하는 유일한 문예였다. 가요가 그 예술적 기능을 널리 크게 떨치게 된 동기로서 이 사회적 배경을 간과해서는 아니 된다.

또 한 가지 원시 문화의 기조인 신앙 현상 즉 종교가 가요의 생성에 깊은 교섭을 가지고 있음은 말할 것도 없다. 애니머티즘(Animatism)으로부터 애니미즘(Animism)·매직(Magic)에 엑소시즘(Exorcism), 자연법의 위협과 생활상의 고뇌·공포는 존숭이 되고, 귀의(歸依)는 제사가 된다. 주물(呪物)·호부(護符) 등만으로 안심할 수 없어서 희생을 바치고 기도·불제(祓除)를 행한다. 그들이 영력(靈力)이 있다고 믿는 사람의 목소리 내지 언어를 빌어서 귀신과 인간을 감동시키려 할 때 운율을 고려하는 주술적 기능의 주문시(呪文詩)가 생겨난다.

이렇듯 사회의 발달과 제사의 융성 및 가요의 성장 등은 발을 맞추어 나아간다. 그리하여 사회적·민족적 존재임으로 인하여 그 기능을 크게 한 가요는 다시 종교적 지지를 받게 됨에 이르러, 마침내 신성성이 부여되고 그 실용적 가치를 더욱 더 높고 귀하게 하였다.

원시 사회에서는 천지 개벽, 인물 생성에 관한 해석, 선조의 공업(功業), 부족 고사(故事)의 구전, 한 해 작물의 풍등(豐登), 가축의 번식, 각종 전염병에 대한 두려움, 전쟁의 승리를 갈망하는 것 등은 모두 가창(歌唱)의 형식으로 신 앞에 아뢰어진다. 좀 진보한 사회에서도 정치는 제사(祭事), 법은 선고(宣告)라는 형식으로 사회 규범에 관한 온갖 일을 오로지 신탁으로 시작하고 지켜가며 구전하여 내려간다. 이들이 또한 시가를 통해 전승되었음은 저 인도의 베다(Veda)[1]·마누(Manu)[2] 이하의 온갖 거룩한 계율들이 시가 형식이며, 그리스어 '노모이(Nomoi)', 라틴어 '카르멘'(Carmen)이 시가와 법령 두 가지 의미를 겸하고 있는 데서도 징험할 수 있는 바이다.

원시 사회에서 신이 스스로 모습을 드러내거나 혹은 인간이 신과 교섭할 때는 오직 언어적 신성함에 관한 최고 표상인 가요를 통해서만 행하여졌다. 원시인은 가요를 통해 신의 말을 해석하고, 성전(聖典)을 소유하고, 신성한 음악 및 거룩한 극(劇)을 만들어냈다. 요컨대 그들의 생활의 최고 보장은 가요 중에서 찾아볼 수 있는 것이었다. 그런데 가요가 원시 예술 중의 왕자이자 독보적인 지위를 영구히 유지해온 이유는 무엇보다도 그것이 제사(祭祀) 문학이었다는 점 때문이었다. 이것은 실로 인류의 문화가 지나온 자취에 비추어볼 때 보편적인 현상이었다.

조선인이 비로소 언어에 가락 붙임을 시도한 것은 역시 가요였다. 다른 많은 민족과 마찬가지로 시가(詩歌)의 기원은 곧 문예의 기원이었다. 그들이 하나의 민족으로서 조선이란 토지에 머물러 정착하였을 때 이미 꽤 많이 순화된 정서와 언어를 소유하고 있었을 터이므로, 그 가요도 주관·객관·개인·사회·오락·실용 등의 여러 방면에 뻗쳐 상당한 것을 가졌을 것임에 틀림없을 것이다.

그러나 문자가 없는 당시에 있어서는 이른바 쓰이지 않은 문학

---

1 인도 바라문교 사상의 근본 성전. 기원전 2000년부터 기원전 1100년에 이루어졌으며, 인도의 종교·철학·문학의 근원을 이루는 것으로 리그베다, 야주르베다, 사마베다, 아타르바베다의 네 가지가 있다.

2 기원전 2세기에서 기원후 2세기 사이에 만들어진 고대 인도의 법전. 모두 12장으로 종교적 색채가 짙으며, 뒷날 법전의 기초가 되었다.

이요, 기록을 가진 후에 글자를 빌려와 약간 전할 수 있었을 것이로되, 중국 문학에 대한 심취의 정도가 높아짐에 따라 차차 소실되어서 극히 태곳적에 속하는 것은 이제 그 편린조차도 엿볼 길이 없다. 다만 극히 오랜 유래를 가졌다고 생각되는 가요에 대한 명칭이 조선어에서 고금을 통해 거의 유일한 문학적 종목으로서 현재에 전한다. 더욱이 그 말 중에 각종 시사적인 의미가 포함되어 있기에 조선 원시 문학의 성질이 얼마간 엿보인다.

조선어로 가요는 '놀애(Norai)'라고 한다. 우선 일본어의 '우타(ウタ)'에 해당하는 말이라 하겠는데, 일본에는 '우타(ウタ)' 외에도 고대의 '노리토(ノリト; 祝詞)'나 '요고토(ヨゴト; 壽詞)' 등으로부터 후세의 이야기나 우스갯소리, 혹은 가부키(歌舞伎) 등에 이르는 몇 종류의 문학이 있다. 이에 비하여 조선에는 고대는 말할 것도 없고 훨씬 후세에 이르기까지도 '놀애' 이외에는 국어 문학으로 꼽을 만한 것을 거의 가지지 못하였음이 이색적이라 하겠다.

실제로는 그런 것이 있었다 할지라도 각각에 대한 명칭이 분화되지 않았고, 오히려 이들을 통틀어 '놀애'라는 하나의 단어로 포괄해서 일컫고 있다는 점에서, 조선의 문학은 분화되는 비율이 지극히 더디고 둔함을 나타내고 있다. 보기에 따라서는 약간의 예외가 있겠지만, '놀애'는 조선 최고요 또한 유일한 문학이라 하여도 과언이 아니다. 그것은 '놀애' 이외에 들 만한 문학 현상이 없다는 면으로도, 또 종류는 몇 가지 있을지라도 명칭은 '놀애' 하나에 뒤섞여 합쳐져 있는 실제적인 면으로도 역시 그렇게 말할 수 있는 일이다. 따라서 어의(語意)상 '우타(ウタ)'를 나타내는 데 불과할 '놀애'가 조선 문학에 있어 얼마나 중대한 존재인가를 미루어 살피기에 충분하다.

조선 문학에 있어서 '놀애'가 이와 같이 중요한 지위를 점하고 있음은 어떠한 이유 때문인가. 이것은 '놀애'의 본질을 생각해 보고 조사해서 밝힘으로서 수긍될 것이다. 여기서 '놀애'란 말뜻이야 말로 그 가장 중요한 단서가 됨을 알 수 있다.

'놀애'의 어원은 '놀(nor)'이다. '애(ai)'는 '탈애' '날애' '갈애' '살애' '돌애' '몰애' '솔애' '올애' 등에서 보듯 물(物)의 성질을 표시하는 말에 명사의 자격을 부여하는 접미어이다. 그러므로 '놀애'의 기본 개념은 '놀' 또는 '노'라는 말에 있다. '놀'의 어원에 관하여 우선 연상되는 것은 '놀다', '장난하다'(내지 '연극 따위를 한다'), '즐긴다'를 나타내는 '놀'과 또 그 행동을 명사화하여 유흥을 '놀이' 또는 '놀음'이라고 하는 것이다.

다음에 고려할 것은 물결이 심하게 일어 날뛰는 것을 '놀'이라고 하고, 성난 눈빛으로 미워하며 바라보는 것(혹은 엄한 눈빛으로 주시하는 것)을 '놀이'라 하며, 성내는 것을 '노염'이라 하고(한자 '怒嫌'은 글자를 대체한 것에 불과하다), 경악하는 것을 '놀라(다)'라 한다는 사실이다. 또 높은 것은 '놉'이라 하고, 물건이 귀해 값이 비싼 것을 '노'라 하며, 책망하여 꾸짖는 것을 '남으'라 하고, 자질구레한 사설을 자꾸 늘어놓는 것을 '너덕'(또는 '노닥')이라 하고, 반복하여 말하는 것은 '뇌'라고 한다. 그 근저에는 타이름 · 알려줌을 의미하는 '닐(nir)'과 상통함을 아울러 생각해야 할 것이다. 이러한 말들을 일견해 보면 가요의 뜻과 심하게 서로 단절돼 있는 듯하지만, 이것을 문화사적으로 고찰해 보면 실로 구슬을 꿰고 옥을 엮는 것처럼 서로 떨어질 수 없는 관계가 있음을 인정하게 될 것이다.

대체로 원시 사회에서 가요가 만들어지게 된 동기는 먼저 남녀 간의 애정과 귀신 숭상의 관념에 있다. 꽃 피고 달 뜨는 아침저녁으로 남녀 양성이 서로 아름답다, 사랑스럽다 하여 상접하는 마음과 정신의 부르짖는 소리, 또 심중의 불안과 생활의 고민을 들어 신에게 의뢰하고자 하는 정성을 다한 마음의 말이, 원시 가요 맹아기의 시(詩)이다.

조선말에 남녀가 서로 어울리는 것을 '놀'이라 하니, 이 '놀'의 속삭임을 '놀애'라고 하는 것은 당연하므로 새삼 설명을 필요로 하지 않는다. 한편 원시 사회의 제사는 가요를 위주로 하면서 음악과 무용을 넣은 삼위 일체적 행사이니, 그것이 사회적으로는 만나서 놀며 즐기는 기회이며 부락의 친목을 돋우는 향연인 '놀이'이다. 지금도 가장 포퓰러한 '굿(神事)'에 '대감놀이(Taigam-nori)'란 것이 있고, 또한 '큰 굿 열두거리(大神事十二段)' 중 최고조에 이르러 오로지 가무만으로 신을 즐겁게 하는 대목을 '창부놀이(Changpu-nori)'라고 하는 것은 제사('놀이')의 고대적 의미를 전하고 있는 것이다.

가요(歌謠)는 이러한 의미의 고대 제사에 있어 중추적 사실을 이룬다. 하지만 이것을 제사의 표상물이라고 하기보다는 '놀애'라고 이름 짓는 편이 더 적절하다고 할 수 있다. 이와 같이 연가(戀歌)나 신요(神謠) 어느 방면으로도 가요를 '놀애'라 일컫는 계기는 꽤 명확하게 알 수 있다. 원시 사회에 있어서의 가요가 무엇보다도 제사 표상, 즉 종교적 성격의 것이라는 점은 '놀'이나 기타 유사한 연관어들이 가지는 각종 의미를 연쇄적으로 음미하고, 다시 이를 뒤집어서 '놀애'의 진정한 의미를 돌이켜 증명하는 측면에서 대단히 중요한 사실이다.

요컨대 원시 제사는 조상의 영혼 내지는 귀신을 대상으로 하는 한 '놀이'임은 앞서 서술한 바와 같다. 제사가 이미 '놀이'로서, 신을 부드럽게 만들 뿐 아니라 인간도 기쁘게 하기 위해 여러 가지 유희와 재주를 즐기는 일이 벌어진다는 걸 생각하면, 제의의 표상으로서 '놀애'의 '놀'이 희롱한다·예능적으로 연기한다 등의 의미를 포함한다는 걸 받아들일 수 있다. 또 제사의 주된 동기는 신의 분노를 만나면 신은 난폭한 행동을 한다고 하여 그것을 누그러뜨려 진정시키기 위함이다. 제사나 기타 신사(神事)의 경우에 있어 신의 드러남이 시동(尸童)이나 무당 등을 통해 부르짖는 어조로 의탁

한다는 점에서 '놀' 또는 '노'가 성나 날뛰는 의미와 통하는 이유를 알 수 있으며, 또한 꾸짖는다는 의미의 '남으라'라고 하는 '남'의 어원도 추측할 수 있다.

한편 신의 소행은 경이로움이므로 '놀'이 놀람을 나타내고, 신 및 제사는 신성한 것이므로 높음을 '놉'이라 하며, 존귀한 것을 '노' 또는 '놀'이라고 하는 어휘도 보인다. 또 제의에 있어서 신탁(神託)과 주사(呪辭)는 수사적인 차원에서 반복과 중첩을 특색으로 하므로 잔사설 늘어놓다는 말인 '너덕' 또는 '노닥'이라고 하는 말도 생겨났다. 그것은 신으로서는 사실상 신의 의지를 분명히 밝히는 것이고, 인간으로서는 신명께 고하여 비는 말인 것이다. '놀애'의 본질은 의사 전달에 있으므로 여기서 말함을 나타내는 '니르(nirǎ)'와 인연이 있게 된 까닭도 알 수 있다.

또 한 가지 '놀'과 종교적 표상과의 계기를 증험할 적합한 예를 들 수 있다. 그것은 근대에 이르러 귀중한 장신구 내지 여자들이 갖추어 차게 된 '노리개'의 원래 의미이다. 우리의 견해로는 적어도 조선의 민속에 있는 장신구의 기원은 주술적인 종교에서 마귀를 쫓는 표상에 있다고 생각하는데, 특히 아이들이 반드시 차고 다니게 되었다.

장식 주머니의 끈 끝에 다는 여러 종류의 장식물이 모두 성적인 표상으로 원시 시대의 주술적 물건이었음이 분명하거니와, 이러한 것들을 '노리개'라 함은 그것이 종교적인 것 곧 신성한 표상임을 나타낸다. 어쩌면 한층 구체적으로 제사 의례의 장식품에서 연유한 것이었는지도 모른다(노리개의 '개'는 '덮개' '집개' '돌잇개' 등과 같이 동사를 명사화한 것에 흔히 볼 수 있는 접미어의 하나이다).

좀 지나치게 천착한 감이 없지는 않지만, 하(霞: 노을)를 '놀'이라 하는 것은 하늘을 다르게는 태양신의 전조(前兆)로도 혹은 징후(徵候)로도 볼 수 있어서 아침놀 저녁놀 등 하늘을 오색으로 물들이는 그 신비로운 빛을 신의 신령함으로 인정한 데 따른 것이라 볼 것이다. 일본에서는 노을을 인격화하여 사호히메(佐保姫)라는 봄의 여신으로 표현했다. "사호히메가 노을 옷 접어 걸어 놓으니, 마른 하늘 높은 곳에 천상의 가구 산(香具山)이네", "사호히메의 안개 소매는 푸른 버드나무 실로 짜인 옷 같네" 등으로 읊은 것은 고대인의 마음에 비친 노을의 신비감을 엿볼 수 있는 대목이라 하겠다.

조선에서는 신기루 현상을 신으로 여기는 섬의 놀이라 하여, 이것을 '섬놀이' '섬이 논다'고 하는데, 이와 같이 신을 '놀'하는 것으로 여기는 관념은 '놀'의 종교적 교섭을 고찰하는 관점에서 흥미 있는 시사라 하겠다. 이와 같이 '놀'의 원래 의미, 변화된 의미 내지 유사한 의미를 두루 살펴보건대, '놀' 또는 '놀이'를 원래 종교적 신성성을 표현하는 언어 중의 하나이며, 가요를 '놀애'라고 하는 것은 원시 문화적 의의를 스스로 증명하고도 남는다고 하겠다.

우리의 이러한 견해는 문화적으로 인연이 깊은 일본의 사례를 통해 극히 선명하게 증명할 수 있다. 그것은 후세의 해석으로 제사 때 신에게 고하는 말이라는 '노리토(ノリト)'에 대해서이다. '노리토(ノリト)'에는 보통 축사(祝詞)란 글자가 쓰이는데, 『일본서기』에는 순사(諄詞)라고도 쓰여 있다. 이러한 말들의 의미는 고사하고 '노리토(ノリト)'란 말의 의미에 관해서도 아직도 정확한 해석이 없다. 모토오리 노리나가(本居宣長) 이래로 '노리토(ノリト)'는 '선설언(宣說言; ノリトキゴト)'의 줄인 말일 것이라는 설이 널리 인정되고 있다. 하지만 가모 마부치(賀茂眞淵)의 '선사언(宣賜言; ノリタベゴト)'이라는 설, 후시다 도시나오(敷田年治)의 '구조(龜兆; ノリト)'라는 설도 있다.

한편 '노리토(ノリト)'를 '노리토키고토(ノリトキゴト)'의 줄인 말이라고 하는 설에 대해서는, 고서(古書)에 기록된 축사 중에는 '아마쯔노리토노후토노리토고토(アマツノリトノフトノリトゴト)'라고 연용(連用)되어 있는 사례가 있기 때문에, 이 견해가 성립되지 않는다는 반박도 있다. 또 어떤 사람은 '노리토(ノリト)'의 '토(ト)'가 장소를 뜻하는 말이며, 때문에 '노리토(ノリト)'는 특정한 장소에서 아뢰는 행위를 말하는 것이라는 해석을 시도하기도 했다. 주의할 만한 해석이다.

하지만 대체로 노리토(ノリト)란 말에서 주요한 부분은 '토(ト)'가 아니고 '노리(ノリ)'에 있으므로 '토(ト)'에 관해서는 논외로 하자. '노리(ノリ)'는 '노리고토(ノリゴト)', '미코토노리(ミコトノリ)'와도 관련하여 타이름 또는 알려줌을 의미하는 노루(ノル; 宣)에서 나온 말이라는 것에 이의가 없으니, 이 점도 깊이 따지지 않겠다. 다만 노루(ノル)가 조선어 '니르'와 관계있다는 점은 이미 앞선 연구자들이 지적한 바 있음을 말하여 둔다.

오늘날 전하는 '노리토(ノリト)' 연관어들은 『연희식(延喜式)』에 수록돼 실린 27편과 『대기(臺記)』에 들어있는 중신수사(中臣壽詞) 1편이다. 『연희식』의 몇몇 '노리토(ノリト)' 중에는 선명체(宣命體)의 것과 상주체(上奏體)의 것 두 가지가 있는데 선명체의 것을 더 오래된 것으로 본다. 그리하여 '노리토(ノリト)'는 오늘날처럼 신에게 고하는 말이 아니라, 고대에는 오히려 신이 인간에게 베푼 말이라는 견해가 있다. 또 선명(宣命)이란 말에 대해서도 이는 신으로부터의 선명이 아니라, 천황이 칙명으로 제사를 베풀었다는 뜻을 전하는 글자를 가리키는 것에 불과하다고 한다. 다만 그 베풂이 제사지내는 신들에게 베푼 것인지 아니면 제사 참가자에게 베푼 것인가에 대해서는 서로 다른 견해가 있다.

나의 견해로는, 대체로 '노리토(ノリト)'란 것은 제사 때 신인(神人)의 매개자에 의하여 신 앞에서 알리는 것으로서, 때와 경우, 대상과 목적에 따라 성질·내용을 달리할 것이다. 이를테면 신이 들린 상태로 인간에 대하여 신의 탁선을 말해주는 일도 있고, 인간에 대신하여 기원과 축원을 하고 혹은 액땜의 뜻을 신에게 아뢰는 일

도 있을 것이다. 마치 지금 조선의 무당을 비롯하여 동북아시아 일대에서 일반 샤먼의 행위가 그러함을 볼 수 있다.

요컨대 '노리토(ノリト)'란 사제가 신 앞에서 하는 말이란 뜻이다. 그러므로 지금까지 학자들이 '노리토(ノリト)'를 신의 것인가 제왕의 것인가, 혹은 신에게인가 인간에게인가 라는 식으로 어떤 일정한 범주에 넣어서 해석하려고 했던 것이 불필요한 고찰임을 알 수 있다. 원래 '노리(ノリ)'란 말은 '노루(ノル; 乘)', '노루(ノル; 載)' 등과 같이 물건의 위에 나타나는 것을 일컫는 말이며, 선(宣)이나 고(告) 등도 마음속에 있는 것을 바깥으로 드러낸다는 정도의 뜻에 불과한 것이다. 이 점에서 일본의 '노리토(ノリト)'는 곧 조선 고대 신도에 있어서의 '놀애'임을 보게 된다.

조선어 '놀애'는 '니른'에서 나왔고, 일본어 '노리토(ノリト)'가 '노리'를 어원으로 함은 마치 일본어의 '이하후(イハフ; 祝・齋)' 등이 '이하후(イハフ; 言)'에 기인하고 있음과 마찬가지다. '니른'가 '놀애'가 되고, '노리(ノリ)'가 '노리토(ノリト)'가 되어 새로이 부가된 의미는 무속 주술에 의한다는 점이고, 이 이외에는 하등의 한정적 의미를 가지지 않는다.

'니른'나 '놀애'나 '노리(ノリ)'나 '노리토(ノリト)'나 모두 단순히 '말한다' 혹은 '고한다' 등을 나타낸다는 점에서는 변함이 없다. 왜냐하면 신 앞에서의 말 또는 무속의 주술과 관련된 직업적인 말 등은 이른바 언령(言靈) 신앙에 의하여 말에 실현력이 있음을 기대하게 되는 것이기 때문에, 말을 하는 것, 마음을 말하는 것으로써 원시 제사의 전체 과정을 표상할 수 있다. 이 사실을 단적으로 조어하면 '놀애'는 '노리토(ノリト)' 외에는 될 수 있는 게 없다.

일본어 '노루(ノル)'에는 말하다, 고하다와 함께 욕보며 꾸짖는다는 뜻이 있는데, 이는 조선어에서 '노'를 어근으로 삼는 말들 중 '놀리(다)'나 '남으라(다)'는 말과 상관된다. '노루(ノル)'가 타다, 신

다 등 물건이 위에 있음을 뜻하는 것은 '노루'가 일면 위에서 아래로 말하여 알린다는 의미를 가지는 것과 함께, 조선어 '놉'에서처럼 높이나 위쪽이란 의미를 포함한다는 것을 추측할 수 있다.

『일본서기』에서 '노리'에 타이르다(諭)는 글자를 쓴 것은 『고사기전(古事記傳)』에서 '구도키고토(クドキゴト)'의 의미가 있는 것에 기인한다 했던 것처럼 '노리'에 생각하는 것을 반복하여 말한다는 의미가 있음도 사실 같은데, 이것은 조선어 '너덕' 또는 '노닥' 등에 비추어 볼 수 있다.

또한 '노루(ノル)'는 '노부(ノブ; 述)', '이노루(イノル; 祈)', '노로후(ノロフ; 呪)' 등과 어원상 인연이 있다. 이것들은 말의 의미가 길흉 상반하는 것 같지만 실은 말로써 신에게 무엇을 기원하고 있다는 점에 있어서는 궤를 함께한다. 따로 '노로후(ノロフ)'의 어원에 대해서는 반 노부토모(伴信友)가 그 『방술원론(方術源論)』에서 "한눈도 팔지 않고 주시한다는 뜻일 것이다."라 추단하고, "그 장(麞: 노루)의 이름을 '노로(ノロ)'라고 하는 데가 있고, 사냥꾼이 이것을 잡으려할 때 날뛰며 춤추는 형상을 하면 (노루가) 눈을 떼지 않고 주시하므로 이때 옆에서 겨누어 잡는다고 하였다. 『본초(本草)』에도 '사냥하는 사람이 춤을 추면 노루와 사슴이 주시한다.'라고 나와 있다. 풍속에서 한쪽에만 정신이 팔려 옆의 일에 생각이 미치지 못하는 사람을 '노로시(ノロシ)'라고 함도 같은 의미이며, 저 짐승 '노로(ノロ)'도 국어일 것이다."라고 부연한 것이 있다.

장(麞)을 '노로(ノロ)'라 하는 것은 조선어에서 차용된 것이므로 물론 이 견해는 타당치 않다. 그러나 '노로후(ノロフ)'의 '노로(ノロ)'에 주시한다는 의미가 포함되어 있음은 조선어에서 주시하는 것을 '노리(다)'라고 하는 것과 비교해볼 때 어쩌면 옳다는 생각도 든다. 그리하여 '노리'가 단순히 주시가 아니라, 성나서 원망한다는 뜻을 포함하고 있음을 '놀'과의 비교 대상으로 간과할 수 없는 재미있는 부분이다. 조선이 고대어에서 저주를 무엇이라 하였는지는 아직 발견하지 못하였지만, 혹 '노로(ノロ)'에 근사한 '놀' 계열의 어형이 있었던 것이 아닐까 하고 추측되기도 한다. 그러나 여기에서 번잡함은 피하기로 한다.

한자에서 예로 든 축(祝; 빌다·기원하다)자는 제사 의례에서 찬사를 말하는 역할을 의미한다. 그 글자의 형상은 입(口)을 벌린 심(心) (사람이 앉은 형상)이 시(示; 곧 神祇)에 향해 있는 것이다. 조선어의 '니ᄅ'나 일본어의 '노루(ノル)'를 그대로 구상한 것처럼 보인다. 또 그 글자의 의미가 기축(祈祝)·저주(咀呪) 등을 겸하며, 다른 한편 축(祝)이란 글자는 주(呪)자와 통용되는 걸 보면 역시 '노리'와 '노리(ノリ)'가 부합한다고 볼 수 있다.

아마도 원시 사회에는 일반적으로 언령(言靈) 사상이 존재하여, 신 앞에서의 언사(言辭)에는 특히 종교적 위력이 인정되었을 것이다. 이에 기도·불제(祓除)·저주 등이 혼용된 일종의 개념의 이루어져 있었던 데서 유래할 것이다. 그리하여 일본에서 '노리토(ノリト)'에 축(祝)자를 썼음은 실로 적절하였다 할 수 있다.

이와 같이 더듬어 설명하여 오면 '놀애'와 '노리토(ノリト)'가 어형이나 내용에 있어서 얼마나 잘 일치하는가를 알 수 있다. 그런가 하면 '놀'과 '노리(ノリ)'가 종교적 개념의 하나로는 지극히 흡사하긴 하지만, 조선어 '놀'의 가장 주요한 한 부분인 유락(遊樂)과 향연의 뜻이 '노리(ノリ)'에서는 인정되지 않는다고 지적할 사람이 있을지도 모르겠다. 그렇다. 나의 비교가 보고 들은 것이 적어 지금 당장 '노리(ノリ)' 계통의 어형에서 그 적합한 증거를 들 수는 없지만, 그와 유사한 증거로 조선어 '놀애'의 일본어 번역에 해당하는 '우타(ウタ)'에는 가요(歌謠)의 뜻과 함께 향연(饗宴)의 뜻도 있다는 사실을 지적해두고자 한다.

『고사기』 중권(中卷) 주아이 천황(仲哀天皇)이 술 마시며 풍류를

즐기는 노래 중 "이 어주(御酒)는 뭐라고 말할 수 없이 즐거운 일입니다. 자아 자아.(このみきのみきの, あやに(宇多)たのし ささ)", 『일본서기』에서 스이코 천황(推古天皇) 관련하여 "절하고 섬기리라. 노래를 드립니다.(をろがみつ 仕へまらむ 宇多つきまつる)" 등의 대목에서 '우타(ウタ: 宇多)'를, 계중(契仲)·구로(久老)·수부(守部) 등은 주연(酒宴)의 뜻이라고 해석한다.

후세의 '우타게(ウタゲ: 宴·讌)'는 '우타(ウタ)'와 유사한 계열의 말일 것이다. 그리고 『고사기』에는 연회 잔치의 '우타(ウタ)'가 단순히 '낙(樂)'이라고 쓰여져 있다. 이들의 예를 통해 징험할 수 있는 바와 같이 '우타(ウタ)'가 노래·잔치·즐기다 등으로 통함은 '놀'이 놀고 즐김이나 잔치 등을 겸하여 표현하는 것과 그 궤를 같이한다고 볼 수 있다.

학자들의 말에 따르면 '우타(ウタ)'는 '웃타후(ウッタフ)'(古形은 ウタフ)에서 나온 말로서, 마음속에 생각하는 것을 아뢰어 하소연하는 뜻이라 한다. 이 아뢰어 하소연하는 대상이 원시 사회에서는 신이라야만 했고, 신에게 호소하는 형식이 노래여야 했음은 물론이다. 또한 『고사기』 중권 유랴쿠 천황(雄略天皇)의 항목에 "천황이 즉시 소리 나는 화살 나리카부라로 그 멧돼지를 쏘았을 때, 그 멧돼지는 화내면서 울부짖으며 가까이 다가왔다.(イカリテウタギヨリク)"라는 대목이 있다.

이때 '우타기(ウタギ)'는 성내어 지르는 소리, 울부짖음이다. 고대의 '우타(ウタ)', 특히 신 앞에서의 신들린 상태의 '우타(ウタ)'가 대체로 꾸짖는 것과 같은 성난 소리 지름인 걸 생각하면, '우타(ウタ)'와 '우타기(ウタギ)' 사이의 어원 관계가 보인다. 또 무악(舞樂)과 음곡(音曲)을 관장하는 관사를 아악료(雅樂寮)라 쓰고 '우타레우(ウタレウ)'라고 읽는데, 이 용례로 말하자면 '우타(ウタ)'는 후세에서처럼 가(歌)나 요(謠) 등에 한정되는 것이 아니라 악(樂) 전체를 의미하는

것이 아니었던가 생각되는 점도 있다.

또 한 가지 '노리(ノリ)'와 유사한 말에 '호기(ホギ)'란 말이 있다. 앞서 언급한 『고사기』에는 술과 음악의 노래 일반에 "스구나미카미노(須久那美迦美能), 가무호기(加牟菩岐), 호기쿠로호시(本岐冊登本斯), 도요호기(登余保岐), 호기모토호시(本岐毌登本斯), 마츠리코시미키조(麻都里許斯美岐叙)"와 같이 쓰이고 있는데, 술과 음악의 '호가히(ホガヒ)'는 '호기(ホギ)', '호구(ホグ)', '호가후(ホガフ)'를 명사화한 것이다.

이처럼 '호구(ホグ)'는 빌고 바란다는 기축(祈祝)과 잔치에 해당하는 향연(饗宴)의 두 가지 의미가 있음에 주의해야 한다. 『일본서기』 신대(神代) 권1 서(書)에서 "주문을 읊는다(呪曰)"는 말을 '호기테(ホギテ)'라는 뜻으로 새기고 있는 걸로 미루어보건대, '호구(ホグ)'란 말은 역시 길흉을 통하여 신에게 기원한다는 뜻임을 알 수 있다. 이 점은 마치 '노리(ノリ)'와 '노로후(ノロフ)'와의 상관관계 그대로이다.

이상의 모든 말과 모든 의미는 하나하나 따로 떼어서 생각하면 전혀 하등의 상호 관계가 있을 것 같지 않고, 오히려 의미가 서로 반대된다고 볼 경우도 많다. 하지만 이것을 원시 사회의 제사 문화와 함께 그 연계 지점을 찾아보면, 이들은 모든 같은 뿌리에서 자란 서로 다른 가지의 관계임을 쉽게 알 수 있다. 그렇다. 그리하여 최후의 '노리토(ノリト)'의 '노리(ノリ)'와 '놀애'의 '놀'이 음으로나 의미로나, 특히 원시 문화를 배경으로 하는 언어 가치로나, 완전히 동일하여 조금도 다르지 않음을 본다.

곧 조선어의 '놀애'와 일본어의 '노리(ノリ)'는 같은 문화재의 편린으로서, 원래는 일체의 가무 및 음곡, 기악을 포괄하는 제례(祭禮)를 일컫는 말이다. 그 중추적인 사실이 가요(歌謠)에서 기인하여 이후에는 차차 의미를 한정짓게 되었는데, 그것이 일본에 있어서는

'기원하는 말(祝辭)'이라는 의미가 되어, 가요는 '우타(ウタ)'라는 말로 나뉘게 되었다. 한편 조선에 있어서는 차차 가요의 의미로 축약되면서도, 그 후 분화 작용이 몹시 느리게 이루어지면서 훨씬 후세까지 종교적 의미로도 전혀 떨어져 나가지 않았고, 또 문화적으로도 좋게 말하면 광범(廣汎), 나쁘게 말하면 망막(茫漠)이라는 의미를 갖게 되었다.

이상을 요약하건대, 조선의 원시 문학은 오직 하나 '놀애'가 있을 뿐으로, 말하자면 신과 신에게 제사하는 문학, 곧 제사 문학이었다. 그러나 '놀애'를 본질적으로 음미하면 그것은 문학이기보다 차라리 종교적인 것, 제사를 맡은 사람에 의하여 신을 대상으로 운용되는 것이었다. 이후의 진보한 종교에도 기도 · 불양(祓禳) · 고축(告祝) · 점복 · 주저(呪詛) · 탁선(託宣) 내지는 책매(責罵) · 신악(神樂) · 기희(伎戱) 등 갖가지 종류로 분화되는 일체의 신령 교감적 행사를 포괄한 것이 원시 문화에 있어서의 '놀애'로서, 그 중추적 축을 이루는 것은 말을 빌어서 마음속을 표백(表白)하는 것이었다.

이 '놀애'가 이후에 외형적으로나 내용적으로 가지가지의 변화를 하여 조선 문학의 커다란 시야를 펼치게 되는데, 현재도 '놀애'란 말에 잡다한 개념이 혼화되어 있으며, 특히 무당과 박수가 신 앞에서 부르는 노래를 '놀앳가락'이라고 함은 '놀애'의 고대적 의미와 본래 면목을 전하고 있는 것이다.

'놀애'가 발생론적으로 약간의 개인적 동기를 가진 것은 그렇다 하겠거니와, 그 성장과 발달이 오히려 사회와 민족적 이유, 특히 사회 결합 원리로 제례에 의지했음은 여타의 국가 원시 시대에 나타나는 시(詩)와 같았다. 그 내용이 미분화된 원시 시대의 시와 같이, 그 소리 높여 부르는 방법도 신들린 상태에 있어서, 혹은 말하고 노래하고, 때로는 성내어 소리 지르고, 또 근심을 호소하는 혼화된 방식을 극대화한 것으로서, 본래 후대 가곡에 보이는 것처럼 순수하게 절조(節調)적인 것이 아니었다. 단지 소음과 난조(亂調)로는 신과 사람의 감화 목적을 달성할 수 없으므로 자연히 차차 규칙화되고 율동으로 만들어져 가는 경향을 가지고 있었다.

조선의 '놀애'와 일본의 '노리토(ノリト)'가 그 본질과 목적에 있어서, 또한 명칭의 어원에 이르기까지 잘 일치됨을 보이면서 후세에 이르러 '놀애'는 운문 본위로 되고, '노리토(ノリト)'는 산문 본위로 되었음은 주목할 만한 분화 현상이다. 이로써 '놀애' 또는 '노리토(ノリト)'의 근원이 운문과 산문이 혼화되어 미분화된 상태이며, 이로부터 각자 하나씩의 경향을 강력히 발전시켜온 것에 지나지 않음을 살펴볼 수 있을 것이다.

조선의 신도(神道)에 있어서는 지금도 '놀애'의 분화가 명확하지 않고 외형상 원시 '놀애' 그대로의 상태를 계속하는 상태인데, 일본에서는 일찍부터 '노리토(ノリト)'의 분화가 행하여져서, 운문은 '우타(ウタ)'가 되고 산문적 요소는 『연희식(延喜式)』에서 보듯 축사체(祝詞體)를 이루었다. 훗날 순연한 산문으로 된 일본의 '노리토(ノリト)'도 그 옛날의 악보를 붙여서 불렀던 것인데, 원래 운문이었던 것의 잔영을 여기에 인식할 수 있고, 한편으로 운문의 의미를 나타내게 된 조선의 '놀애'도 무당과 박수의 '놀앳가락'에 있어서는 많이 산문적 부분을 섞은 점을 볼 때, 역시 산문화될 가능성이 엿보이고 있다. 이와 같이 모든 점에 뻗쳐 '놀애'와 '노리토(ノリト)'를 비교하고 대조하여 볼 때, 이 두 가지가 각각의 문화에 제사 문학으로서 얼마나 중대한 존재 의의를 각각 상대 문화에 보유하였는지가 상호적으로 증명되어 눈앞에 드러난다.

3. 신라 가악의 효시 도솔가

　반도의 고대 가요 중에서 약간이나마 오늘날 그 형태와 내용에 대해 증거가 될 만한 자취를 남기고 있는 것은 신라의 것이다.『삼국사기』권1에 의하면 신라 제3대 유리 이사금(儒理尼師今)은 성덕(聖德)이 있어서 교화가 두루 미치고, 재위 5년에도 친히 민정 시찰을 직접 다니면서 많은 인정을 베풀었다. 이런 이유로 이웃나라 인민들이 이 소식을 듣고 귀화하는 자가 많았는데, "이 해에 민속이 기쁘고 편안하여, 비로소 도솔가(兜率歌)를 지었다. 이것이 가악의 효시이다."라고 하였다.

　연대는 논하지 않았지만, 건국 초엽에 이미 가악(歌樂)이 생겨 그것을 도솔가(兜率歌)라 했음을 전하고 있다. 도솔가라는 명칭은 후에 무슨 무슨 '도솔가'라 하는 용례가 있음을 보면, 어떤 특정한 가곡에 대한 명칭이 아니라, 적어도 한 가요 무리를 아우르는 이름으로서, 더욱이 신라에서는 가장 원시적인 것으로 보인다. 곧 신라에서 가장 일찍 생긴 가요의 한 형태가 도솔가인 것이다. 그러면 도솔가라고 하는 그 명칭은 어떠한 관념을 나타낸 것일까? 그것에 의해 알 수 있는 신라인의 문학 의식은 무엇일까?

　세상에는 도솔(兜率)이란 자구에 구애되어서 이것을 불교적으로 생각하려는 사람도 있으니, 범어(梵語)로 도솔(Tusita)이 참된 희열·완전한 기쁨 등의 뜻을 가지는 것을 조선어에서 '됴타'라는 말을 결부시켜 어떻다 하는 설을 세우기도 한다(정인보,『조선문학원류』). 심한 자는 도솔이 불교 용어란 이유로 도솔가가 불교 유입 이후의 소산일 것이라고 억측하여 단정하는 사람도 있다(兼常淸佐,『일본의 음악』). 이들은 다른 많은 고대사의 이름들을 해석하는 데 있어 글자를 빌어 쓰거나 가명(假名)으로 짓는 2차적인 부분에 걸려들어서, 그 저편에 있는 원래 말의 본래적 의미를 잃고 돌아보지 못하는 피

97
— 문학론

상적 견해의 잔해 사례이므로 본래부터 문제 삼을 것이 못 된다.

후에 불자에 의해 가야(伽倻)라고 지칭되는 가라(加羅)는 원래 부족의 분파(현대어 갈래 Kalai)를 의미하는 말이었고, 비로(毘盧)라고 지칭되는 '부루'는 원래 신(神)을 의미하는 말이었으며, 지이(智異)라고 지칭되는 지리(地理: 頭流)는 원래 두루두루 원만함(현대어 두르 tureu)를 의미하는 말이었던 것처럼, 도솔가의 도솔 역시 글자를 빌어 쓴 저 너머에 그 원래의 본체가 있을 것이 틀림없다. 그것은 도솔이 불교에서도 특히 가요(歌謠)의 관계어가 아니며, 노래 이름으로 차용될 그럴 듯한 이유도 없다는 점에서, 불교에서의 도솔과는 하등의 인연이 없음을 더욱 명백하게 알 수 있을 것이다.

그러나 도솔의 원어(原語)를 문헌적으로 소급해 쫓아가기에는 불행히도 아무런 자료도 없으므로, 손쉬운 방법으로서 일반적으로 원시 문학에서 통용되는 의미와 언어적인 유추 및 문화사적 비교 등으로써 이것을 상정해 보는 수밖에 없다. 그리하여 이 결과가 옛 기록의 문구가 전하려고 하는 취지에 가깝게 된다면 우선 큰 오류가 없음에 다행이라 할 것이다.

원시 문학의 기조가 주술 종교의 표상임에 있으며, 더욱이 생기주의적(生氣主義的) 세계관에 의한 영적 교류의 주요한 수단으로서 노래 가사가 생성 발달했다는 것, 그리고 이와 같은 종교적 중대성을 가지고 있음으로써 원시 가요가 거룩한 존재일 수 있었다는 사실은 일반적으로 통용되는 문학사적 형태이다. 조선에 있어서도 원시 문학이 제사 표상, 기원과 축원의 용법을 가진 도구였다는 사실은 '놀애'의 어원을 음미하는 데서 이미 명백하게 된 것과 같다. 그렇기 때문에 가요의 명칭에 종교적 의미가 덧붙여짐은 거의 시간과 공간을 초월하는 공통 사실임을 볼 수 있다.

이것을 한문의 사례에 비추어보면, 가(歌)의 소리 값인 '가'는 가(嘉)와 통한다. 가(嘉)는 악기의 진열을 위아래로 훑어보는 걸 형상한 주(壴)라는 글자와 연관된 글자이다. 더욱이 오례(五禮)³에서는 원시 제사의 주요한 일면을 이루는 향연(饗宴)·창번(脹膰)과 원시 문화에 있어서 종교적 의미가 풍부한 혼관(婚冠)·빈사(賓射)를 포괄하여 부족의 결속을 굳게 하는 행사를 가례(嘉禮)라 일컬은 일이 있다. 가(嘉)는 또한 가(假)와 통하는데, 가(假)는 격(格)과 마찬가지로 신령에 감통(感通)하는 것을 의미하는 일이 있으며, 또한 하(夏)·가(嘏)·개(介) 등과 같이 크다(大)는 뜻으로도 쓰이는 글자이다. 이로써 중국 고대어 '가'에 어떠한 의미가 포함되었는지 미루어 살필 수 있다.

또 가(歌)자는 본래 가(哥)만의 것이었는데, 가(哥)는 가(可)를 두 개 포갠 형상이니, 가(可)는 입으로부터 기(氣)가 피어 나옴을 형상한 글자이다. 이것을 포개어 연성(連聲)의 의미를 표시한 것인 듯한데, 후에는 가(哥)에 다시 기식(氣息)을 의미하는 결(缺)을 더하여 지금의 가(歌)와 같은 글자가 되었다. 성(聲)과 함께 기(氣)가 나옴을 나타냄에는 가(可)나 가(哥)만으로도 충분함에도 불구하고, 그 위에 흠(欠)을 더하게 된 데에는 단지 기식(氣息)의 의미 외에도 다른 기(氣)의 의미를 깃들이려고 의도한 것이라 생각된다.

기(氣)로써 강신(降神)한다는 것은 아마도 가(歌)에 의존한 인간의 기식이 신에게 교감한다는 관념을 첨가한 것으로서, 흠(欠)이 종교적 인연을 표시함은 경건함의 뜻인 흠(欽), 읊조림을 뜻하는 '탄(歎)', 신의 식사를 뜻하는 '흠(歆)' 등과 같은 양상일 것이다. 이들 문자에 대해 학문적 사실을 다시 중국 고대의 가악(歌樂) 철학에 비교하여 보건대, 가(歌)에 대한 고대의 관념이 얼마나 종교적인지가 더욱 더 명백해진다.

---

3 나라에서 지내던 다섯 가지 의례. 곧 길례(吉禮), 흉례(凶禮), 군례(軍禮), 빈례(殯禮), 가례(嘉禮)를 말한다.

『주례』라는 고대 중국의 관료 제도안에 의하면, 교육은 양부(兩部)에 나뉘어 있어서, 지금 말로 하면 보통 교육이라고도 할 것은 지관(地官)의 대사도(大司徒)인 관리가 관장하여 윤리 · 법제 등과 함께 각종 기예를 교수하고, 고등 교육은 춘관(春官)의 대사악(大司樂)에게 위임되어 오로지 육율(六律) · 육동(六同) · 오성(五聲) · 팔음(八音) · 천신(天神) · 지지(地祇)를 섬겨, 국제 관계를 화평하게 하고 민족 생활을 조화시키며 멀리서 도래한 이민족을 즐겁게 하고 각종의 동물을 감화시키는 데 있다고 하다. 중국 문화의 최고 표상은 실로 예악(禮樂)인데, 요컨대 예악이란 귀신을 감동시키고 사람 및 사물을 교화하는 핵심 이치로 존중된 것이다.

예와 악은 천인(天人)의 도(道)의 일체 양면을 이루는 것으로써, 분리되지도 떨어지지도 않는 것인데, 더욱이 그 극치에 이르면 예보다도 악에 묘용(妙用)을 인정하는 게 예사이다. 그 전문 교육, 대학 과목이 악(樂) 일방임은 그동안의 소식을 말하는 것이다. 악이란 가무음곡(歌舞音曲)의 총칭인데, 원시 문화에 있어서의 그것은 세 가지가 각각 별개의 것이 아니라, 실은 세 가지로서 하나를 이루는 것에 지나지 않았다.

한문에 악(嘂)이란 글자가 있는데, 혹은 노래 없이 북치는 의미라 하고, 혹은 악기 없이 노래하는 의미라 하여 논의가 있으나, 내가 살펴보기로는 악(嘂)은 악(樂)과 음을 한가지하는 점으로 미루어, 아마 악(樂)과 같이 가무음곡을 총칭하는 옛 글자로서, 더 절실하게 말하면 글자 형태만은 악(樂)은 악기(器)를 위주로 하고 악(嘂)은 발성을 위주로 하는 상이함을 보이게 되었으나, 그 소리와 뜻은 삼위일체적 고대 음악으로서의 '악(ガク)'을 표현한다는 점에 있어서 악(嘂)은 곧 악(樂)이었던 듯하다.

악(樂)은 오로지 악기를 의미하고, 악(嘂)이 소위 '도가(徒歌)'를 의미한다고 하는 것은 물론 훗날의 분화된 양상인데, 악(樂)의 글자가 지금도 악장(樂章)이란 의미로 쓰이며, 악(罞)이 '도가(徒歌)'의 의미가 아니라 '도격고(徒擊鼓)'의 의미라고 논쟁되는 것은 그 분화 이전의 잔영을 남기고 있는 것에 지나지 않는다. 이러한 까닭으로 중국에서 악(樂) 신비관은 그대로 시가에 대한 관념으로 보아도 무방할 것인데, 또한 『예기』의 악기(樂記)편에는 단순한 시가(詩歌)에 대한 그들의 태도를 보인 중요한 문장이 있다.

고자(古者)에 천지가 순(順)하고 사시(四時)가 맞아서 민(民)이 유덕(有德)하고, 오곡(五穀)이 풍성하며, 질진(疾疢)이 생기지 아니하고, 요상(妖祥)이 없으니, 이것을 대당(大當)의 세상이라 한다. 연후에 성인이 작위하여 부자군신으로써 기강을 이루어, 기강이 바로 서고 천하가 크게 정(定)한다. 천하가 크게 정한 연후에 육률(六律)을 바로 하고 오곡을 화(和)하며 시송(詩頌)을 현가(弦歌)한다. 이것을 덕음(德音)이라 하며, 덕음을 악(樂)이라 한다(『예기』, 樂記. 子夏의 말).

이에 이어 주나라의 왕계(王季)가 맑은 덕을 발휘하여 덕음(德音)이 되고, 덕음이 상제께 감응하여 자손이 그 복지를 받아 천하의 주인이 되었다는 옛 시를 인용한 것이 있다. 또한 사을(師乙)이 자공(子貢)의 물음에 대하여 노래와 인성의 관계를 서술한 다음에 "노래는 자기를 바로잡아서 덕을 풀어놓는 것이다. 자기를 움직여서 천지가 감응하고 사시(四時)가 조화하고 별을 다스리고 만물이 자란다."라 하면서, 가(歌)의 공덕을 극단적으로 말한 것이 있다. 가(歌)는 그처럼 신비성이 있다고 본 것이다.

가(歌)의 본래 글자인 가(哥)에는 크다는 의미에서 인도된 것으로 보이는 부(父)·형(兄) 등의 의미가 있다. 그 주요한 유사어인 아(雅)는 바름을 의미하는 것으로, 교묘(郊廟)·조회(朝會)에 쓰는 음악을 아악(雅樂)이라 하며, 송(頌)은 무용(舞容)과 같은 신명(神明)에게 고

하는 시가인데 그것에는 찬미의 뜻이 있다. 또한 아송(雅頌)을 총칭하는 이름인 시(詩)는 천지를 움직이고 귀신을 감응케 하는 것이라고 한다.

이상의 사실에서 징험되는 모든 관념을 종합하건대, 시가는 정대(正大)하고 신성한 것으로서, 신지(神祇)를 감동시키기 위하여 제사에 쓰이며, 종족을 친목케 하기 위하여 향연에 쓰이고, 또한 개인적으로는 수양의 자료가 되며 사회적으로는 교화의 근원이 된다. 가악에 문화적 최고 가치를 인식함이 중국처럼 명백함은 많은 사례를 볼 수 없는 바이다.

일본의 '노리토(ノリト)'에서 빌다(기원하다)는 의미가 고찰되고, '우타(ウタ)'에 호소한다는 의미가 보이는 것은 앞서 언급한 바와 같거니와, '노리토(ノリト)'의 별칭으로 '호기고토(ホギゴト)'·'네기고토(ネギゴト)'·'다타헤고토(タタヘゴト)' 등이 있고, '우타(ウタ)'의 활용형은 구가(謳歌)·찬탄(讚歎)의 의미로도 쓰임은 그것들이 역시 신의 공덕을 칭송함으로써 본래의 의의를 갖추게 되는 것이 중국의 아송(雅頌)에서와 같은 것임을 생각해볼 수 있다. 또한 일본의 대표적인 고대 음악은 '가구라(カグラ)'인데, 한자로 신악(神樂)이라 쓰는 것이 무엇보다도 본래적 특성을 말한 것이다.

'가구라(カグラ)'의 말뜻에 관해서는 아직 분명한 해석이 없다. 가모노 마부치(賀茂眞淵)는 '간라쿠(カンラク)'가 변한 것이라 보았고, 히라타 아츠타네(平田篤胤)는 '가무에라기(カムヱラギ)'가 축약된 형태라고 보았지만 널리 지지를 얻지는 못했다. 모토오리 노리나가(本居宣長)는 이에 대해 견해를 말하길 피하고 있는데, 이에 반해 반 노부토모(伴信友)는 악(樂)의 음편(音便)인 '가우(カウ)'가 변한 것이라고 말하고 있어 조금 들을 만한 부분이 있지만, '라(ラ)'를 역시 악(樂)의 글자 소리라고 말하는 대목 같은 곳은 의연히 상투적인 데 떨어짐을 면치 못할 것이다.

시험 삼아 이것을 조선어와 비교하여 보건대, 존대하는 의미에서 벗어나 신(神) 또는 대인(大人)을 의미하는 말에 '가'(Ka)가 있어서, 때로는 '간'(kan)·'감'(kam)이 되기도 하며, 또 신사(神事)의 어떤 부분 또는 그 일단락을 '거리'(köri), 노래의 절을 '가락'(karak)이란 말로 사용하는데, 일본어 '가구라(カグラ)'는 이 두 개의 말에 그 어원이 있을 것이라는 생각한다. 조선에서 가무와 음악으로 신을 어르는 것을 현대어로 '굿'(kus)이라고 하는데, '거리'(köri)를 붙여서 '굿거리'라 하는 것도 있다. 또 대곡(大曲)으로서의 '굿'은 12대목으로 일부를 이루는데, 그 한 대목 한 대목을 '거리'라 일컫기도 하고, 또 12대목 중 어떤 대목을 특별히 '거리'라 일컫는 경우도 있다.

가령 다른 음곡(音曲)에 대하여 무악(巫樂)의 절조(節調)를 전체로 '굿거리'(또는 굿거리장단)라 함은 첫 번째 예에 속하고, 큰 제사 의식 12대목의 하나하나를 '일 거리', '이 거리'라 함은 두 번째 예에 속한다. 12대목 중의 '제석(帝釋)거리'(일명 佛事거리), '조상거리' 등은 세 번째 예에 속하는 것이다. 이들의 관계를 더듬어 그 옛 뜻을 찾아보건대, '굿'이 신에게 제사 지내는 의식의 뜻이고 '거리'는 그 노래와 춤을 표시하는 말인 듯하다. '굿거리'란 곧 '가다라(カダラ)'인 것이다.

그런데 현대어로 '굿'은 고대에는 '갓'(kas)이라고 한다. '갓'의 어원은 'カ'(kä)에서 나온 듯한데, 이 kä 또는 ka는 현대 조선어로는 '크'(k'eu)·'하'(ha·kha)이다. 고조선어로는 고추가(古鄒加)나 대가(大加) 등에서의 '가(加)', 거서간(居西干)이나 마립간(麻立干) 등의 '간(干)', 이사금(尼師今)·매금(寐錦) 등의 '금(今)·금(錦)', 왕검(王儉)·토함(吐含)의 '검(儉)·함(含)', 일본어의 '가미(カミ)', '가가미(カガミ)', '가가야미(カガヤキ)' 등의 '가(カ)', 기타 일반 동북아시아의 모든 민족에 있어 신령과 존귀함 그리고 위대함을 표시하는 말은 ka, kam, khan의 모어(母語)로, 모두 크다, 귀하다는 뜻을 나타내는 말

이다. 이러한 뜻으로 말한다면 '굿거리'란 '큰 음악' 또는 '신의 음악'이란 의미다.

덧붙여 '가구라(カグラ)'도 '가(カ)'인 '거리'(또는 가락)도 큰 악(樂)으로서 '굿거리'와 동의어라고 생각된다. '굿거리'와 '가구라(カグラ)'와 유사한 음형도 그렇거니와, 무엇보다도 본래 말의 성질을 분석해 보아도 두 글자가 동일한 구조적인 체계에 의하여 생긴 말임이 분명하다. 조선에 있어서 '굿거리'는 다른 단순하게 빌고 소망하는 것이나 푸닥거리를 목적으로 하는 제사 의식과 달라서, 개괄적으로 말하자면, 보편적으로 신을 기쁘게 함, 어름을 목적으로 함, 놀며 즐기는 기부하는 의미(적어도 그 부분)로, 이러한 일면에 대해서는 따로 '놀이'라고 일컫는다고 앞 장에서 설명한 바 있다.

이 점은 『고금집(古今集)』·『습유집(拾遺集)』 등에 신악(神樂)의 채물가(採物歌)를 '신놀이 노래(神あそびの歌)'라 나타낸 예로 증명할 수 있듯이, 일본의 '가구라(カグラ)'가 원래 '신(神)놀이'라 일컬어졌던 것과 조어(造語)의 관념이 동일하다. 일본어 '가구라(カグラ)'가 신 '(神)놀이'란 말보다 뒤에 생기고, 더욱이 그 어원이 일본어만으로 명백하지 않음은 앞서 설명한 바와 같다.

이에 대해 '가구라(カグラ)'란 말은 아스카(飛鳥) 시대 이후 새로운 음악을 건설하였던 반도 사람에 의해 그 모국어 '굿거리'(혹은 '큰가락')가 옮겨져 전해진 것이 아닌가 하고 생각이 미치기도 한다. 그것이 일본인 스스로 새로 만들어 낸 말이건 혹은 수입된 말이건, '가구라(カグラ)'에는 가악(歌樂)을 존대하고 신성한 것이라 하는 관념이 포함되어 있음은 말의 의미에 앙탈할 수 없는 사실이라 생각한다. '가구라(カグラ)'가 '신(神)놀이'이기 때문에 '가(カ)'인 것이 아니라, 일반의 가악이 신의 것으로서 '가(カ)'인 것이었으리라는 것이 문화사의 통례로 충분히 추측하고 살펴볼 수 있는 바이다.

이것을 좀 더 널리 각 민족의 사실에 비춰보자면, 영어의 sing이 노래하다와 함께 찬양을 의미하는 것과 같은 각종의 적절한 예증을 들 수 있겠으나, 여기서는 피하기로 한다. 아무튼 각 민족의 가악(歌樂)이란 말에는 통상적으로 신성한 것, 바르고 큰 것, 신에게 호소하는 것, 신을 찬양하는 것이라는 의미가 표시된다.

그러면 한반도 고대어인 도솔(兜率)은 과연 어느 정도 교섭을 이 통념에 가지고 있을 것인가? 조선의 현대어에 우러른다, 높인다, 올라간다, 돋운다, 높아진다를 나타내는 '돋'(tot)이란 것이 있다. 그것이 옛말의 의미상 존귀함 내지는 신성함의 의미와 통하였을 것이라는 점은 고구려의 고관에 '대대로(大對盧)' 후의 '토졸(吐捽)'이 있고, 백제의 '달솔(達率)'이 있으며, 신라 고성왕(古聖王)에 '토해(吐解)'[4]가 있고, 그리고 신라에서 동악(東岳)으로 숭상하는 성스러운 산을 '토함(吐含)'이라 칭한 예가 있는 것 등을 통해 추측할 수 있다. 또한 흉노의 '도기(屠耆)'라는 말도 이와 같은 말일 것이다.

이들 '도'(to) 혹은 '다'(ta)가 높고 큰 것을 의미하던 옛 말 '닥'(tak) 또는 '달'(tar)로부터 변천해온 것이란 점은 의심할 여지가 없다. 이 '닥' 혹은 '달'이 신라의 음운으로는 '도'(to)로 변하였으니, 이것은 현대어에 있어서도 '달라'(tala)를 '돌라'(tola)·'파리'(pari)를 '포리'(pori)라 하는 예와 같은 것이라 추측된다. 그리하여 이 '돋'을 어떤 대상에 작용시키면 '다타헤루(タタヘル)'의 뜻을 나타낼 수도 있을 것이다(또한 兜의 음을 '도'라고 하면 현대어로 사람을 보호하다는 말을 의미하는 '두둔', 두터움을 일컫는 '두터' 등을 참조할 수 있다).

다음으로 솔(率; sor)은 현대어 '소리'(sori) 곧 음성 내지 음곡을 의미하는 말에 해당한다면, 두솔(tosor)은 '돋소리' 곧 존귀한 음곡의 뜻을 표현하는 명칭이 아니었을까 하고 추측할 수 있다. 또 '돋'이 '돋우'='다타헤루(タタヘル)'의 뜻을 취하면, 찬송의 음곡을 의미

---

4 신라 4대 왕 탈해 이사금의 다른 이름이다.

하게 되어, 저『삼국사기』의 이른바 "민간의 풍속이 생활이 즐겁고 편안하여"의 나머지, 즉 태평성대를 축하하는 말로 생겼다는 옛 기록의 취지에도 잘 합치한다.[5] 또 일본 고대어의 '다타헤고토(タタヘゴト)'와도 일치하는 명칭이 된다.

요컨대 두솔=돈솔('솔'은 소리의 옛 형태 혹은 축약형)은 대가(大歌) · 성가(聖歌) · 송가(頌歌)의 뜻이 아닌가 한다. 이 경우에 '도솔가'의 가(歌)는 솔(率; 소리)에 중복되는 의미를 덧붙였다는 불만이 있을 수 있지만, 대가라(大加羅)의 가라(加羅), 사벌(沙伐)의 벌(伐)이 이미 국가나 도읍이란 뜻임에도 한문에는 오히려 국(國)자를 붙여서 가락국(加羅國) · 사벌국(沙伐國)이라 일컫는 예와 같이 조선어와 한자어를 함께 쓰는 경우에 이처럼 같은 말을 겹쳐 쓰는 일은 흔히 있는 예이다.

이와 같이 도솔은 '돈소리'라고 함은 단순히 그렇게 생각된다는 것뿐이고 본래 확정적으로 단언할 수 있는 것은 아니다. 그러니 다시 한 번 시각을 바꾸어서 그 소리의 형상을 살펴보기로 하자.

대체로 원시 문화의 기축을 이루는 주술 종교는 정령 신앙의 종교요, 좀 더 적절하게 말해서 악령 제거의 종교다. 악령의 재액에서 벗어나려는 노력의 집적물인 것이다. 윤리적 종교에서 신은, 사실 그 이전까지의 신앙 계급에 있던 정령이 진화한 것인데, 정령의 본체는 사악한 존재이다. 이 가공할 세력의 습격에 대비해서 재난을 멀리하기 위하여 생각해내고 발달시킨 것이 소위 주술이며, 주술을 행함에 가장 중요한 가치가 되는 것은 성가(聖歌) · 무곡(舞曲)이다.

신령을 기쁘게 하여 누그러뜨리기 위해서도, 또는 신령에게 기

---

5 『삼국사기』권1, 신라본기 유리이사금 5년조 기사인데, 해당 부분은 다음과 같다. "이 해에 민간의 풍속이 즐겁고 편안하여 처음으로 도솔가(兜率歌)를 지었다. 이것이 가악(歌樂)의 시초이다(是年 民俗歡康 始製兜率歌 此 歌樂之 始也)."

원하기 위해서도, 노래하고 춤추며, 보다 많은 악령을 제거하기 위하여 춤과 노래의 주술력이 행해진다. 각종의 주술 중에서도 악마 제거의 주술에 사용되는 가무가 가장 큰 의의를 가지게 되고, 또한 이것이 이후의 각 신들의 종교 중에서도 귀신 제거의 주술로서 현저한 존재가 되는 것이다.

이러한 견지에서 도솔을 '돋소리', 즉 공덕을 찬미하는 노래로 보지 않고, 더욱 더 원시 주술적으로 접근하여 그 의의를 파고 들어가 볼 수도 있다. 예컨대 현대 조선어에서 악령의 탓을 '덧'(tös)이라고도 하고, '탈'(t'al)이라고도 하는데, 이것은 일면 질병을 뜻하기도 하니, '조상의 덧'이라 하면 조상 신령의 탈을 의미하고, 배의 '덧' 또는 '탈'이라 하면 배의 병을 의미하는 것과 같다.

어느 것이나 일본어 'タタリ(다타리)'와 어원이 같다고 생각되는데, 조선어의 용례에 '덧이 난다'(탈이 생긴다), '덧을 낸다'(탈을 일으킨다)와 같이, 그것이 어떤 것의 작용일 뿐 아니라, 실은 그 작용의 능동적인 제1세력(즉 주체)으로도 보이는 점에서 보면 '덧'은 그 옛날 악령을 가리키던 시기도 있었을 것으로 생각된다(신의 노여움을 일으켜 화를 입는 것을 '덧든다(탈이 들어온다)' · '덧드린다(탈을 일으킨다)'라 했던 것도 참조할 것).

도솔가가 만약 "민간의 풍속이 즐겁고 편안한" 때에 만들어진 산물이라 보아도 무방하다면, 우리는 도솔의 어원을 '돋소리'보다도 차라리 '덧소리'에서 찾고 싶다. 즉 신령에 대한 거룩한 곡조 내지는 마귀 제거의 노래라는 의미로 잡고자 하는 것이다. 왜냐하면 『삼국사기』에 전하는 바와 같이 도솔가가 신라라는 국가 최초의 완성 형태 가요라 할진대, 그것은 신의 덕에 대한 찬양의 노래이기보다, 삿된 혼령을 제거 · 퇴치하는 주술적인 노래였다고 하는 게 보다 더 합리적일 것이기 때문이다.

여기에는 역귀를 쫓아낸다는 원시색 농후한 주술적 춤 '산듸'

(santai; santeui)에 '덧보기'(tös-poki) 즉 '덧의 구경거리'(또는 '덧보기놀음'; tös-poki놀이)라는 명칭(마치 옛날 이름인 듯한)이 있는 것과 비교하여, 시각적인 것에 호소하는 '덧보기'와는 달리 청각적인 것에 호소하는 '덧소리=도솔가'인 것이 아니었을까 라고 생각하게 하는 매력이 있다. 정리하자면, '덧'이라는 무서운 권세와 능력을 대상으로 하여 몸짓으로 주술을 행하는 것이 '산딕'(산듸) 즉 '덧보기'요, 음성으로 주술적 힘을 거는 것이 '덧소리' 즉 도솔가가 아니었을까 하고 미루어 생각해 본다.

'덧소리'가 소박하게 악령 제거의 노래라 한다면, 물론 "민간의 풍속이 즐겁고 편안한 때에(만들어졌다)"는 글귀에 어긋나기도 하나, 이 경우의 '덧'은 단순히 신령함이며, 신의 이전 모습이기도 한 것이므로, 이것을 단지 후세의 통념으로 번역하게 되면 '덧보(뵈)기'는 신의 춤, '덧소리'는 신의 노래로서, 양자를 합하여 일부의 신악(神樂)을 이루었을 것으로 '덧소리'로 함이 반드시 혐오할 의미도 아닐 것이다. '덧'을 신으로 본다면, '덧소리'는 신에게 바치는 노래라는 의미에 불과하므로, 그 내용에 찬미하고 공덕을 기리는 요소를 거부할 이유가 없는 것이다.

이상 간략한 고찰을 시도한 바와 같이, 도솔의 의미는 고귀한 노래라는 의미로도 해석될 수 있고 신령함을 대상으로 하는 주술적 능력의 노래라는 의미로도 생각되어, 어느 편이라고 갑자기 판정할 수는 없으나, 어느 것이건 그것에 종교 가치가 포함된다는 것과 거룩한 표상의 하나라는 점에서는 그 취지가 하나로 귀결됨을 본다. 세밀한 고증을 하지 않고 그 대의를 취한다고 하면, 요컨대 도솔='돗(또는 덧)소리'는 신성스런 노래 내지 신의 노래라는 의미라 하면 큰 과오가 없다 할 수 있다.

여기에 도솔(兜率)이라는 글자를 취한 것은 우연히 불자(佛子)에 의하여 불교적 관용구가 차용된 것이 아니라, 실은 원어(原語)의 종교적 의미를 표시하려고 의식적으로 차용된 문자라고 보아야 큰 오류가 없을 것이다. 도솔이란 글자가 선출된 것에는 신라 고대의 화랑 제도와 이후의 미륵 신앙이 포괄에 의한 일종의 신불(神佛) 습합 현상에 기인하는 것인데, 이것은 뒤에 언급할 기회가 있을 것이다.

한편 도솔가가 얼마나 오랜 전통을 가진 것이며, 또한 그 명칭 도솔이 불교와 본질적 교섭을 가진 것이 아니라는 점에 관해서는 다행히 외국에 퍼뜨려 전해진 실제 흔적을 통해서 증명할 수 있다. 고대 중국의 왕은 천하를 하나로 한다는 상징으로 사방 이민족의 음악을 그 종묘 조정에 거두어들였다 한다. 이 때문에 그들이 알게 된 외부 종족들의 춤과 노래 종목들이 옛 문헌에 기록되어 전한다.

『시경』 소아고종(小雅鼓鍾)에서 "아(雅)로 하고, 남(南)으로 한다(以雅以南)."고 할 때의 남(南)이며, 『예기』 명당위(明堂位)에서 "매(昧)는 동이(東夷)의 음악이고, 임(任)은 남이(南夷)의 음악이다(昧東夷之樂也 任南夷之樂也)."라고 할 때의 매(昧)·임(任)이다. 반고(班固)의 『백호통(白虎通)』 덕론(德論) 및 기타 한나라 때의 문적(文籍)에 동쪽 오랑캐의 음악을 주리(株離), 남쪽 오랑캐의 음악을 임(任), 서쪽 오랑캐의 음악을 금(禁), 북쪽 오랑캐의 음악을 매(昧)라 하였다. 이중에 주리(株離)와 매(昧)와 또는 매(昧)와 금(禁)은 서로 방위를 바꾸는 수도 있어서 뒤엉키고 어수선한 상황이라 그 진상을 붙잡기 어렵다.

그러나 『상서대전(尙書大傳)』·『우전(虞傳)』·『효경위구결(孝經緯鉤決)』 등 다수의 전하는 바들을 종합하고 연구하여 보면, 우선 동방의 악(樂)을 주리(株離)라 하였음을 대략 단정할 수 있다. 그리고 주리에는 문자에 인한 옛 사람의 해석도 붙어 있으나, 글자 주(株)는 근본에 따라 주(朱)·주(侏)·조(朝)·도(兜) 등으로 지으며, 글자 리(離)는 려(儷)로도 쓰이고 또 두 글자가 분할되어 단순히 도(兜)나 리(離)로도 일컬어지고 있음을 보면, 이는 본래 외국어를 소리 나는 대로 따 온 것이므로 글자의 뜻을 가지고 논하는 것이 타당치 않음을 알아야 한다.

이들 이민족의 음악에 관한 고대 중국인의 기록은 대개 한나라 때 한족이 세력을 사방에 떨치면서 먼 나라 사람들과의 교통이 차차 빈번해진 결과로서, 실제적으로 거둘 수 있는 지식이라고 추측된다. 특히 창해군(滄海郡) 이래 사군(四郡)[6] 또는 낙랑 시대에 걸쳐서 문화 산물의 유통이 지극히 활발했던 동방의 그것은 일층 사실성이 기대된다. 남·서·북 삼면의 음악에 관한 명칭이 모두 한 글자인데, 동방의 음악에만 두 글자라는 점도 특히 충실하게 원어의 소리 형태를 전하는 것으로서 신빙성을 높이는 점이 있다고 생각한다.

그러면 주리(株離)란 어떠한 것이었을까? 이것은 아마도 동방을 대표할 수 있는 현저한 악곡으로서 더욱이 당시의 문화상으로 고찰하여 종교적인 가무음곡(歌舞音曲)임을 추단함은 그다지 무리라고 할 수 없을 것 같다. 그리하여 한대에 동방 민중 간에 행하여진 두드러진 음악이라 하면, 『삼국사기』에 의하여 그 기원을 신라 건국 초기에 두고 있는 도솔가야말로 이것에 해당되는 것이라 하겠다.

주리(株離)·조리(朝離)·도리(兜離)의 주(株; 侏)·조(朝)·도(兜)가 도솔의 도(兜)이며, 리(離)는 率(솔; sori)에서 발어음(發語音)이 빠진 형상이라고 본다면 원시 음악의 이론뿐 아니라, 그 어형도 거의 일치하여 도솔의 '도'와 도리의 '도'가 소리를 본뜬 글자까지 동일한 것을 오히려 기이하다 할 것이다. 다만 도솔의 '리'는 별개로 해석하는 것이 가능하다 하더라도, 주(株)·조(朝)·도(兜)가 '돋소리'의 '돋'에 관계있다고 추측하는 것은 조금도 무리가 아닐 것이다.

---

6 서기전 108년, 중국 한나라 무제가 위만 조선을 치고 그 땅에 세운 낙랑, 임둔, 현도, 진번의 네 개 군을 가리킨다. 이후 고구려에 병합되어 없어졌다.

좀 지나치게 천착하는 면은 있지만, 서방의 음악이라는 매(眛)는 그리스의 금가(琴歌) · 음악 · 무용의 신인 뮤즈(Muse)와 관계가 있고(영어 music은 Mus 신에 속한 것이라는 뜻), 북방의 음악인 금(禁)은 고대로부터 북방 아시아 일대에 신앙이 된 Cam(신 또는 제사를 의미하는 뜻)에서 나왔으며, 남방의 음악인 임(任; 또는 南)은 남중국의 옛 주민인 묘족(苗族) · 요족(僚族)이 하늘이나 태양을 흔히 님(nim)이라 하고(吳나라의 大母神으로 짐작되는 太任씨의 任 참고), 섬라(暹羅)[7] 등지의 말에서 물을 남(nam)이라 하는 것 등등에 어원을 가진 것으로 생각된다. 이들은 다 원주민에 의하여 흔히 신성한 물건으로 여겨져서, 즐겨 노래와 춤의 재료로 쓰인 것과 같이, 한나라 때의 문헌에 전해지는 네 이민족의 음악은 그것이 원시 문화적 현상인 만큼 모두 종교적으로 가치 있는 것으로 볼 수 있다.

그렇다면 동이(東夷)의 음악이란 주(株; 朝 · 兜)도 아마 같은 범주에 속해야 할 것으로서, 우리가 신의 덕을 기리는 노래로 추정한 '돋소리'는 이 점으로 보더라도 주(株; 朝 · 兜)의 원어로 가장 적당해 보인다. 생각건대 의례 형식적인 의미로 외국인의 눈에 띄고 또한 그들의 요구에 적합한 음악과 곡조는 당시에 있어 각자의 제례악, 즉 일본으로 말하면 '가게라(カグラ)' 같은 것 이외에서는 기대할 수 없었음이 오히려 당연하였을 것이다.

이상은 많은 문헌에 기록된 주리(株離)라는 명칭을 정당하다고 논하여 본 것이다. 그러나 여기에는 아직 음미해 볼 점이 있다고 생각한다. 중국인이 외국의 고유명사를 소리 나는 대로 적어 놓은 경우를 보면 대개 단음절화하는 방식 아니면 우의적(寓意的)으로 뜻을 빗대어 사용하는 두 가지 태도여서, 이 때문에 원어의 형태가 현저히 변화되는 일이 많다. 한나라 때 문헌에 보인 네 이민족의

---

7 타이(Thailand)의 예전 이름인 시암(Siam)의 한자음 표기이다.

음악 명칭이 거의 한 글자인 점도 이러한 영향에 의한 것이라 생각되는데, 동쪽의 오랑캐 음악의 음악만은 도(兜)로도 도리(兜離; 株離)로도 쓰이고, 도(兜) 한 글자보다도 주리주려(株離侏僑)의 연성(連聲)된 말이 오히려 많이 쓰이고 있다.

생각건대 '돋소리' 혹은 그 유의어를 다른 지역의 금(禁)·매(昧)·임(任) 등과 같이 만든 것이 도(兜)로서, 『백호통(白虎通)』이란 책에 전하는 것이 그 기본형이다. 또 그 도(兜)가 소리 나는 대로 글자로 옮겨졌음은, 언어 문학의 형용한 말로서 잘 쓰이는 방법에 따랐다고 생각되는데, 외국어 음이 뒤범벅인 뜻을 만들려고 하는 데서 도(兜)가 도리(兜離)로 조정되고 다시 동의어인 주려(侏僑)로도 되고, 또한 주리(侏離) 이외의 다른 글자 형으로도 전환된 것이 아닐까? 이렇게 보면, 도리(兜離; 株離·侏僑)는 그 기본형으로 단음절의 도(兜)를 되돌려 그 원래 뜻을 찾아볼 수 있을 것으로 생각된다. 다만 도리(兜離)이건 도(兜)이건, 이가 도솔을 소리 나는 대로 적은 한 형태라는 것에는 변함이 없다.

세상에서 혹은 중국 고대 문헌에 전하는 도(兜; 株離·任·昧·禁) 등의 음악 명칭은 실제로 무악(舞樂) 즉 춤과 음악을 겸하여 말한 것이기에 노래를 의미하는 가곡(歌曲)을 여기에 의거해 단정하는 것이 옳지 않다고 하는 사람이 있을지 모르겠다. 그러나 누차 말한 바와 같이 고대의 악(樂)이란 것은 어느 곳에서나 노래·춤·악기 세 가지를 합하는 것을 근본적인 의미로 한다.

오히려 춤과 악기를 수반하지 않은 노래는 거의 없고, 한문에서 소위 무리를 지어 부르는 노래는 있어도 가사를 수반하지 않은 단독의 춤 또한 거의 볼 수 없다. 또한 기록에 나타나 있는 바로 보더라도 『주례(周禮)』의 제루씨(鞮鞻氏)에, "네 이민족의 음악과 함께 그 소리 내어 부르는 노래까지를 관장하여, 제사에서는 취(龡)하여 이것을 노래하는데, 연회에서도 역시 이와 같이 한다."라고 하였음과 같이, 그것들에 소리 내어 부르는 노래가 부수되어 있었음은 의심할 수 없다.

이러한 점으로 보아, 동방의 민족에 도솔이란 노래와 음악이 없고 또 그것이 대표적인 것이 아니라면 모르거니와, 만약 그것이 유일한 것은 아닐지라도 최고의 것이었다 하면, 중국인에 요구하여 그 이름을 서책에 남겨 놓았을 것이 당연한 이치라 하겠다. 여기에 한 가지 말해두고자 하는 것은, 이렇게 말한다고 해서 신라의 고대 가요 - 신라계의 기록에 의하여 도솔가라고 하는 그것이 한나라 때의 기록에 주(株; 朝·兜)로 받아들여졌다고 말하는 것이 아니라, 실은 동방 민족 일반에 뻗친 오랜 전통 음악의 주요한 근간에 '돋'이라는 것이 있어서, 중국 문헌에는 주(株; 朝·兜)로 기록되어 실리고, 이것이 훗날 신라에 전해져 도솔가라 일컬어졌다고 보아야 한다는 것이 나의 논지이다.

그러면 '돋'이 동방 민족의 오래고도 긴 전통 음악이라고 한다면, 혹은 중국 내지에 잡거(雜居)한 고대 동방 민족으로부터 유전(流轉)된 것인지도 알 수 없는 한대의 기록을 제쳐놓고서라도, 분명히 동방 민족의 문화재를 직접의 전승에 의하여 유통한 바의 후대의 사실, 혹은 문헌에도 그 증거와 흔적이 남아 있지 않으면 안 된다고 하겠는데, 나는 이에 대하여 『수서(隋書)』에 전하는 고구려의 '지서(芝栖)'의 가무(歌舞)를 지적하고 싶다.

지(芝)와 주(株; 朝·兜) 사이에는 'i'에 대한 'o'(또는 u)의 음운 차이가 있지만, 『설문해자』의 해성법(諧聲法)[8]에는 지성(之聲)의 종류에 대해, "지성(之聲)에 대(臺), 사성(寺聲)에 대(待)·등(等)·특(特), 재성(才聲)에 재(在)·존(存)·자(載), 존성(存聲)에 천(荐), 직성(直聲)에

---

8 육서(六書)의 하나. 글자의 절반인 한쪽은 뜻을 나타내고 다른 절반은 음을 나타내는 것으로, 예를 들어 오(誤)자의 경우 언(言)은 뜻을 나타내고, 오(吳)는 소리(音)를 나타낸다.

덕(悳)" 등의 사례를 보여준다. 이를 참고해 보면, 지성(之聲)은 원래 유(幽)·소(宵) 두 소리에 통하는 것이요, 또 고(高)의 음부(音符)에 옥(屋)·각(覺)·약운(藥韻), 탁(卓)의 음부에 효(效)·소운(嘯韻), 작(勺)의 음부에 소(蕭)·소(篠)·효(效)·소운(嘯韻), 약(弱)의 음부에 소(嘯)·소(篠)·우운(遇韻), 부(敷)의 음부에 소(篠)·소운(嘯韻)의 글자가 있다.

또 일본에서 지성(之聲)에 속하는 이음부(異音符)의 익(翼)이 '요쿠(ヨク)', 직(直)과 그 음부의 식(殖)·식(植)이 '쇼쿠(ショク)', 덕(悳)이 '도쿠(トク), 익성(弋聲)의 대(代)가 '다이(ダイ)', 특(弍)이 '도쿠(トク)', 칙(則)과 그 음성 기호의 측(側)·측(惻)·측(測)이 '소쿠(ソク)', 식(食)과 그 음성 기호의 식(飾)이 '시요쿠(ショク)', 칙(飭)이 '치요쿠(チョク)' 등의 음을 취하고, 마찬가지로 지운(之韻)의 기(己)·기(某) 등에 '고(コ)' 관용음이 있는 것 등은 지(芝)가 주(株)·조(朝)를 소리 나는 대로 적어 대신한 글자일 가능성이 있음을 보이는 예라 할 수 있겠다.

저 『삼국유사』에서 시(豕)를 음부(音符)로 하는 글자 탁(涿)이 도(道)를 소리 나는 대로 적은 글자가 되는 것이며, 『일본서기』에서 탁(涿)의 오류일 것으로 추정되는 탁(啄)자에 '도쿠(トク)'의 소리가 붙어 있는 것 등은 앞에서 서술했듯이 소리가 바뀐 사례의 하나라 할 수 있을 것이다. 또한 『삼국유사』의 연표에서 무휼(無恤)과 미류(味留), 기마(祇摩)와 기미(祇味), 지철(智哲)과 지도로(智度路)가 통용되고 있는 점이며, 『일본서기』에서 침미(枕彌)를 '도무(トム)'·'도무미(トムミ)'라 말하고, 침류왕(枕流王)의 침류(枕流)를 '도무루(トムル)'라 해석하고, 아직기(阿直岐)를 '아토키(アトキ)'라고도 하며, 직지왕(直支王)의 직지(直支)를 '도키(トキ)'라 하고 있다는 점 등은 'i'운(韻)을 'o'운으로도 읽는 당시의 실제 흔적으로 주의를 요하는 것들이다.

리(離)에 대한 고대 운(韻)들을 보면, 『시경』 항백(巷伯)에는 구(邱)로 통하고, 『좌씨전』 애공 5년에 매(埋)·모(謀)와 통하고, 소리를 변형시킨 것으로는 『갈관자(鶡冠子)』 세병(世兵)에 유자수지주(遊慈囚之舟)를 통하게 한 것처럼, 주(周)라는 음으로 읽는다. 또 지(芝)에 대한 고대 운(韻)에는 환담(桓譚)의 「선부(仙賦)」에서 대(臺)와 통하고, 그 소리를 변형시킨 것으로는 초공(焦贛)의 『역림(易林)』 고지손(蠱之巽)에서 우(憂)·거(居)와 통하며, 반고(班固)의 「교사지(郊祀志)」 영지가(靈芝歌)에서는 도(圖)·도(都)와 통하여 여러 음으로 읽었던 사례가 있다.

이렇듯 소리를 본떠 표현했던 사례들로 볼 때, 지(芝)는 '도·조' 또는 '두·주'를 대신하는 글자로 보아도 무방한 듯하다. 앞서 예로 든 글자들의 경우 소리와 뜻을 함께 거론할 필요 때문에 글자의 소리를 조금 왜곡하는 것은 개의치 않는 게 보통이다. 따라서 여러 음의 사례들을 명백히 따져 밝히는 것뿐만 아니라 그 의미까지 살펴서 '돋솔'의 소리를 지서(芝栖)라고 표기할 수 있게 되는 특별한 이유가 있는지 여부 또한 고찰할 필요가 없다고는 할 수 없을 듯하다.

이때 상기되는 것은 한(漢)나라의 교사가(郊祀歌) 중 지방지가(芝芳之歌)이다. '돋소리'(兜率)가 원래 제사의 노래라는 점에서 교사가(郊祀歌)에 연계되고, 지방(芝芳)의 뜻에 접근시킨 지서(芝栖)라는 번역 글자를 만들어서 이것으로서 '돋소리'가 축약되어 옮겨진 것이 아닐까라고 나는 추상해 본다. 반도의 도솔(兜率; 돋소리)이 고대에는 도(兜 또는 兜離), 후대에는 지서(芝栖)로서 중국에 흘러 전해졌으리라 본다.

이와 같이 도솔가가 중국의 역사를 통해 여러 차례 전하여질 형편이라면, 고대 문화에 있어서 반도의 연장선인 일본에도 그에 상응하게 그 면모가 남아 있어야 할 것인데, 일본의 고대 음악은 그 어느 것에 이것을 인정할 수 있는가?

일본에 음악다운 음악이 있게 된 것은 다른 문학이나 기예 등과 마찬가지로 반도로부터 그것을 수입한 이후의 일이다. 문헌에 보이는 것으로는 『일본서기』의 인교 천황(允恭天皇) 말년에 신라에서 악인(樂人) 80명과 함께 각종 악기를 보냈다는 것을 비롯하여, 그 후 긴메이 천황(欽明天皇) 15년에 백제에서 악인 시덕(施德) 삼근(三斤), 이덕(李德) 기마차(己麻次), 이덕 진노(進奴), 대덕(對德) 진차(進次) 등을 보냈고, 스이코 천황(推古天皇) 20년에는 백제인 미마지(味摩之)가 오(吳: クレ)나라에서 배운 기(伎)인 악무(樂舞)를 전했다고 기록되어 있다.

이제까지의 반도의 모든 음악이 대체로 일본에 전래되어 궁중에 고구려·백제·신라의 각종 전문 악사(樂師)가 있어 이름 있는 노래와 춤을 생도에게 가르치고, 당악(唐樂)과 함께 크고 작은 의례에 쓰이고 있었다. 이후 탁라(度羅; 耽羅)[9]·발해(渤海; 靺鞨)의 음악도 들어오고, 헤이안 왕조(平安朝)에 이르러서는 이들이 약간 변형되고 통일되어 당악(唐樂)에 대하여 고려악(高麗樂)이라 칭하며 당악(唐樂)을 좌부(左部)로 고려악을 우부(右部)로 삼았다.

고려악 즉 고려 음악으로 지금까지 전하는 것은 일월(壹越)·평조(平調)·변조(變調)의 삼조(三調)에 걸쳐 열다섯 곡이 있는데(「樂家錄」), 그 중 도지여려기(都志與呂岐) 일명 도울지여려기(都鬱志與呂岐)가 있다. 통상적으로 도지(都志)와 조소(鳥蘇)는 대체로 도솔의 흐름을 이어받은 명칭으로 본다. 조소(鳥蘇)에는 옛것과 새것 2종이 있는데 신조소(新鳥蘇)는 오늘날 전하지 않는다. 이것을 항상 '도리소(トリソ)'라 읽어 오고 있는데, 다른 악곡명들이 거의 전부 음독(音讀)이라는 사실에 비추어 보면, 조(鳥)는 '도리(トリ)'라고 읽을 것이

---

9 탁라와 탐라는 모두 제주도의 옛 이름이다.

아니라 '데우(テウ)' 또는 '도(卜)'라고 읽어야 할 것이다. 이들은 성질로 보아 악무(樂舞) 즉 춤이 있는 음악이라 할 것인데, 거기에 가사도 붙고 더욱이 '무무곡(無舞曲)'이라 하여 춤이 수반하지 않는 곡조도 있어서, 도지(都志)가 무무곡의 하나임은 주의할 만하다.

「교훈초(敎訓抄)」(5)에 의하면 도지는 또한 학무(鶴舞)[10]라고도 일컬은 듯한데, 학무란 이름은 오랜 전통을 가진 반도에서 춤과 음악 중의 하나로 찾아 볼 수 있는 것으로, 이조에서도 행하여졌고 처용무(處容舞)와 함께 제귀(除鬼)의 행사로도 춘 것이다. 또 일본에 전하는 고려 음악 중에는 숙덕(宿德) 혹은 주덕(走德)이라고 쓰고 '소토쿠(ソトク)'라고 읽는 것이 있는데, 그것이 『삼국사기』 악지(樂志)에 보이는 최치원의 「향악잡영(鄕樂雜咏)」 중에 보이는 '속독(束毒)'이라 생각되는 예가 있는 정도이므로, 고려악 다시 말해 삼국의 옛 음악 중에서 도지 혹은 조소를 도솔에 비교하는 일이 물론 망령된 발언은 아닐 터이다. 이들이 무용(舞容)만을 전하고 가사(歌詞)를 징험할 길이 없음을 유감으로 여길 뿐이다.

이상에서 약간의 고찰을 통해 시도해본 바에 따르면 신라의 고대 가악인 도솔가는 국내적으로 신요(神謠) 혹은 성가(聖歌)였다는 본질을 명확하게 알 수 있으며, 다른 한편으로는 중국에 전하는 도(兜)나 주(株), 일본에 전하는 도지(都志) 혹은 조소(鳥蘇) 등에 연결시킴으로써 그 유행이 넓고 전통이 오래된 것임을 충분히 미루어 살필 수 있다고 하겠다.

---

10 학춤이라고도 한다. 고려 때부터 흰 학과 푸른 학의 탈을 쓴 두 사람이 나와 추던 궁중 춤의 하나로, 이 춤을 추다가 두 연꽃을 터뜨리면 두 동녀가 나오고 학이 물러간 뒤에 이들이 연화대 춤을 춘다.

4. 도솔가의 두 분야 – 차사·사뇌의 두 격(格)

『삼국유사』에 의하면 도솔가에는 차사(嗟辭)·사뇌(詞腦)라는 두 개의 법칙이 있어서 도솔가가 생긴 당초부터 이러한 구별이 있었던 듯이 되어 있는데, 이는 아무래도 후대에 생긴 분화일 것이다. 생각건대 신라의 노래와 음악은 외래의 음악 수입 전에 이미 상당히 발달하여, 그 종목만도 꽤 복잡한 것이었고 도솔가도 그중의 하나일 것이니, 이 도솔가도 단순한 것이 아니라 그 음조나 율격 등에 차사·사뇌 등의 구별이 있었던 것이다.

도솔가의 이 두 격(차사·사뇌)이 어떠한 성질의 것인지는 의미가 명확치 않은 명칭만으로는 자세히 살필 수 없다. 다만 사례들을 통해 말의 소리를 좇아 징험되는 옛 의미를 가늠하여 원시 가요의 일반적 범주로서 종류에 따라 구별을 시도하여, 그 결과를 현재 남아 전하는 작품에 실제로 대입해 검사하고, 또한 할 수 있으면 후세의 가요에 명목적 일치점을 고찰해 보는 수밖에 없다. 더욱이 두 말의 가치를 대립적·상관적으로 천명함을 요한다.

차사와 사뇌의 구별은 다음 다섯 가지 쟁점을 갖는다.

(1) 내용적인 측면: 찬송(讚頌)·사모(思慕)·기축(祈祝)·보새(報賽)·고실(故實)·훈업(勳業)·풍속(風俗)·경치(景致)·교훈(敎訓)·풍유(諷喩) 등.

(2) 외형적인 측면: 장단(長短)·직절(直折)·흥비(興比)·은현(隱顯)·고하(高下)·질서(疾徐)·소밀(疏密)·애악(哀樂)·가송(歌頌)·구요(謳謠) 등.

(3) 창법에 관한 측면: 좌립(坐立)·합독(合獨)·남녀(男女)·만촉(慢促)·고저(高低)·강유(剛柔)·악기의 동반 여부·춤곡(舞曲)의 유무 등.

(4) 용처에 대한 측면: 제사연향(祭祀宴饗) · 조정민간(朝廷民間) ·

공회사석(公會私席) · 경연애장(慶筵哀場) · 출정개선(出征凱旋) ·

회렵보사(會獵報謝) 등.

(5) 가수에 대한 측면: 무축(巫祝) · 고사(瞽史) · 악공(樂工) · 상인

(常人) · 남녀(男女) · 노소(老少) 기타.

그런데 이것들은 오로지 말의 의미를 탐구해 밝혀냄으로써만 명
백해질 것이다. 첫째, 차사의 현대 글자음은 츠ᄉ(Chaǎsǎ)이다. 그
옛날 음 또는 원어(비틀리기 전의 원형)는 과연 무엇이었을까? 이제
이것을 현대 유음어들 가운데 의미가 상관되는 것을 찾아보면, ①
추 또는 추ᄉ(칭찬하다, 추천하다), ② 추스르(잡아 일으키다, 움직이게 하
다), ③ 처드(들어 올리다, 바치다), ④ 치 또는 처주(가치를 인정하다, 지위
를 인정하다), ⑤ 치살리 또는 치켜세(치켜세우다, 稱揚하다) 등을 볼 수
있다.

이들 말에 공통적으로 계기가 되는 것은 '높인다' · '칭찬하다'의
의미임을 알 수 있는데, 이는 도솔의 '돈'과 같이 원시 가요의 중요
한 특색을 나타내는 것으로서 극히 적절한 관념이다. 이렇게 보면,
차사(嗟辭)는 찬미하다 · 공덕을 기려 퍼뜨리다는 뜻을 가진 말의
하나가 아닌가 생각한다.

다음으로 사뇌의 경우, 현대 글자음은 '스노'(sǎno)로서 '스'는
'시'(si), '노'는 '로'(ro)나 '뇌'(noi), '뢰'(roi) 등으로 변하는 경향을 갖
는다. 그런데 스노 · 스뇌 · 시노 · 시로 등은 다 현대어에서 아무
단서를 찾을 수 없다. 가령 핵심자를 '로' 또는 '뢰'로 보아, 사뇌를
'스로' 혹은 '스뢰'라고 하면 극히 적절한 가요 색채를 지닌 어휘가
생각난다. 높은 사람에게 말하는 것을 '슬오'(sǎro) · '슬외(saroi)' ·
'슬이'(sǎri)라고 한다. '슬오'에는 '말씀드린다'는 주된 의미 외에도
'호소하다 · 원하다'라는 부수적 의미가 있다는 점에서 사뇌의 원

어로 한층 적합하다는 걸 알 수 있다. 곧 사뇌='〈로'라는 주문(奏聞) 또는 기원(祈願)의 의미가 있는 어형으로 하여 부당하지 않음을 본다.

이제 좀 더 자유롭게 생각의 범위를 넓히면, 애련·연모를 의미하는 '〈랑'(sǎrǎng)과도 관련을 지을 수 있다. 원시 문학은 제사와 애정을 양대 분야로 하는 게 통례인데, 반도의 고대 가요에는 웬일인지 제사 관계의 것은 비교적 형적을 남기고 있으나, 애정 관계의 것은 거의 끊어져 없다시피 한 상태이다.

그런데 이제 가령 사뇌를 '〈랑'에 대응되는 글자라고 한다면 이 기이한 결함이 보충되는 셈이다. 어형도 꼭 맞지 않고 또 모체인 도솔가를 성가(聖歌)라고 한 이상 이것을 굳이 주장하고 싶지는 않다. 다만 일본의 고어에 남녀 간의 사랑을 '시노비(シノビ)' 또는 '시누비(シヌビ)'라 하고, 연가(戀歌)를 '시누비우타(シヌビウタ)'라고 하는데, 이 '시노(シノ)'와 '사뇌' 사이에 어원적 관계가 있다면, '〈랑'의 옛 형태에 '〈낭'이 허락되는 점과 아울러 사뇌격을 애정 표현이라 보는 것이 더욱 더 부당하지 않음을 알 수 있다.

또 돌이켜 생각해보면, 사뇌를 '〈뢰'라 한 것이나 '〈랑'이라 하는 것 등은 그것이 온화한 가락으로 마음속을 털어 놓는 형태라는 점에서는 일치하므로, 공덕을 기려 찬미한다는 의미 외에 서정(敍情)을 위주로 하는 모든 형태의 노래를 포괄할 명칭이라 하여도 무방할 것이다.

나는 조선 고대의 차자(借字) 방식을 조사해 보면서, 여기에는 소리와 뜻 두 가지가 함께 표현되는 현저한 법칙이 있음을 알았다. 다시 말해 주요한 고유명사를 사음(寫音) 즉 우리말로 표현하는 경우 소리를 본뜨는 것과 함께 그 의미까지도 포함하게 하려고 애쓰는 태도이다. 그 의미가 원어의 그것을 직접 본뜨는 경우가 있고 또 원어와 유사한 의미이거나 원래 의미에서 변형된 의미를 차용하는 경우가 있어서 이 둘 사이에도 구별은 있으나, 아무튼 원어가 가진 관념이 그것에 대응되는 글자에도 나타내지기를 바라고 있다.

'ᄎᆞᆫ'(chăsăn; 처음 東光이 비치는 곳)을 조선(朝鮮)이라 하고, '단굴'(tăngul; 祭天者)을 천군(天君)·단군(檀君)이라 하고, 'ᄉᆞᆯ'(sără; 新開地 또는 曙地)를 신라(新羅)라 하고, 피양(piyăng; 피=浿水 유역)을 평양(平壤)이라 하고, 고구려의 국조 주몽(朱蒙; 鄒牟·仲牟로도 쓰며, 현대어 '첨=시초'에 관계있는 말인 듯함)을 태양빛의 변한 모습이라 하여 동명(東明)이라 하고, 가락(駕洛)의 국조의 이름이 태양의 관계어 '실'(săr)을 목으로부터 노출한 것이라 하여 수로(首露)라 함 등은, 모두 원래 뜻의 전부 혹은 그 일부를 엿보게 하는 사음법(寫音法)이다.

일례로 '돋소리'와 도솔과의 관계에서도 '돋소리'는 원래 신령을 찬양하고 우러르는 가락인데, 이후 반도의 종교에는 육(六)의 주신(主神)을 그 최고 대상으로 하는 데에서 불교 경전 중의 저명한 천부(天部)의 명칭인 도솔(兜率)이 인출되어서 음을 본떠 글자를 빌어 온 것이라고 볼 것이다. 마찬가지로 차사(嗟辭)나 사뇌(詞腦)도 단순한 사음이 아니라 어느 정도 우의적(寓意的)인 것이 아닌가 생각하게 하는 점이 있다.

중국의 시론(詩論)에 의거해보면 『시경(詩經)』 관저(關雎) 서(序)에도, "시는 뜻이 가는 바이다. 마음속에 있으면 뜻이 되고, 말로 하면 시가 된다. 정(情)이 마음속에서 움직여서 말로 표현되는데, 말이 부족하므로 차탄(嗟歎)하고, 차탄이 부족하므로 길게 노래한다. 길게 노래하는 것이 부족하면 자신도 모르게 손이 춤추고 발이 구르게 된다."라고 한 바와 같이, 원래 시가란 것은 차탄(嗟嘆; 탄식과 한탄)하는 말이라 하는데, 같은 시가 중에서도 차탄만으로 된 것은 천하가 다스려지는 게 신의 은혜라 하여 그 덕을 찬양하고 이것을 기쁘게 하는 '송(頌)'이라는 부류이다.

한편, 『시경』의 주송(周頌) 신공(臣工)에는 "아아! 신공(臣工)들아.

그대들은 공사를 신중히 하시오. 왕이 그대에게 농사일을 일러주리니 와서 익힐지어다. **아아!** 보개여. 이 봄도 저물었으니 또한 무엇을 구하려 하드뇨. 새밭 일구는 것이 어떤가(噫嘻臣工 敬爾在公 王釐爾成 來咨來茹 噫嘻保介 維莫之春 亦又何求 如何新畬)."라 하였고, 그 밖에 오호(於乎) · 희희(噫嘻) 등의 감탄사로 말해지는 말하는 편이나 장구 등이 송시(頌詩) 가운데 많이 있음은, 송(頌)이 차탄(嗟嘆)을 주로 하는 시형식이기 때문이다(『毛詩注疏』 권1, 關雎序 및 魯頌 · 商頌 참조). 도솔가의 한 격식인 차사의 차(嗟)자는 아마도 이러한 『시경』(내지는 시론) 구절에 기초를 둔 것으로서, 차사의 격이란 시론에 기준해 보면 송(頌)에 해당함을 보여주는 것이라 생각된다.

사뇌라는 말이 간단히 중국의 시론에 견주어 밝혀질 문제는 아니겠지만, 사뇌는 『삼국사기』 악지(樂志)에는 사내(思內) 또는 시뇌(詩惱)라 하였다. 새삼스러이 사(思)며 뇌(惱)의 글자를 취한 것이 눈에 띈다. 사뇌(詞腦)는 그렇다 하더라도 사내(思內)의 사(思)는 중국의 시론에서 매우 깊은 인연이 있는 글자이다. 공자가 『시경』 노송(魯頌) 경편(駉篇)을 통해 시(詩) 삼백 편을 한 마디로 하면 "사무사(思無邪)"라 했음은 유명하다.

하지만 시험 삼아 『시경』 국풍(國風)[11] 일부에 대하여 고찰하더라도, 주남(周南) 관저(關雎)의 "오매사복(寤寐思服)"을 비롯하여 패풍(邶風) 백주(柏舟)의 "정언사지(靜言思之)", 종풍(終風) 웅치(雄雉)의 "유유아사(悠悠我思)", 패풍(邶風) 이자승주(二子乘舟)의 "원언사지(願言思子)", 용풍(鄘風) 재치(載馳)의 "백이소사(百爾所思)", 위풍(衛風) 맹(氓)

---

11 『시경』의 편제는 크게 풍(風), 아(雅), 송(頌)으로 되어 있는데, 이중에서 풍(風)은 국풍(國風)이라고 한다. 『시경』에 수록된 305편 가운데 국풍은 160편, 아는 105편, 송은 39편이다. 『시경』의 국풍은 주남(周南), 소남(召南), 패풍(邶風), 용풍(鄘風), 위풍(衛風), 왕풍(王風), 정풍(鄭風), 제풍(齊風), 위풍(魏風), 당풍(唐風), 진풍(秦風), 진풍(陳風), 회풍(檜風), 조풍(曹風), 빈풍(豳風) 등 15개국의 풍이 모두 160편 수록되어 있다.

의 "정언사지(靜言思之)", 위풍(衛風) 백혜(伯兮)의 "원언사백(願言思伯)", 위풍(衛風) 죽간(竹竿), 왕풍(王風) 대거(大車)와 회풍(檜風) 고구(羔裘) 등의 "기불이사(豈不爾思)", 정풍(鄭風) 건상(褰裳)의 "자불아사(子不我思)", 정풍(鄭風) 출기동문(出其東門)의 "비아사존(匪我思存)" 및 "비아사차(匪我思且)" 등등은 '사(思)'라는 글자를 정면에 내세운 두드러진 여러 예들이다.

한편 작품 자체의 기조를 '사(思)'에 두고 서문 중에 이를 명시한 작품들도 있다. 주남(周南)의 관저(關雎)와 권이(卷耳), 패풍(北風)의 천수(泉水)와 이자승주(二子乘舟), 위풍(衛風)의 계오(鷄鳴), 위풍(魏風)의 노호(魯岵), 진풍(秦風)의 위양(渭揚), 진풍(陳風)의 동문지지(東門之池)와 택노(澤魯), 회풍(檜風)의 습유장초(隰有萇楚), 비풍(匪風)과 조풍(曹風)의 하천(下泉) 등이다.

이와 같이 『시경』 중의 풍아(風雅) 즉 국풍(國風)은 시를 짓는 계기를 오로지 '근심·생각'에 두고 있는 것으로, 저 오나라의 계찰(季札)이 노나라에 이르러 음악을 골고루 칭찬할 때, 위풍(衛風)을 듣고는 "우이불곤자(憂而不困者)"라 하고, 왕풍(王風)을 듣고는 "사이불구(思而不懼)"라 했으며, 당풍(唐風)을 듣고는 "사심재(思深哉)…하우지원야(何憂之遠也)"라 하고, 소아(小雅)를 듣고는 "사이불이(思而不貳) 원이불언(怨而不言)"이라 하였다. 모두 풍(風)과 아(雅)의 핵심에 적중한 적절한 비평이다. 또한 '사뇌'의 뇌(惱)자는 사(思)와 마찬가지로 시의 세계에서 사랑받는 글자로서, 오뇌(懊惱)·우뇌(憂惱)·비뇌(悲惱) 등으로 되면서 혹은 가곡의 이름, 혹은 첨예한 시어로서 관용됨은 구구한 설명을 요하지 않는 바이다.

원래 예민한 관능의 소유자인 시인이 때에 따라 가슴속의 우수와 비애·힘들고 고됨·오뇌·한탄과 번뇌 등을 신산(辛酸)·오뇌(懊惱)를 음곡 위에 나타낸 것이 시이다. 이러한 시인들의 정조가 국가적이거나 사회적인 사건을 대상으로 노래될 때에는 아(雅)한 시체(詩體)가 생기고, 인정(人情)과 물태(物態)의 감흥을 제재로 할 때에는 풍(風)한 시장(詩章)이 생긴다.

요컨대 의례적이고 형식적이고 이론적이며 외적 요인에 따라 작위하는 송(頌)에 대하여, 관능적이고 정서적이며 내적 발현을 통해 발생된 시 세계의 일반을 이루는 것이 풍(風)과 아(雅)인 것이다. 아(雅)는 때론 송(頌)에 얽혀 드는 일도 있으나, 풍(風) 같은 것은 순수한 정의 표현물이다. 풍(風)이라는 것은 목적이 없는 정(情)의 달림을 말에 담아서 곡절을 붙인 것으로서, 사람의 부르짖음, 인민의 소리라 일컫는 구요(謳謠)이다. 이것은 중국의 시 이론가에 의하여 '우사(憂思)'로 된 시에서 소(騷) 내지 한(漢)·위(魏)·당(唐)의 그것을 일관한 중국 시의 대배경이다.

아무튼 오뇌는 시의 동기로 무엇보다 중요한 것으로서, 시의 세계의 주요한 부분인 정(情)의 화원에는 오로지 이에 의하여 전개된다. 도솔가의 일격을 '시뇌(詩惱)' 또는 '사내(思內)'라 하는 것은 차사(嗟辭)의 차(嗟)와 마찬가지로 중국 시론에서 우사(憂思)·우뇌(憂惱)의 개념에서 취한 것이다. 곧 차사(嗟辭)로써 송(頌)의 의미를 나타낸 것과 같이, 사뇌(思惱)로써는 그것의 본질이 풍아(風雅; 또는 風謠)임을 빗댄 것인 듯하다.

고대 이두식 표기 이치의 한 흐름인 음과 뜻 두 가지를 모두 표현하려는 충동으로 인해 다소 원형을 변형시키게 되면서 '추스'에는 차사(嗟辭)를 해당시키고, '슬오'에는 사뇌(思惱)를 해당시키는 일도 있었던 것으로서, 갸륵하게도 이 차사(嗟辭)·사(思=詩)·뇌(惱=內)는 사곡(詞曲)의 명칭과 함께 그 내용을 전하는 것으로 생각된다. 적어도 그렇게 보아야 할 이유를 갖추고 있다.

시뇌(詩惱)를 또한 사내(思內)로도 쓰는 것도 마음속을 이야기한다는 의미를 깃들인 것으로도 보이며, 또 사뇌(詞腦)로 쓰임은 그 종류의 시가(詩歌)가 시 세계의 주요한 부분을 이룬다는 의미를 나타내려고 한 별개의 활용 의도에서 나온 것인지도 알 수 없을 것이다. 그것은 여하튼 사내(思內)·시뇌(詩惱)가 우연히 대응된 글자가 아니라, 그 어떤 관념을 빗대어 표시하고 있는 것임은 꽤 강력히 이것을 설정해볼 수 있는 것이다.

이상의 추론이 전혀 허튼 망상이 아니라고 한다면, 차사는 신에 대한 찬가요, 사뇌는 인간이 갖는 번뇌의 소리를 말함인 듯하다. 중국류로 비교하여 말한다면, 시의 세 가지 종류인 풍(風)·아(雅)·송(頌) 중 송(頌)과 아(雅) 일반에 해당되는 것이 차사이고, 풍(風)과 아(雅)의 다른 일반에 해당하는 것이 사뇌라 할 수 있겠다. 조선 반도 고대의 시론은 거의 주리적(主理的)인 것을 차사라 하고, 주정적(主情的)인 것은 사뇌라 하는 이분법에 입각해 있었다고 생각된다. 중국에 있어서 정치적 의미로 아(雅)의 일면목을 따로 분리해 독립시킨 것은 그렇다 하고, 원시문학이 신앙적이고 찬송적인 서사시 송(頌)과 감각적이고 감탄적인 서정시 풍(風)으로 분리됨은, 인류 문화사적 공통 사실이기도 하다.

이 이론적인 근거를 얻어서 나는 여기서 다시 차사(嗟辭)는 송시(頌詩)로서 인도의 베다(veda), 핀란드의 '가레바라'와 같은, 천지의 생성으로부터 국가 및 인문(人文)에 관한 것, 선조들의 업적 등을 이야기하여 전하는 민족시로 하고, 사뇌(思惱)는 풍요(風謠)로서 일본의 '만엽(萬葉)', 아라비아의 '무알라카트'와 같은 자연 관상, 인간사의 감격, 근심·걱정의 호소, 희망의 기원 등을 표출한 인생시라고 공공연하게 선언하고 싶은 심정이다.

이제 다시 한 번 시각을 바꾸어 다른 방면으로 차사·사뇌의 말 뜻의 근원을 음미하여 보자. 고대에 있어서의 가요는 무엇보다 종교적인 것이고, 신앙 표백의 요구였으므로 그것을 짓는 사람 또는 노래하는 사람도 신성한 자이며 대개의 경우 신인(神人)으로서 사회의 장(長)으로 되어 있는 주권자였다.

중국의 고대에 있어서 소위 예를 분별하고 음악을 짓는 것을 성왕(聖王)의 일로 돌리고, 가무(歌舞)의 기원을 옛날의 제왕에 결부시켜서 말하는 것도 이런 인연에 의한 것에 불과하다. 문화의 진전과 함께 점차 직업 시인이나 악공들이 출현하는데, 그것도 처음에는 신성시되었음이 『시경』 서문에 시 짓는 사람이나 음악 연주자 등을 '신고대현(神瞽大賢)'이라고 하였음과 같다. 고(瞽)란 악관(樂官)을 말하는 것이다(『시경』 周頌 참조).

그러나 시(詩)의 사회적 가치는 군주나 조정에 의해 드러나 밝혀질 것이나, 그 인생에 있어서의 근거는 원래부터 만인 평등의 것으로서, 조금도 특권적으로 존재할 이유는 없다. 여기에 있어서 시의 분해는 궁정 대 민간, 송(頌) 대 풍(風), 아(雅) 대 속(俗) 등 둘로 구분하게 된다. 이러한 까닭으로 일반 문화사에서 고대의 가요는 군주나 그 대리자에 의하여 쓰이는 제사시(祭祀詩)와 민중 일반의 리듬 생활의 표현으로서 즐거움을 표현한 상락시(賞樂詩)로 대립되는 현상을 볼 수 있다. 생각건대 조선 반도의 고대 문학도 아마 그러한 문화사적 약속에 제한되는 것이겠는데, 이 문화 법칙의 투영을 도솔가의 두 격에 대해서도 인정할 수는 없을 것인가?

신라의 초기에는 왕을 부르는 호칭을 거서간(居西干)이라고도 하고 차차웅(次次雄)이라고도 하였다. 거서간은 '굿'(kus; 神事)을 하는 사람이란 뜻이고, 차차웅이란 '차차(次次)'를 하는 존귀한 자라는 뜻인데, 차차는 무사(巫事)를 지칭한다(雄은 桓雄의 웅과 같이 '어른'(öreun)의 옛 형태를 축약하여 소리를 본뜬 관용적인 차용 글자였다). 요컨대 이들은 제정일치 시대에 무당이요 임금인 자의 칭호인 것이다.

그러면 차사와 차차 간에는 아무런 관계도 없었을 것인가? 차사가 제사시라면 그것은 제사장인 군주의 것이어야 함이 당연한데, 이러한 관계가 있는 이상 그 어떤 계기로든 말의 형태가 비슷한 차사와 차차 간에 연결 지점이 있었으리라고 생각하는 것은 그다지 무리라고만 할 수 없다. 신(神)을 '추스'르는 문학이 차사인 것처럼, '차사'의 특권자인 당시의 왕도 신을 '차차'하는 자로서 '차차웅'이라 일컬었다고 보는 것은 불가능할 것인가? 차차하는 시(詩), 차차웅의 시가 그 명칭도 차사였던 것이 아닐까?

한편 현대어에도 남선(南鮮) 지방에서 가무사(歌舞師)를 '광대'(koangtai), 또는 '화랑이'(hoarang-i)라고도, '슨이'(săn-i)라고도 하는 말이 있어서, 그중 '화랑이'는 신라의 화랑(花郞), '슨이'는 신라의 국선(國仙)의 선(仙)에서 유래했다는 것이 의심할 수 없는 사실이다. 신라의 화랑이 대체로 가무 유람을 일삼는 민중의 교화 기관이었음은 기록에서 증명되는 바와 같다. 화랑 단체는 진흥왕 이후 국가 선거 기관으로 이용하게 되기도 했으나, 그 본래의 면목은 요컨대 신도(神道)를 본체로 하고 풍아(風雅)를 방법으로 하여, 민족정신·사회도덕을 담금질하는 민속적인 집단이었다.

오늘날 문헌상 이름을 남기고 있는 고대의 시인이 대개 화랑(국선) 단체 무리였다고 추정되는 바와 같이, 국풍(國風)의 가요와 화랑·국선과는 서로 떨어질 수 없는 관계가 있다. 더욱이 신라에 조정 중심의 송시(頌詩) 외에도 민간 일반의 풍소(風騷)의 작품들이 있었다고 하면, 그것은 당연히 화랑의 무리, 곧 선인(仙人)들의 영역이어야 할 것이다. 그 창작자이건 가창자이건, 또는 채집하여 전파하는 자이건 모두 민간의 가요에는 이 선인이 유일한 중심이었을 것이다. 그 또 다른 흐름을 계승해오는 자에게 '슨이'란 칭호가 있음은 실로 우연한 일이 아님을 알 수 있다.

이렇게 보면 선인이 고대에 있어서 가요 문화의 모든 분야에 그 역할에 상응하는 꽤 큰 그림자를 투사하고 있었을 것을 상상해볼 수 있다. 도솔가의 한 격조인 사뇌(詞腦)라고 하는 '스노'(săno)야말로 실은 국선의 선(仙) – '슨이'의 '슨'과 깊은 교섭을 가진 칭호가 아닐까? 궁실 조정의 문학인 '차사'의 노래 – '차차'의 노래에 대하여 민중 문학으로서의 사뇌가는 곧 선인의 노래, '순이'의 노래라는 의미를 가진 것으로 본다면 부당할 것인가? 국선 · 선랑(仙郎)의 선(仙)도 지금의 '순이'의 '순'도 생각을 말한다. 흉금을 이야기한다고 하는 정도의 계기로써 이 근원을 함께 하는 말이라고 인정하는 것은 무리인 것인가?

앞에서 나는 사뇌(詞腦; 思惱)의 원어를 '슬오'라고 추정했거니와, 다른 곳에서도 'ㄴ'(n)과 'ㄹ'(r)이 서로 전환되는 예가 많이 있는 것처럼, '슬오'나 '스노' 역시 실은 어원적으로 동일한 것에 불과하다고 인정할 수 있다면, 사뇌격이 내용으로는 '슬오'의 시(詩)요, 사회 계급적으로는 '순이'의 노래를 의미한다고 가정해도 크게 틀리지는 않을 것 같다. 이 관점에서 본 차사 · 사뇌의 어원적 의미 탐색도 필경 차사는 제사시(祭祀詩)로, 사뇌는 풍소시(風騷詩)로 본다는 점에서 그 귀결되는 치지가 같다.

그러면 이상의 추론은 계통이 어지럽고 뒤죽박죽이기도 하고, 논단(論斷)에 움직일 수 없는 확증이 빠진 듯한 모습이지만, 내가 차사를 민족적 서사시라 하고, 사뇌를 인생적 서정시라는 시론(試論)을 주장한 것의 근본점은 이들을 일관하여 서로 어그러짐이 없을 것이다. 물론 단편적인 추론으로 갑자기 모든 것을 단정적으로 확정할 수는 없는 일일 것이다.

하지만, ① 그것이 이러한 추론법 이외의 방식으로는 어형에 맞는 대립적 설명이 용이치 않다. 예컨대 차사를 '잣'(chas; 繁)으로 보아 후세의 악전(樂典) 상에 보이는 '촉'(促) 또는 '삭'(數)에 해당시키려는 시도는 사뇌를 이 반대되는 '만'(漫)으로 해명할 길이 없다. 또 사뇌를 '센'(sen; 強調) 또는 '사내'(sanai; 男唱), '선'(sön; 立唱)으로 보려 해도 차사를 그 반대되는 약조(弱調) · 여창(女唱) · 좌창(坐唱) 등으로 볼 만한 근거는 없다. 설혹 그것이 가능하다 하더라도 이는 지나치게 형식적인 구분일 뿐이어서, 차사·사뇌가 오히려 내용적인 측면에서의 구별일 수 있다는 본질에서 멀어지는 혐의가 있어서 만족스러운 해설이라 인정되기 어려운 점이 있다.

또한 ② 이것을 작품에 실제적으로 검증해 보건대, 차사가란 것은 지금 전하는지 어떤지 알 수 없으므로 무엇이라 말할 수 없으나, 사뇌가라고 이름 박은 가요는 명목적으로 실물이 약간 전해지고 있는데,『삼국사기』악지(樂志)에 보이는, "덕사내(德思內)는 하서군(河西郡)의 음악이다.", "석남사내(石南思內)는 도동벌군(道同伐郡)의 음악이다." 등에서 보듯 일견 그 민간 또는 지방의 풍요(風謠)로 추정된다. 『삼국유사』에 보이는 충담사(忠談師)의 「찬기파랑가(讚耆婆郎歌)」는 어떤 화랑에 대한 '시누비'(シヌビ; 사모하는) 노래이며, 원성대왕의 「신공사뇌가(身空詞腦歌)」는 그 표제와 그에 부수되는 이야기로 보아 인생의 무상함을 한탄한 노래인 듯하니, 이것이 서정적 풍요임이 대략 추정되는데 만일 이것을 사실이라고 한다면 그 반대 부분인 차사는 제사시·궁정시라야만 한다.

마지막으로 ③ 인류 문화사적 일반의 사실도 그렇거니와, 특히 반도의 고대 문학과 깊은 인연 혹은 교섭이 있다고 생각되는 일본 고대 가요의 명칭에서도 대가(大歌)·소가(小歌)의 구별이 있어서, 전자는 정악(正樂)으로서 궁정(宮廷)의 보호를 받는 것이요, 후자는 시류에 따라 유행하는 민간 여항의 노래라는 사실이다. 중국의 고대 가요도 풍·아·송으로 나눠지면서 한편으론 아송이 되고 풍아도 되는 것처럼, 대체로 조정의 가악과 민간의 가악이라는 둘로 나뉘어져 있다는 사실은 조선 반도 고대 가요의 구분법을 암시하는 것과 같다.

이런 등등의 사실로부터 반도 고대의 도솔가에 보이는 두 개의 큰 구분 차사·사뇌도 결국은 특권 계급적(또는 특수용)인 것으로서의 한 무리와 일반 서민들의 일상생활용으로서의 한 무리가 대립

적으로 병존한다고 볼 수 있다. 이는 적확하지는 않다 하더라도 사
실에서 그다지 멀지 않으리라는 느낌을 준다. 어쨌든 이 정도로써
후대 대방가(大方家)들의 가르침을 기다리기로 한다. 지금까지 논의
한 바의 핵심을 간단히 표현하면 다음과 같다.

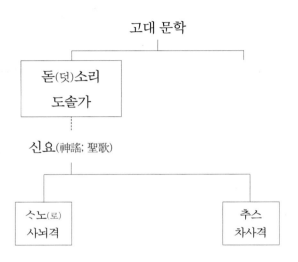

표백체(表白體) - 인생 생활의 풍요(風
謠). 연애 · 유락 · 경축 · 애상(哀傷) ·
감시(感時) · 영물(咏物) · 추회(追懷) · 발
원(發願) 등 일상 생활에 관한 개인적
서정시(일본의 小歌, 중국의 風에 해당함). 화
랑 단체 특히 그중의 '선인(仙人: 순이)'
을 중심으로 하여 민간 일반에 유통
향락됨

송축체 - 사회 가치의 가악(歌樂). 제사
용 사회적 축원시, 공회용(公會用) 민족
적 서사시(일본의 大歌, 중국의 頌에 해당함).
차차웅에 의하여 작성 행용(行用), 조
정의 보호 하에 전승됨

5. 삼국의 사(史)·사(事)에 남아 있는 노래 이야기

상대(上代)의 문학은 노래와 이야기가 항상 서로 짝으로서 함께 존재한다. 일본으로 말하면 『일본서기』와 『고사기』의 고대 가요가 모두 역사적 배경 아래 이야기되어 전해지는 것과 같다. 그중에는 노래와 이야기가 필연적 관계를 가진 것도 있고 그렇지 않은 것도 있으며, 또 전혀 별개의 것이 어떠한 인연으로 결부된 것도 있어서, 그 유래는 여러 가지로 찾아볼 수 있다. 아무튼 노래를 지음에 사실을 듣고, 또 사실을 전함에 가요를 썼음이 상대인이 즐겨 취한 태도였던 듯하다. 적어도 오늘날 전하는 상대의 가요는 이야기를 수반하지 않는 것이 오히려 희소하며, 이야기들은 노래를 수반하는 것이 많다.

이야기와 노래의 이러한 결합 형태는 일면 운문과 산문의 분화가 완전하지 않은 원시적 형태를 승계한 것처럼 보이지만, 그보다는 오히려 단순하고 소박한 단형시로부터 점차 폭과 길이를 가진 장형시로 변천하고, 그와 함께 서사적 요소가 첨가되어 마침내 복잡하고 장대한 이야기시로 성장하려는 과정의 하나라는 게 더 타당할는지 모르겠다.

아무튼 민족 문학이 어떤 단계까지 나아가면, 일상 경험에서의 단순한 감각을 천진스럽게 나타낸 원시 서사시(깊이도 없고, 크지도 않고, 형태도 정돈되지 않고, 말의 문형도 빈약하고, 다만 장단과 강약의 여러 소리들을 규칙적으로 배열하고, 거기에 율동적 흥미를 느껴 발휘하게 하는 유치한 관능시)는 차차 그 그림자가 옅어지고 생명도 줄어든다. 이에 시인의 눈은 점점 생각하는 세계, 동경하는 세계 즉 사유하고 상상하는 세계로 전향되고, 거기에 맞춰 누구에게나 감탄과 찬미를 얻을 사회적 사건, 영웅적 공명담 등을 가져다가 민중의 새로운 요구에 응하여 그것을 읊거나 외거나 감상하기에 쉽도록 하기 위해 노력한다.

아름다운 경치보다도 섬세한 정서보다도 다른 어느 것보다도 단순한 마음에 커다란 충동을 주는 '사건'이 당시 시인이 노리는 제목이 되고, 이것이 또한 민중이 애송하고 공명하는 바가 되기도 한다.

시대의 풍조가 이렇게 전향되면 독립적이고 외롭게 이어지던 종래의 가요도 그 생명을 새롭게 하고, 정채를 가하려고 그러한 이야기의 지지를 요구하게 된다. 이와 같이 하여 노래와 이야기가 융합·혼합되어 더욱 더 왕성하게 되어, 마침내 예술계는 신작과 개작에 의한 이러한 종류의 신형시(이야기시 또는 노래 이야기라 할 일종의 장편 서사시)의 독무대가 된다. 이 경향은 아마 새로운 기능을 발휘하여 온 신단시(新短詩)가 생겨날 때까지 계속되어, 상대 문학 사상의 현저한 한 시대를 이룬 것과 같다.

조선의 고대 문학도 현존하는 문헌으로 증거를 보일 수 있는 범위 내에서는 가요와 이야기의 동반으로 창시된 형태를 보인다. 다만 일본의『고사기』처럼 인물조신(人物祖神)이 나라를 낳는 장면으로부터 시작하여, 건국상도(建國相都)·성혼영장(成婚營葬)·아적정난(我敵靖難)·사군회인(思君懷人) 등등 인간사 온갖 일들에 뻗친 축대적(逐代的) 작품은 볼 수 없으나, 창창한 바다 가운데서 건져 올린 보배처럼 남은 약간의 현존 가요는 어느 하나 이야기가 붙지 않은 것이 없다.

대체로 조선에 있어서는 극히 원시적인 감각과 경험을 그대로 드러내놓은 태곳적 시가 전하지 않음은 물론, 상당한 발달이 추측되는 훨씬 후대의 작품도 그 진정한 형태나 전체 모습을 지금까지 전하는 것은 실로 쓸쓸하기 이를 데 없다. 전설적 연대상 가장 오래된 작품이라고 이르는 것은 오랜 역사적 서적에 삽입된 이야기로서 기재되어 있고, 게다가 원형은 없어지고 한문으로 번역된 것만이 잔해처럼 남겨진 한두 편뿐이다.

이 밖에 원형 또는 원형에 가까운 문구를 남기고 있다고 여겨지는 것은 겨우 종교상의 영험한 이야기로서, 신앙적 생명을 잇고 있는 십수 편의 주술적 시가 있을 뿐이다. 이 밖에는 한문을 맹목적으로 숭상하던 시기에 기록될 기회를 놓친 채 가사는 없어지고 겨우 제목 정도와 그 유래를 말하는, 말하자면 이야기시의 이야기 부분만 약간 문헌들에 실려 있다. 주객의 전도, 시는 버려지고 이야기만 전할 만큼 이야기 노래로 독점되어 있음이 조선 고대 문학의 현실이다.

조선의 고대 문학은 갖가지 이유로 인해 장구한 세월 동안 학대받고 두들겨 맞고 찢겨져서, 오늘날 국내에 갖추어져 있는 자료로는 고려 인종 23년(1145)에 칙명에 의해 편찬된 김부식의『삼국사기』와 이보다 130여 년쯤 이후인 고려 충렬왕 초년에 편찬된 일연 스님의『삼국유사』를 문헌 서적의 가장 오래된 원천으로 삼을 수밖에 없는 운명이 되었다. 그 특성과 특색의 어느 일면에서『삼국사기』는 일본의『일본서기』에,『삼국유사』는 일본의『고사기』에 비교할 수 있다.

물론『삼국사기』와『삼국유사』는 둘 다 문예적 기대를 크게 가질 수 없는 동기 및 태도로부터 편찬되어 이루어졌다. 하지만 역사전승에 관한 고대 민중의 특수한 구조로 인해 가리려 해도 다 가려지지 않는 고대 문학의 편린이 이 두 책에 마치 "저물녘의 해가 조각구름 속에 어렴풋이 보이듯" 번득이고 있다. 그리하여 가장 먼저 고려의 모습을 나타낸 원시 문학에 있어서의 최대 분야인 연애시가 이미 설화의 화려함에 얽혀 있음을 본다.

『삼국사기』와『삼국유사』를 통하여 가장 오랜 연대에 걸쳐서 전해진 문예적 작품은 고구려의 제2대 왕인 유리왕 3년(기원전 17년)에 보이는「황조가(黃鳥歌)」다. 책에서 말하길, 이해 겨울 왕비 송씨(松氏)가 죽자, 골천인(鶻川人)의 여인 화희(禾姬)와 한인(漢人)의 여인 치희(雉姬) 두 사람을 후실로 삼았다. 두 여인은 왕의 사랑을 다투어 화목하지 않으므로, 왕은 하는 수 없이 양곡(涼谷)이란 곳에 동서로 두 개의 궁을 지어 두 사람을 별거시켰다.

후에 왕이 기산(箕山)이라는 곳에 수렵을 가서 7일을 체류했는데, 그 동안에 또 두 여자 사이에 충돌이 일어나 화희가 치희를 꾸짖어 말하기를, "너는 떠돌아다니던 외국 것 주제에 이처럼 무례할 수 있느냐."고 증오의 악담을 퍼부었다. 치희는 수치스럽기도 하고 원통하기도 하여 어찌할 길이 없이 마침내 본국으로 돌아가 버렸다. 왕이 그 말을 듣고 말을 달려 뒤쫓아 갔으나, 머리끝까지 성이 난 치희는 완강하게 왕을 거절하고 돌아와 주지 않았다.

왕은 깊이 든 정을 잊지 못한 세월을 보냈다. 그러던 어느 날 수풀 속에서 쉬고 있던 중, 마침 황조(黃鳥)가 날아들어 모이는 것을 보고 감회를 못 이겨 노래를 읊조렸다. 한문으로 번역해서, "편편황조(翩翩黃鳥), 자웅상의(雌雄相依), 염아지독(念我之獨), 수기여귀(誰其與歸)"라 한 것이었다. 생나무 가지를 찢기어, 보고 듣는 모든 것이 마음 아픈 거리였던 왕에게는 날고 지저귀는 꾀꼬리의 화목함이 특히 가슴 아픈 광경이 아닐 수 없었다.

「황조가」는 비록 『시경』처럼 한문으로 번역된 작품이긴 해도 현재 전하는 우리나라 가요 중 가장 오래된 작품으로서 각종의 문제적 흥미를 돋우는 바가 있다. 여기서는 우선 그것이 사랑을 주제로 한 노래라는 점과 그 자체로 한 편의 설화라는 점에 주의하고 싶다. 노래 이야기요, 이야기 노래인 원시 문학적 특징에 가장 부응하는 자태를 이루고 있는 것이다.

사랑은 어느 시대에서도 인생의 중요한 일대사요, 정(情)적 생활은 무엇보다도 그 부르짖을 길을 시가에서 찾아보려고 하는 것인데, 단순히 식(食)과 색(色)의 두 가지 일로써 생활의 양극을 삼는 원시인 내지 고대인에게 있어 이 경향과 세력이 가장 강하고 선명하게 나타나지 않을 수 없다. 고대인의 생활에 정(情)의 색채가 농후하고, 그 시가(詩歌)가 사랑 이야기로 충만됨은 어쩔 수 없는 일이다.

어떤 의미에 있어서 고대의 시인은 사랑의 시인이요, 또 다른 의미로 고대인은 사랑을 많이 노래한 아마추어 시인인 것이 사실이다. 사랑 때문에 울고 사랑 때문에 웃고, 꽃의 즐거움도 달의 흥취도, 자연 감상도, 인생의 성찰도 다만 사랑을 통해서만 가치를 만들어가는 것이 그들이었다. 이와 같이 우리나는 온마음의 소리인 사랑의 시를, 보다 아름답고 재미있게 하려는 욕구가 다른 측면에서 당대인들의 이야기 즐기는 특성 및 취미 등과 결합해서, 사랑을 주제로 하는 많은 노래 이야기가 그들의 예술 세계에 독보적 존재를 이루고, 그리하여 그러한 노래를 짓고 그러한 설화를 이야기함으로써 그들의 예술 본능은 발휘되고 만족되어 갔던 것이다.

저 일본의 신들의 역사가 노골적인 성행위 묘사로 시작하여, 거듭되는 신격(神格)과 사건이 항상 남녀 간 정사나 연애 사건에 관한 노래 이야기를 삽화로 하고 있으며,『일본서기』·『고사기』·『만엽집』에 있는 노래의 주된 제재가 연애 관계라는 사실 등은 고대인의 정(情) 생활과 그것의 표현인 당시 예술의 특색을 엿볼 수 있게 한다.

일본의 고대 문학에서 연애 관계의 것을 뺀다면, 그 흥미 있고 정밀하고 다채로운 부분이 없어짐은 물론, 아마도 그 고대의 설화적 역사와 같음은 당장에 구조적 뼈대를 상실하여 전면적 붕괴를 가져오지 않을 수 없을 것이다. 대체로 설화에 연애담이 많음은 시간과 공간을 초월한 보편 현상이기는 하지만, 다른 국민처럼 모험과 전쟁 등을 내용으로 하는 영웅 설화를 많이 가지지 못한 일본의 고대 문학에 있어서는, 문학의 연애 본위인 특색이 가장 강렬하였고, 그리하여 어느 것이나 노래와의 융합을 이루어서 노래 이야기로서의 별종의 낯선 면목을 갖추고 있다.

조선 상대의 문학은 종류와 수량을 다 일본만큼 가지고 있지 않으면서도 이러한 경향은 일층 심하여 빈약한 건국 설화를 제외하면 나머지 약간의 설화는 전부 연애 설화에 불과하고, 더욱이 노래가 붙은 것들뿐이다. 다른 대부분은 이조에 들어서는 전후에 그 가사가 차차 멸실되어 버렸는데, 고구려 초기의 것이라는 「황조가」 설화가 가사와 함께 줄거리를 아우르며 전형적으로 존재하고, 더욱이 얼마 안 되는 줄거리 사이에 선명한 상대(上代) 문학의 특색과 성향을 풍기고 있음은 무한히 흐뭇한 일이다.

　　「황조가」 설화는 그 내용에 있어서 꽤 복잡성을 가졌고, 더욱 그 모두가 고구려의 고향인 요동(遼東) 산곡(山谷)의 공기를 품고 있다. 왕실의 궁호(宮壺)에 한족의 여인이 있는 점이 이미 그 하나로서, 고구려인이 매년처럼 한나라의 군현을 습격해서는 그 인물과 재물을 취득해 왔음도 그렇거니와, 한편 중국 본토로부터 넘쳐 들어오는 한족 유민도 적지 않게 귀화했을 것이다. 당시의 고구려에는 한족 여인을 첩으로 두는 것이 오히려 강자로서의 한 자랑이었을는지도 모르겠고, 더욱이 꾸짖어 욕보임을 당하여 도망하자 돌아가지 않으면 안 될 만큼 본토인에 비하여 그 지위가 낮았음은 가련할 정도이다(같은 이종 결혼 Heterogeneous이라도 아스카 시대 일본에서의 반도 여인의 지위와는 전연 상반된다).

　　아무튼 이와 같은 사회적 사실에 기초하여 연애 투쟁과 종족 갈등을 교착시켜, 당시 생활의 온갖 요소를 안배하여 다각적이고 다변적인 특성을 지닌 훌륭한 설화를 구성하고, 그 위에 교묘한 가요에 의한 음악적 효과를 첨가하려 극적 흥미를 고조시키고자 한 옛날 고구려 시인의 솜씨는 실로 경탄할 만하다. 「황조가」는 아마 고구려를 대표하는 흥미 있는 설화로서 장구하고 넓은 생명을 가진 덕에 다른 것들 사이에서 우뚝하므로 마침내 역사가의 돌아봄을 얻게까지 되었을 것이다.

「황조가」 설화에는 질투가 하나의 모티프, 아니 그 테마로 되어 있다. 그것은 그야말로 상대 시대의 시에 상응한 내용으로서 분방한 남자의 다처적(多妻的) 요구와, 애정에 대한 여자의 독점욕 등이 서로 충돌할 때 거기에 질투라는 흥미 있는 극적 사실을 볼 수 있다. 성적 약속이 완만한 상대에 있어서 아직 가족 제도가 고정되지 않은 나라에서는, 질투가 노래 내지는 설화의 제목으로서 지나친 흡인성을 가지지 않을 수 없다.

희랍의 신화에서 인간 최초의 '처(妻)'인 최고신 제우스의 배우자 헤라가 질투의 권화(權化)가 되고, 일본의 신화에서 최고신인 오오쿠니메시노가미(大國主神)와 적후(嫡后) 스세리비메(須勢理毘賣)와의 관계가 질투의 말다툼으로 시종 일관되고 있는 것은, 고대 애정 설화에서 질투의 가치를 엿보아 알 수 있는 적절한 예이다. 노래에는 설화, 사랑에는 질투라고 할 만큼 연가 설화의 흥미는 질투로 무늬 놓아져 있다.「황조가」 설화 같은 것은 이 섬에 있어서 오랜 시대색을 잘 띠고 있음을 볼 수 있다.

사랑하는 자에게는 보고 듣는 것, 접촉하는 것 모두가 정념을 유발하는 거리가 된다. 그리하여 꽃 · 새 · 바람 · 달 등등 모든 것이 연모의 정서를 나타내는 자료가 되는데, 실연의 상처를 입은 자에게는 그것이 그대로 우수의 원인이자 회한의 끈으로 변한다. 하물며 일이 비교되고 정이 유사한 것에 있어서랴. 사랑의, 특히 실연의 노래 내지 설화에 짝지어 의좋은 새들이 감상의 상대로 내세워지는 것은 우연한 일이 아니다. 더욱이 남녀의 사귐의 도리를 할미새에게 배웠다는 일본에 있어서 그 상대 가요 중에 꿩 · 닭 · 물떼새 · 뻐꾸기 등을 내세운 사랑 노래가 많이 있음은 일층 사정에 상응한 감이 있다.

『만엽집』에는 상문(相聞) 기물진사(寄物陳思) 중에는 "아가씨를 사랑하는 마음에 잠들지 못하고 새벽녘에 원앙새가 사이좋게 이곳을 지나고 있는 것은 당신이 보낸 심부름꾼인가요?"라거나, "봄이 되어 왠지 슬플 때에 밤도 깊어지자 날개 짓 하며 우는 도요새는 누구의 논에 살고 있는 것일까?"라는 대목이 있다.

그런가 하면 같은 사람이 같은 뻐꾸기를 쓰면서도, "어째서 이렇게도 우는 걸까? 두견새(불여귀)여! 그 울음소리를 듣자니 그리움이 더 깊어져 오는구나."라는 대목과 "두견새여, 너무나 울지 말기를. 혼자서 잠자리에 앉아서 잠들지 못하고 있을 때에 너의 울음소리를 들자니 괴롭기만 하구나."라는 대목에서 보듯 앞에서는 연심(戀心)을 일으키게 하고 뒤에서는 사랑으로 오뇌하는 가슴이 갈기갈기 찢어짐을 하소연한 것도 있다.

한편 꾀꼬리를 써서는, "봄의 들녘에 안개가 길게 드리워져 왠지 슬프다. 그런 마음이 드는 저녁때에 꾀꼬리가 울고 있다."라거나 "꾀꼬리가 오는 울타리의 빈도리 꽃의, 근심이라도 있는 걸까요. 당신은 오지 않는군요."라는 식으로 연연(戀戀)하는 가슴 속을 털어놓은 것도 있다.

중국의 옛 시에서도 『시경』 주남(周南) 관저(關雎)의 저구(雎鳩) 즉 물수리새로부터, 노(魯)나라 도영(陶嬰)의 「황곡가(黃鵠歌)」에 보이는 황곡(黃鵠), 한(漢)나라의 화향 공주(和香公主) 세군(細君)[12]의 「황곡가」속 황곡, 한나라 말기 작품인 「공작행(孔雀行)」의 공작에 이르기까지, 새 종류의 연가 내지 설화상에 있어서의 역할은 무엇보다도 활발하다. 더욱이 『시경』 국풍(國風)에서는 주남(周南)의 갈담(葛覃), 패풍(邶風)의 개풍(凱風), 진풍(秦風)의 황조(黃鳥) 등등 그 어느 것이나 남녀 관계의 노래가 아닌 것이 없을 지경이다. 고구려의 「황조가」가 서로 희롱하는 황조에서 실연의 괴로움을 새롭게 했다고 함

---

12 동방삭이 그의 아내를 농담 삼아 부른 고사(故事)에서 온 말로, 한문 편지 등에서 자기의 아내를 일컫는 말이다.

은, 역시 고대 문학에 흔히 보이는 유형에 지나지 않음을 알겠다.

또 한 가지 「황조가」에 관하여 간과할 수 없는 점은, 그 내용이 동시대적으로 또는 인접 지역적으로 우연치 않은 유사점을 보인다는 사실이다. 우선 많은 신화 전설에서 동일한 근원 관계를 보이는 일본의 고전에 대하여 보건대, 앞에서도 인용한 오오쿠니메시노가미(大國主神) 곧 야치호코노가미(八千矛神)와 본처인 스세리비메(須勢理毘賣) 대 야카미히메(八上比賣)·메나카와히메(沼河比賣) 등 다른 부족 모든 여자들과의 '우하나리 질투'(ウハナリ ネタミ) 설화(역시 노래 설화)에 어느 정도까지 비교할 수 있다. 한편 오호사자키(大雀命; 仁德天皇)의 대후(大后) 이시노히메노미코토(石之日賣命) 대 구로히메(黑日賣)의 삼각 갈등 설화와도 밀접한 유사 관계가 인정된다.

스세리비메를 두려워하여 이나바(因幡)로 도망하여 돌아간 야카미히메·이시노히메노미코토의 질투에 견디지 못하여 키비(吉備)로 도망하는 구로히메는, 요컨대 「황조가」의 치희에 해당하고, 정실에게 쫓겨난 애인의 나라를 향하여 말을 달리어 뒤쫓으면서 비탄의 노래를 읊는 야치호코노가미와, 시기를 당하여 도망가게 되는 '우하나리'의 떠나가는 배를 바라보면서 석별의 정을 노래한 오호사자키는, 유리왕에 대응된다고 할 수 있다.

한편 「황조가」 중의 소재 등은 전자에 상통하는 것이 많고, 설화의 줄거리는 후자에 보다 많이 유사함을 보겠는데, 다른 설화에서 많은 유례를 볼 수 있는 것처럼, 이러한 모든 사실을 포괄하여 고대 동방에 어떤 유형의 모체 설화가 있어서, 갖가지 인연을 바탕으로 각종의 서로 다른 형태를 만들어냈다고 생각할 수도 있다.

일본기(日本紀)에 이르기를, 고겐 천황(孝謙天皇)의 시대에 야마토국(大和國) 고간사(高間寺)에 한 승려가 있어 사랑하는 아들을 가졌었는데 그 아이가 갑자기 죽었다. 승려는 한없이 비탄하였다. 그러나 날이 가고

달이 감에 따라 그 비탄도 차차 엷어졌다. 몇 해를 지난 어느 해 봄, 뜰 앞에 핀 매화나무에 꾀꼬리 한 마리가 날아와서 나무 사이를 오가면서 우는데, 그 소리를 들으니 "시요야우마이테우라이후사우겐호소야이(シ ヨヤウマイテウライフサウゲンホソセイ)"라고 한다. 이상히 여겨 그 소리를 써서 본즉, "이른 봄 아침마다 찾아오건만 만날 길 없어 제 집으로 돌아가네."란 노래였다. 이로 인하여 승려는 그 아이가 환생하여 꾀꼬리가 되었음을 알고, 새삼스럽게 애상의 눈물을 흘리면서 가지가지로 이를 조상(弔喪)하였다고 했다. 이 노래가 『만엽(萬葉)』에 앵가(鶯歌)로 들어 있다.

나는 일찍이 광문고(廣文庫)에 인용한 『잡화집(雜和集)』(上)에서 위와 같은 것을 읽고서, 슬프게 이별한 괴로움이 꾀꼬리에게서 촉발되어 과거를 생각하는 노래를 짓는다는 모티프가 꽤 널리, 그리고 장구히 분포돼 있음을 감탄한 일이 있다. 그런데 그것보다도 재미있는 것은 중국 쪽에 있는 유사한 이야기이다. 『고금주(古今注)』에는 '치조비(稚朝飛)'라는 가악의 유래를 말하면서 다음과 같이 말하고 있다.

치조비는 목독자(牧犢子)가 지은 것이다. 제(齊)나라의 처사(處士)로 민왕(湣王)과 선왕(宣王) 때의 사람이다. 나이 50이 되도록 아내가 없었는데, 들에 땔감을 하러 나갔다가 꿩의 암컷과 수컷이 서로 따르며 나는 것을 보고 마음이 동해 우울해져서 '조비(朝飛)'의 곡조를 지어 스스로 서글퍼했다.

한편에서는 장가든 것을 이별하였다 하고, 한편에서는 처음부터 장가들지 않았다고 한 차이는 있으나, 양자 모두 여자에게 인연(因緣) 적은 사람이 새의 정다움을 보고서 감상의 시를 지었다는 점에서는 같다. 이 이야기 유형의 본류와 지류 관계는 규명할 길이 없지만, 요컨대 이 모티프의 질투 설화는 반도와 섬나라뿐 아니라 중국 등 다른 나라에도 널리 알려져 있었음을 『고금주』에 의해 증명할 수 있다. 그리하여 『삼국사기』 고구려 본기의 「황조가」 설화가 얼마나 확고한 근거 위에 있는 것이며, 단순히 역사가의 일시적인 붓놀림에 그치는 것이 아니라는 걸 알 수 있을 것이다.

또한 「황조가」를 구성하고 있는 소재에는 각종의 고대 고구려 생활양식을 전하는 것이 있다. 예를 들어서 화희와 치희가 동쪽 궁과 서쪽 궁에 따로 거처하고 있었다는 것은 당시 혼인 양식을 엿볼 수 있는 사실이다. 『위지(魏志)』에도 기재된 것처럼 고구려(또는 고대동방 여러 국가)에서는 혼인을 함에 있어 남자가 아내를 자기 집으로 맞아들이는 것이 아니라 자신이 아내의 집으로 가는 풍습이었는데, 「황조가」 설화에 보인 동궁과 서궁은 사실 부부간 거처를 구별한 것으로, 남자가 여자 집에 다니는 것, 따라서 지위나 세력에 따라서는 몇 사람의 여자에게도 다닐 수 있었던 당시 풍습의 반영일 것이다. 이러한 부부 생활의 양식은 소설적 질투 문제를 발생시키는 가장 편리한 근원이었을 것이다.

또한 사건 발전의 시기를 주인공의 수렵에서 택한 것도 진실로 고대 설화에 알맞다. 수렵이 원시 사회에서 남자의 무용(武勇)을 나타내는 상투적 기회로서, 그것이 이성을 끌어들이는 좋은 방법임은 두말할 것도 없는데, 고구려와 같이 무예를 숭상하고 수렵을 좋아하는 나라에서는 수렵과 연애가 특히 밀접한 관계를 가지고 있었을 것이다(신화에 있어서 그리스의 레아와 같은, 모든 신들의 어머니라는 대모신이 한편으론 결혼의 신이면서 한편으론 수렵의 신으로 되어있는 사례도 연애담과 수렵의 상관성을 고찰하는데 간과할 수 없는 사실이다. 하지만 여기서 이것을 따져 논할 필요는 없을 것이다. '구삼국사기'[13]에 의한 이규보의 『동명왕편』에는 고구려의 시조인 주몽의 아버지 해모수가 하백의 딸 유화를 알게 된 것 역시 수렵 때의 일로 되어 있다).

『삼국사기』 고구려 본기에는 비교적 많은 연애담이 끼여 있어서, 당시 일반의 성생활이 자유롭고 선명·소박하였음을 보여준다. 그 중에서도 중천왕(中川王) 대 관나 부인(貫那夫人)[14], 온달 대 평강 공주 등과 같은 대표적 연애담에는 한결같이 수렵을 구성상의 중요 요소로 두고 있음을 본다. 특히 관나 부인 설화는 줄거리 요점이 「황조가」와 일치하며, 오히려 「황조가」 이야기가 관나 부인 이야기로부터 환골탈태한 것이 아닌가 추측될 정도이다.

그것은 그렇거니와 「황조가」 설화에 수렵이 이야기 구성상 주요 소재로 작용하고 있음은, 이것이 고구려 고대 전설의 본질을 강력히 증거하는 것이라 하겠다. 여러 모로 보아 「황조가」 한 편이 얼마나 동방 고대 문학의 귀중한 보물인가를 고마워함과 동시에, 무수(無粹)하기 이를 데 없는 『삼국사기』가 일면 고대 문학의 전거로써 얼마나 중요한 것인가를 새삼 감탄하지 않을 수 없다(또한 북방 민족이 사랑 노래의 비유로 새를 즐겨 사용하던 적절한 예로는 『輟耕錄』의 「白翎子」를 들 수 있다).

---

13 보통 『구삼국사』로 불린다. 고려 초기에 편찬된 삼국 시대의 역사서로, 현전하지 않는다. 목종 이전에 만들어진 것으로 추정되며, 완성된 당시에는 『삼국사』라 하였다가 김부식의 『삼국사기』가 나온 뒤 '구'자를 덧붙인 것으로 보인다. 1193년 이규보가 『동명왕편』을 쓸 때 『구삼국사』를 이용했음이 나타난다.

14 고구려 중천왕의 소비(小妃). 『삼국사기』의 고구려 본기 중천왕 조목에 따르면, 중천왕의 소비인 관나 부인은 얼굴이 아름답고 두발이 길어 왕의 총애를 받았다. 그러자 왕후 연씨(椽氏)는 왕에게 "지금 위나라에서 천금을 주고 장발을 구한다 하니 장발 미인을 위나라에 보내면 다시는 우리나라를 침범하지 않을 것입니다."라고 말하여 관나 부인을 떠나보내려 하였다. 관나 부인은 왕이 사냥에서 돌아올 때 가죽 주머니를 들고 나와 맞으며 "왕후가 나를 여기에 넣어 바다에 버리려고 하니 집에 돌아가게 하여 주십시오."라고 말하여 왕후를 모함하였는데, 왕은 그것이 거짓임을 알고 노하여 관나 부인을 가죽 주머니에 넣어 서해에 던지게 하였다.

반도의 고대 역사 및 신화가 풍부한 설화적 흥미에 가려져서 연애 설화에서도 윤기가 있었음은『삼국사기』고구려 본기의 개막을 이루는 해모수 대 유화의 웅장하면서도 열렬한 자유연애의 이야기에서도 상징적으로 살펴볼 수 있다.『삼국사기』의 편찬자가 굳이 역사서의 체재를 지키려고 기이하거나 순문예적인 부분들을 애써 제거한 까닭에, 줄거리와 살을 벗겨버린 고대 전설의 부스러기가 역사적 사건 사이사이에서 실록 형태로 기록되어 있음을 보게 된 것은 매우 유감스러운 일이지만, 일련(一臠)으로 전정(全鼎)의 맛을 엿보이는 잔재는 아직 적지 않게 책속에서 찾아볼 수 있다.

설혹 표면적으로는 몸을 감추는 비운에 봉착해 있더라도, 종이와 먹의 밑바닥에는 역시 히메타타라이스즈히메(媛蹈韛五十鈴比賣)도, 사호히메(佐保姬)도, 다치바나히메(橘姬)도, 야카와에히메(矢河枝姬)도, 가미나가히메(髮長姬)도, 이즈시오토메(出石乙女)·야타노와키이라츠메(八田若郞女)도, 메도리노미코(女鳥王)·오이츠라메(輕大郞女; 衣通郞女)도 각기 비련과 애련에 미쳐 날뛰는 것을 보는 사람은 볼 것이다.

그 불꽃이 튀는 애욕의 진행, 인생의 작렬하는 일면, 감정의 최고조에 이르는 곳에 그 뒤끓고 그 폭발하는 소리가 어찌 울려 나오지 않고 배겼을 것인가? 슬픔의 신음, 기쁨의 함성, 운명의 두려움, 인연의 기구함, 울음을, 웃음을, 도취감을, 약동을 마음의 떨림인 시(詩)에 자취를 남지지 않고 배겼을 것인가? 이 찢어지는 가슴, 타오르는 정열이 멜로디로 리듬으로 재현되지 않았다고 하면, 인류의 생활에 처음부터 시도 노래도 생기지 않았을 것이다. 고구려 고대 전설의 사랑 노래가「황조가」한 편에 그칠 게 아님은 물론이다.

그러나 노래나 설화가 물론 연애시에 국한되는 것은 아니다. 시험 삼아 일본『고사기』의 눈으로『삼국사기』의 고구려 본기를 보라. 첫째로 건국의 인연을 설명하며 부여(夫餘)의 정승에게 신이 내려와 "내 자손으로 나라를 세우게 할 것이니 너는 사양하고 피하라."하는 하늘의 칙명이 있으므로, 부여의 동해가로 옮기고 그 옛 도읍지에는 천제(天帝)의 아들이라는 해모수가 와서 도읍으로 삼았다 했다. 천제의 아들이 하늘에서 내려옴에는 동기도 있을 것이요 경과도 있어야 하겠는데, 『삼국사기』에는 그에 관한 것은 일체 생략되고 극히 간단히 처리되고 있다.

그런데 똑같은 근원 관계에 있는 몽고나 일본의 신화에는 이와 달리 상당한 과정이 있음을 보여준다. 특히 『고사기』에는 소란한 나라를 평정하기 위한 모의로부터 와메노와카히코(天若日子)의 정찰, 다케미카즈치노오노카미(建御雷之男神)·아메노토리후네(天鳥船神)의 실력적 해결, 오오쿠니누시노카미(大國主神)가 나라를 넘겨주고, 비로소 천손(天孫)이 강림하는 것을 보게 된다. 이리하여 비로소 조리가 서고 설화의 전모가 인식된다.

아마도 반도의 고대 전설도 하늘의 아들이 하늘로부터 내려오기까지의 경과를 이야기한 부분이 있었을 것이요, 이것은 같은 의미이면서 다른 형태의 설화로 보이는 환웅(桓雄) 신화에는 몽롱하게나마 이 부분에 해당하는 번득임이 보인다는 사실에 비추어 보더라도 충분히 추측할 수 있다. 그러면 하늘에서 내려온다는 천강(天降) 모티프를 테마로 하는 신화에서, 그 주요 구성 동기인 이 대목은 특히 어부(語部) 등에 취해 보더라도 중요한 전송(傳誦) 자료였을 것이며, 그에 따라 이 부분에도 고대 사실의 전승상 현저한 특징인 미(美)와 리듬의 삽입 가요가 있어야만 할 것이다. 과연 『고사기』에는 이 대목에 다카히메노미코토(高比賣命)가 아지시키타카히코네노카미(阿遅志貴高日子根神)에게 바친 "천상의 베를 짜는 여자가 목에 걸고 있는"으로 시작되는 이른바 「이진가(夷振歌)」가 삽입되어 있다.

사건에 직접 관계가 없는 단 한 수의 짧은 노래에 불과하므로, 여타에 비해 다소 쓸쓸한 생각도 들지만 또한 이 한 대목으로 원래 이야기 노래였던 흔적을 찾아보기에 충분하다. 그리하여 『삼국사기』 고구려 본기의 해모수가 하늘에서 내려오는 대목에서 생략되었다고 보는 것이 사실에 가까운 설명일 뿐 아니라, 여기에 따른 부수적인 노래도 포함되었을 것이라고 상상할 수 있다. 고대 전적(典籍)들이 전승되는 측면에서 볼 때 무엇보다 중요한 부분인 만큼, 노래 없는 민둥이 설화였었다고는 도저히 생각할 수 없다.

다음으로, 고구려의 국조(國祖) 주몽이 쫓기는 몸으로 졸본(卒本)의 골짜기[紇升骨]에 나라를 열고, 비류(沸流)의 물가 작령(鵲嶺) 위에 궁궐을 세울 때, 상서로운 구름이 봉우리를 덮어 가린 가운데 신의 솜씨로 성곽과 궁궐을 이룩하였다고 한다. 이 설화적 의미는 스사노오노미코토(須佐之男命)가 수하궁(須賀宮)을 세우는 대목인데, 『고사기』에서 이 대목은 유명한 31음 단가의 시조가 되는 노래가 나오는 곳이기도 하다.

구름이 겹겹이 피어오르는 이즈모(出雲) 땅에, 구름처럼 여러 겹 담을 둘러 쌓고, 아내가 살수 있도록 나는 궁전에 몇 겹의 담을 만들었다. 아아, 이 여러 겹 둘러 쌓인 담이여.

이 두 설화에 있어 궁궐을 조성 및 구름이라는 화소(話素)상 공통점이 단순한 우연이 아님은 물론이요, 오히려 이쪽의 말의 의미(辭意)와 저쪽의 노래의 의미(歌意)를 아울러 생각하면, 비로소 이 신화의 원시적인 형태가 엿보이는 것이다. 이제 나는 『고사기』의 이 일단이 전후의 문장을 떠나 수하궁(須賀宮)의 건립 유래를 말하는 것인 동시에, 그것이 사실은 '구름이 겹겹이 피어오른'다는 것을 핵심으로 하는 노래 이야기임을 알겠으며, 한편으로 이것과 같은 근원을 가진 유형이라 생각되는 고구려의 그것도 원래는 노래를 수반한 설화가 아니었던가 생각하고 싶다. 이와 같은 예는 다른 곳에서도 많이 지적할 수 있음은 물론이다.

　주몽의 아들 유리는 고구려 고대 전설에서의 탄호이저로서 위에서 예로 든 「황조가」 설화의 주인공인데, 그 연애 행진에 아내 찾기나 선보기 등과 관련된 화려한 동시에 오뇌가 담긴 설화가 따라다녔으리라는 것은 쉽게 상상할 수 있는 바이다. 이는 흥미를 풍부하게 하려는 설화의 심리로도 그렇게 생각할 수 있다. 또한 일본에서와 마찬가지로, '요빠히(ヨバヒ)'＝남자가 여자에게 가서 불러내서 유인함으로써 인연 맺음의 계기로 삼는 고구려에 있어서도, 혼인은 설화에 적합한 태반이었을 것이며 그때의 유인하는 말이 대개 감흥을 깊게 하기 위한 가요였을 듯한 관계로도 추찰할 수 있다.

　『삼국사기』에는 유리왕이 화희 · 치희를 만나는 장면이 기록되어 있지 않지만, 이것을 설화의 통상적인 형태에 합쳐보면 『고사기』의 야치호코노가미(八千矛神)와 메나카와히메(沼河比賣)의 「증답가(贈答歌)」와 같은 투의 이야기 노래가 여기서 기대된다. 앞에서도 말한 바와 같이, 「황조가」 설화가 이국(異國) 출신인 '우하나리(ウハナリ)'인 메나카와히메와, 신의 후예로 '고나미(コナミ)'인 스세리비메(須勢理毘賣) 간의 시기에 관한 이야기인 점에 있어서, 위에 인용한 『고사기』의 문장에 이어지는 야치호코노가미와 스세리비메코토(須勢理毘賣命)의 「증답가(贈答歌)」와 합치하는 것인데, 내가 보는 바로는 『고사기』에서의 야치호코노가미의 처를 구하는 '신어(神語)'와 『삼국사기』 고구려 본기에서 유리왕이 보여주는 애정의 역사는 동일한 근원 동일한 형태의 고대 설화라고 인정된다.

　야치호코노가미는 이 야시마쿠니에서 아내를 구하지 못하고 있었으나, 멀리 코시노쿠니에 현명한 여자가 있다고 듣고서 예쁜 여자가 있다고 듣고서 구혼을 하러 다녔다.

유리왕이 이국에서 온 치희에게 장가드는 대목에 이런 노래가 붙기만 한다면, 두 개의 고대 설화 사이에는 한 치의 틈도 찾아 볼 수 없으리만큼 부합되는 관계가 형성된다. 두 지역의 고대 설화가 둘 다 이 부분을 비교적 충실하게 전하고 있는 것도 실로 우연으로 일어난 일이 아니다. 아마도 당시의 결혼 윤리의 역사적 기초를 보이려고 하는 목적성을 가진 이야기로서, 사회적 또는 국가적으로 구전되어 왔음에 기인한다고 생각된다.

현재 일본의 그것은 옛날 아악료(雅樂寮) 등에서 무악(舞樂)의 하나로 존재하던 것에 딸린 노래였다는 흔적이 분명하다. 고구려의 그것도 물론 귀중한 이유와 실마리를 가지고 있음으로써 특히 오래오래 전해진 것이니, 『삼국사기』 고구려 본기에 수록된 「황조가」는 그 전편 중의 후반부, 즉 『고사기』로 말하면 야치호코노가미와 스세리비매의 「증답가」에 해당하는 일부분일 것이다. 이것은 일면 「황조가」의 사실성에 대한 좋은 증거이자, 동시에 『삼국사기』의 어떤 진면목이 원래 『고사기』류의 설화였던 것을 더욱 더 확인케 하는 사항일 것이다.

고대 전설에 의하면 천제의 아들인 해모수는 하백의 딸을 물가 집안에서 보고 주몽을 잉태하게 한 후에 곧 이별했다고 하는데, 주몽도 부여에 있을 때 예씨(禮氏)에게 장가들어 유리를 잉태하게 한 채, 남쪽 비류 물가에 이르러 그 지방의 명문 귀족의 딸에게 다시 장가들었다고 했다. 유리왕은 정실 왕비로 되어있는 비류국 송양왕(松讓王)의 딸과의 관계에서 심한 무리와 모순이 있어 분명히 설화적 정리가 필요하다. 예컨대 즉위 2년에 장가들어서 3년에 죽었음에도 셋째 아들인 무휼(無恤)이 맏아들인 도절(都切)이나 둘째 아들 해명(解明) 등과 마찬가지로 송씨(松氏)가 낳은 자식이라고 기록되어 있는 것이다. 이를 차치하고도 유리가 치희와 생이별을 하였다고 했다. 이들의 설화에는 모두 생나무 가지를 찢는 듯한 근심과 비탄의 장면을 갖고 있음이 사실이다.

이것을 『고사기』에서 들추어 보건대, 스사노오노미코토(須左之男命)와 구시나다히메(櫛名田比賣)의 관계, 오호쿠니누시노카미(大國主神)와 야카미히메(八上比賣)의 관계, 또는 야치호코노가미(八千矛神)와 스세리비메(須勢理毘賣)의 관계, 니니기노미코토(邇邇藝能命)와 고노하나노사쿠야히메(木花之佐久夜毘賣)의 관계, 호오리노미코토(火遠理命; 호호데미노미코토)와 도요타마히메(豊玉毘賣)의 관계 등등은 분명 같은 설화적 장치에 속하는 것들이다. 그리고 『고사기』에는 호호데미노미코토가 "붉은 구슬은 그것을 통한 끈까지도 빛납니다만, 백옥과 같은 당신의 모습은 더욱더 훌륭하고 아름답습니다."라고 말하자, 도요타마히메가 "먼 바다의 오리가 모여드는 섬에서 나와 동침했던 당신의 일은 잊을 수 없다. 일생동안."이라고 답하는 대목이 있다. 이는 신들의 계보를 기록한 책에 도미(掉尾)의 노래 이야기로 되어 있는데, 이것과 「황조가」를 대조하여 고찰해 보면, 해모수 대 유화, 주몽 대 예씨의 경우도 아마도 그 원형은 노래가 붙은 설화였다고 생각된다.

고구려의 고대 전설은 건국 사실의 진보와 함께 새로운 씨족이 계속 찾아와 합류하는 것을 보여준다. 시조 동명성왕(東明聖王) 시절의 극(克)씨·중실(仲室)씨·소실(少室)씨, 제2대 유리왕 시절의 위(位)씨·우(羽)씨, 제3대 대무신왕(大武神王) 시절의 부정(負鼎)씨 등이 그러한데, 그 유래와 내력에 관해서는 각기 소박한 설화가 얽혀 있고, 또한 대개 전쟁이나 수렵 등에 관련되어 있다.

『고사기』의 덴무 천황(神武天皇) 대목에도 동쪽 정벌이 진행되는 것과 함께 야마토노쿠니노미야츠코(倭國造), 아다(阿陀)의 제사부(鵜飼部), 요시노오비토(吉野首), 요시노(吉野)의 국서(國栖), 우다(宇陀)의 수취부(水取部) 등의 유래와 내력이 설명적으로 이야기되고 있다. 이에 부수하여 복종한 자에 대해서는 '우다에 높게 쌓은 요새에 도요새 잡을 덫을 치고 운운'이라 하고, 복종하지 않는 자에 대해서는 '오시사카의 큰 움집 안에 많은 사람들이 모여 들어가 있다. 사람이 많이 들어가 있다 해도' 등등의 노래가 있으며 이 밖에도 많은 노래가 삽입되어 있다.

이들의 설화가 어떻게 전해지고 있든지, 국가의 세력 확장 과정인 씨족 복속은 요컨대 전쟁의 결과가 아닐 수 없으며, 전쟁에는 출진을 격려하거나 개선의 기쁨에 대해 노래가 있었을 것이다. 덴무 천황의 동쪽 정벌 설화에 많은 삽입 노래를 볼 수 있는 것은 이러한 약속에 원인하고 있는 듯한데, 같은 이유로서 고구려 초기의 씨족 복종 설화도, 그 원형은 역시 노래 이야기 또는 이야기 노래였을 것이라고 추측하고 싶다.

고구려뿐 아니라, 백제나 신라의 고대사를 구성하고 있는 요소도 그 설화적 색채에는 변함이 없고, 명백히 노래와의 관계를 말하는 예에 다음과 같은 것이 있다. 신라의 유리왕 5년은 도솔가가 지어진 해로서, 여기에는 "민간의 풍속이 즐겁고 편안하다(民俗歡康)"란 서사(序詞)가 있고, 9년에는 가배(嘉俳)[15] 놀이에 부수하여 회소곡(會蘇曲)이 생겼다고 한다. 신라 헌강왕 5년은 처용악(處容樂)이 생겼다는 해인데, 같은 해 중양절에는 왕이 여러 신하들과 함께 월상루(月上樓)에 올라 태평하고 번화한 세상의 현상에 감탄하는 사실을 전하고, 또 7년에는 임해전(臨海殿)의 큰 잔치에서 군신이 각각 가사(歌詞)를 올린 일도 있다.

이것을 『고사기』를 통해 고찰하면, 닌토쿠 천황(仁德天皇)과 유랴쿠 천황(雄略天皇)의 국내망(國內望) 설화와 비교 대조할 만하다. 이

15 신라 3대 유리왕 때에 한가윗날 궁정에서 놀던 놀이. 음력 7월 16일부터 나라 안의 여자들을 모아 놓고 두 편으로 나누어, 공주 둘이 한 편씩 거느리고 밤낮 길쌈을 시키어 한가윗날 전까지 그 많고 적음을 견주어, 진 편에서 8월 15일에 음식을 내고 춤과 노래와 여러 가지 유희를 벌였다.

두 왕조는 승평은부(昇平殷富)·성사(盛事)가 특히 많았음과 함께, 『고사기』에 있어서 경사스러운 노래 이야기의 큰 무리를 이루고 있는 부분이다. 현존하는 신라 기록에는 노래에 관한 기록이 없으나, 기마 이사금(祇摩尼師今)의 한기부(韓岐部)에 있어서의 부인 선택 담이며, 소지 마립간(炤知麻立干)의 날기군(捺岐郡)에서의 연애 행각 담이며, 신라의 옛 풍속인 형제의 아들과 고모·이모의 종자매 간에 행한 많은 혼인 사실 등은 『고사기』의 수많은 예들에 기준해 보면, 각기 하나의 노래 이야기였음을 기대해볼 수 있다.

또 『삼국사기』 열전에는 역사적 사실이라고 하기보다는 예술적 향기가 높은 수많은 로맨스를 수록하고 있다. 김대문(金大問)의 『화랑세기(花郎世紀)』를 주요한 의거로 삼은 듯한 신라 용사의 사적에는 분명 가요와의 연관성을 전하는 것도 있다. 해론(奚論)의 부자 2대가 연달아 장렬히 전사하자, "당시 사람이 애도하지 않는 이가 없으니, 장가(長歌)를 지어 조문하였다."라 하였고, 김흠운(金歆運)이 양산 싸움에서 순사하자 "당시 사람들이 듣고, 양산가(陽山歌)를 지어 슬퍼하였다."라고 한 것과 같은 것이다. 신라 당시의 사회적 배경이나 화랑 단체가 향가(鄕歌) 생산의 중추였던 사정을 고찰해 보면, 다른 많은 무용담에도 실용적 가치를 기대한 노래가 수반되어 있어서, 노래를 중심으로 이것을 살펴보면 제각기 한 편을 노래 이야기로 볼 것이었을 것이다.

또한 『삼국사기』의 악지(樂志)에는 신라의 가악(歌樂)으로서 종령가(從領歌)·날현인(捺絃引) 등의 노래와 회(會)·신열(辛熱)·사내(思內)·우식(憂息)·확(確)·기물(奇物)·내지(內知)·백실(白實)·덕(德)·석남(石南)·사중(祀中) 등의 가악(歌樂) 명칭을 전하고 있는데, 이들도 원래는 모두 『고사기』류로 유래와 내력 설화를 수반한 하나하나의 노래 이야기였을는지 알 수 없다.

그러나 고구려와 백제 방면의 유사 자료, 예컨대 밀우(密友)·뉴

유(紐由)·온달(溫達)·도미(都彌) 이야기도 신라 측의 다른 많은 유사한 부류의 것들과 함께 대체로 노래가 붙은 설화의 하나로 전승되었던 것으로 보아도 무방할 것이다. 『삼국지』 이하의 중국 역대의 역사 사적에는 동방의 민족이 한결같이 노래를 즐겼다고 전하고, 『삼국사기』의 악지(樂志)에도 "향인희락(鄕人喜樂)"하였음을 기록하고 있으니, 이러한 사회가 문예로 산출한 것은 무엇보다도 노래 이야기였을 것이다.

『삼국사기』에는 소위 '고기(古記)'라 하여 해동고기(海東古記)·삼한고기(三韓古記)·신라고기(新羅古記)·신라고사(新羅古事)라고 하는 것이 여러 군데 인용되어 있는데, 그 실물은 전하지 않는다. 『삼국사기』의 인용된 부분은 부분적이고 여기저기 흩어져 있는 터라 고대사 설화의 원형이 어떠한 것이었는지를 증언하기는 물론 불가능하다. 하지만 그것이 일본에 있어서의 『고사기』와 흡사하므로 이론상 또는 유증상(類證上) 그것들이 대체로 일종의 노래 붙은 이야기들의 집적물이었을 것이라고 나는 생각한다.

어떠한 사회나 민족을 불문하고 고대에 있어서 역사의 전승은 신에 관한 노래에 포함되거나, 그로부터 파생한 이야기꾼의 입에 의하는 것이 통상적인 상식의 일이다. 일본의 예로 말하면 천어련(天語連)을 시(尸)로 하는 어부(語部)의 존재가 그것인데, 『고사기』와 그 근본으로 보이는 '선대구사(先代舊辭)'란 것은 요컨대 이들의 입으로 암송되어 전하는 것을 채록하여 모은 것에 지나지 않는다. 그러한 고대의 말들이 기억이나 암송 등의 필요에 의해 일종의 운문(韻文)인 것 또는 가요적 요소를 함유한 것이었음은 거의 자연의 약속이기도 하다.

이러한 이치로 반도에 이러한 종류의 고대 말들이 없었다고 한다면 모르거니와, 만약 있다고 한다면 그것도 상식적인 통례에 벗어나지 않는 가요체의 것이었어야 할 것이다. 반도와 일본이 문화상 같은 근원을 가지고 있을 뿐 아니라 고대사 전승 관계나 『고사기』 편술상에는 오래도록 고대 문화의 직(職)을 전담한 반도인의 궤적을 다분히 모아 받아들였을 것이므로, 『고사기』의 형식에 대해 반도에서의 고대 기록을 흔적으로나마 볼 수 있다는 것은 무리가 아니다. 그리하여 『고사기』에 준하여 반도의 '고기(古記)'들도 역시 예로부터 말로 전승되어 온 노래 붙은 설화를 이어 엮은 것이었음을 상상함도 부당한 것은 아니다.

오늘날 그 적절한 증거로 보이며 다행히 옛 형태를 간직하고 있는 것이 바로 앞에서 예로 든 「황조가」 설화다. 또 『삼국사기』의 본기나 열전 전부를 통하여, 그 고대사 관련 부분에서 바로 그러한 소재, 주지의 진전, 표현의 체재 등 여러 방면에서 『고사기』 식의 기록이 적지 않게 보이는데, 지금은 흔적을 남기지 않았다 하더라도 그것들은 대개 원래 노래가 붙은 것이었거나 혹은 노래 중심의 고대 전설이었던 것이, 지금의 『고사기』 같은 것이었으리라고 생각하게 할 뿐이다. 나의 이러한 상상에 큰 지지를 해주는 것은 다음과 같은 『고려사』의 악지(樂志)의 기사들이다.

삼국 속악(三國俗樂)
신라 · 백제 · 고구려의 음악을 고려에서 함께 사용하고 악보를 엮었으므로 여기에 덧붙여 기록한다. 말은 모두 이어(俚語)이다.

• 신라
- 동경(東京): 바로 계림부(鷄林府; 경주)이다. 신라는 태평한 날이 오래되고 정치와 교화가 순후하고 아름다워, 신령스럽고 상서로운 일이 자주 나타나고 봉황새가 와서 울었다. 나라 사람이 이 노래를 지어 찬미하였다. 이른바 월정교(月精橋) · 백운도(白雲渡)는 모두 왕궁 근처인데, 세상에 전하기를 봉생암(鳳生巖)이 있었다고 한다.

(살펴보건대, 『여지승람』의 경주 고적 조목 중 "봉생암은 남산에 있다. 신라의 정치와 교화가 순후하고 아름다워 봉황이 바위 위에서 울었다. 이것으로 인하여 이름이 된 것이다. 나라 사람이 노래를 지어 찬미하였다."라 한 것도 이것인 듯하다.)

- 동경(東京): 동경은 송축의 노래이다. 혹 신하와 아들이 임금과 아버지를, 비천하고 젊은 사람이 존귀하고 나이 많은 사람을, 아내가 남편을 송축함에 모두 통용된다. 그 이른바 안강(安康)은 바로 계림부의 속현(屬縣)으로, 또한 동경이라고도 하여 큰 지명에 합친 것이다.

(살펴보건대, 이것은 후에 경주의 속현이던 안강 지역을 무대로 한 가악이었으므로, 또한 '안강(安康)'이라고도 했음이 『대동운옥』 권6의 陽韻에 詩林樂府를 인용하여, 악부에 "안강곡이 있는데, 東都의 송축의 노래이다. 신하와 아들이 임금과 아버지를, 비천하고 젊은 사람이 존귀하고 나이 많은 사람을, 아내가 남편을 송축함에 모두 통용된다. 이른바 안강은 바로 동경의 속현인데, 또한 동경이라고도 하므로 큰 지명에 합친 것이다."라고 한 것과 같다. 또한 『문헌비고』 樂考에는 "동경곡은 신라에 태평한 날이 오래되고 정치와 교화가 순후하고 아름다워 신령스럽고 상서로운 일이 나타나고 봉황이 울어서 나라 사람이 이 노래를 지어 찬미한 것이다. 이른바 월정교와 백운도는 모두 왕궁의 근처에 있는데 세상에 전하기를 봉생암이 있었다고 한다. 신하와 아들이 임금과 아버지에게, 비천하고 젊은 사람이 존귀하고 나이 많은 사람에게, 아내가 아버지에게 통용된다. 동경은 계림부이다."라 하여 이름이 같음으로써 마침내 혼동하여 하나가 되었다. 그러나 또한 같은 책 '藝文考歌曲類'에서는 안강가 한 편 운운하며 드러내고 있다.)

- 목주(木州): 지금 청주의 속현이다. 목주는 효녀가 지은 것이다. 딸이 아버지와 후모(後母)를 섬겨 효성스러움이 알려졌는데, 아버지가 후모의 참언에 미혹되어 쫓아냈다. 딸이 차마 떠나지 못하고 머무르며 부모를 봉양하며 더욱 부지런하고 게을리하지 않았다. 그러나 부모는 매우 노하여 또 쫓아냈다. 딸은 어쩔 수 없이 떠나서 어떤 산 속에 이르러 석굴에 노파가 있는 것을 보았다. 마침내 자기의 사정을 말하고는 의탁하여 머물게 해 달라고 청하니, 노파가 그 궁함을 불쌍히

여겨 허락하였다. 딸이 부모를 섬기는 것과 같이 노파를 섬기니, 노파가 그녀를 어여삐 여겨 자기 아들에게 시집보냈다. 부부는 마음을 합하여 근검하여 부자가 되었고, 그녀의 부모가 매우 가난하다는 것을 듣고 자기 집에 맞이하여 지극하게 봉양하지만 부모는 여전히 기뻐하지 않았다. 효녀가 이 노래를 지어 홀로 슬퍼하였다.

- 여나산(余那山): 여나산은 계림 경내에 있다. 세상에 전하기를, 서생이 이 산에 살면서 글을 읽어 과거에 급제하여 세족(世族)과 혼인을 맺었다. 뒤에 과시(科試)를 관장하게 되자 그 혼인한 집에서 잔치를 베풀어 기뻐하여 이 노래를 불렀는데, 그 뒤에 과시를 관장하는 사람은 잔치를 열고 먼저 이것을 노래하였다고 한다.

(살펴보건대, 『대동운옥』 권6 歌韻 부분에는 『여지승람』의 문장을 인용하여 여나산가를 실으면서, "여나는 방언으로 독서하는 소리이다. 산은 이것으로 이름을 얻은 것이다."라고 덧붙여 놓았다.)

- 장한성(長漢城): 장한성은 신라 경계의 한산(漢山) 북쪽 한강(漢江)에 있었다. 신라에서 중요한 진영(鎭營)을 두었다. 나중에 고구려에 점거되자 신라 사람들이 군사를 일으켜 회복하고, 이 노래를 지어 그 공을 기념하였다.

- 이견대(利見臺): 세상에 전하기를, 신라의 임금 부자가 오래 서로 만나지 못하다가 만나게 되자, 대(臺)를 쌓고 서로 만나 부자 사이의 기쁨을 지극히 하면서 이것을 지어 노래하고, 그 대를 '이견(利見)'이라고 불렀다고 한다. 대개 『주역』의 "이견대인(利見大人)"[16]의 뜻을 취한 것이다. 임금 부자가 서로 헤어질 이치가 없으니, 혹 이웃나라에서 만난 것인지, 혹 인질이 되었는지는 알 수 없다.

(살펴보건대, 『삼국사기』 권7에 있는 문무대왕 본기 말미에 "여러 신하가 유언에 따라

---

16 『주역(周易)』 「건(乾)」에 "날아오른 용이 하늘에 있으니, 대인을 만남이 이로우리라(飛龍在天, 利見大人)."라는 구절이 있다.

서 동해 입구의 큰 바위 위에 장사지냈다. 세속에 전하기를, 왕이 용이 되었으므로 그 바위를 가리켜 대왕암이라 한다고 한다."라고 하였고, 『삼국유사』 권2 만파식적 조목에서는 "제31대 신문대왕이 … 돌아가신 문무 대왕을 위하여 동해 바닷가에 감은사를 창건하였다."라는 대목의 주석에서는 "절에 있는 기록에 이르기를, '문무왕이 왜군을 진압하고자 하여서 이 절을 짓기 시작하였지만 마치지 못하고 세상을 떠나 바다의 용이 되었다. 그 아들 신문왕이 왕위에 오른 해인 개요 2년에 마쳤다. 금당 돌계단 아래에 동쪽을 향해 구멍을 하나 뚫어두었으니, 곧 용이 절로 들어와 돌아다니게 하려고 마련한 것이다. 왕의 유언에 따라 뼈를 보관한 곳으로 대왕암이라고 이름 짓고 절의 이름은 감은사라고 하였다. 나중에 용이 모습을 드러낸 곳을 이견대라고 하였다.'라고 하였다." 『여지승람』의 경주 고적에는 이들의 글에 약간의 수정을 가하여 "세상에 전하기를, '왜국이 수차례 신라를 침략함에 문무왕이 근심하다가 죽어서 용이 되어 나라를 지키고 도적을 막기를 맹세하였다. 죽으면서 동해 바닷가의 물에 장사지내라고 명을 남겼고, 신문왕이 그것을 따랐다. 장사를 지낸 후에 추모하여 대를 세워 바라보니, 큰 용이 바다 가운데 나타났다. 인하여 '이견대'라 이름을 지었다. 대의 열 걸음 아래 바다 가운데 바위가 있는데, 네 각이 튀어나온 것이 네 개의 문과 같았다. 이것이 장사지낸 곳으로, 지금까지 '대왕암'이라 칭한다.'라 한다."라고 하여, 어느 것이나 이견대를 문무왕 관계의 전설지로 하고 있으나, 이 왕의 시절에 부자 상실의 옛 전설은 없고, 『고려사』에서 말한 사실은 제17대 내물왕 시절에 보일 뿐이다. 아마도 전설상의 혼동과 착오일 것이다.)

• 백제(百濟)

- 선운산(禪雲山): 장사(長沙) 사람이 부역을 가서 기한이 지나도 돌아오지 않음에, 그 아내가 그리워하여 선운산에 올라가 바라보며 노래를 불렀다.

- 무등산(無等山): 무등산은 광주의 진산(鎭山)이다. 광주는 전라도에 있는 큰 고을인데, 이 산에 성을 쌓으니 백성들이 의지하여 평안해졌고, 즐기며 노래를 불렀다.

- 방등산(方等山): 방등산은 나주의 속현인 장성(長城)의 경내에 있다. 신라 말에 도적이 크게 일어나 이 산을 점거하여 양가(良家)의 자녀들이 많이 잡혀갔다. 장일현(長日縣)의 여자도 그 가운데 있었는데, 이 노래를 지어 자기 남편이 곧장 와서 구하지 않는 것을 풍자하였다.

- 정읍(井邑): 정읍은 전주의 속현이다. 현의 사람이 행상을 나가서 오래도록 오지 않으니, 그 아내가 산 위의 돌에 올라가서 바라보면서 그 남편이 밤길에 해를 당할까 두려워하여 흙탕물의 더러움에 기탁하여 노래하였다. 세상에 전하기를, 등점(登岾)에 망부석(望夫石)이 있다고 한다.

(살펴보건대, 『악학궤범』권5 '舞鼓' 조목에 井邑詞라 하여 "돌하노피곰도ᄃ샤, 어긔야, 머리곰비취오시라, 어긔야, 어강됴리, 아으, 다롱디리. 全져재녀러신고요, 거의야 즌ᄃᆡ를드ᄃᆡ욜셰라, 어긔야 어강됴리. [過篇] 어느것이다노코시라, [全善調] 어긔야 내 가ᄃᆡ졈그롤셰라, 어긔야 어강됴리, 아으, 다롱디리"라고 보인다. 『고려사』의 "그 남편이 밤길에 해를 당할까 두려워하여 흙탕물의 더러움에 기탁하여 노래하였다."라는 문장에 비추어, 이 『악학궤범』의 전하는 바가 오래임을 알 수 있으니, 아마도 명확한 백제계의 고대 가요로서 오늘날 전하는 유일한 것일 것이다.)

- 지리산(智異山): 구례현 사람의 딸이 자색(姿色)이 있었다. 지리산에 살았는데 집이 가난하였지만 부녀자의 도리를 다하였다. 백제의 임금이 그 아름다움을 듣고 첩으로 들이고자 하였다. 여자가 이 노래를 지어 죽음으로 맹세하고 따르지 않았다.

• 고구려

- 내원성(來遠城): 내원성은 정주(靜州)에 있는데, 바로 물 가운데에 있는 땅이다. 오랑캐가 투항해 오면 여기에 두었으므로 그 성을 '내원'이라고 이름 짓고, 노래를 불러서 기념하였다.

- 연양(延陽; 延山府): 연양에 남에게 거두어져서 쓰이는 사람이 있었는데, 죽음으로써 자신의 힘을 다하며 나무에 비유하여 말하기를, "나

무가 불에 놓이면 반드시 잔인하게 죽는 화가 있을 것이다. 그러나 깊이 거두어 쓰인 것을 다행스럽게 여기니, 재로 없어지는 데 이른다고 해도 사양하지 않을 것이다."라고 하였다.

- 명주(溟州): 세상에 전하기를, "서생이 떠돌며 공부하다가 명주에 이르러 어떤 양가의 딸을 보았는데, 자색이 아름답고 글을 꽤 알았다. 서생이 매번 시로 꾀니, 처녀가 '부녀자는 망령되게 사람을 따르지 않습니다. 서생께서 과거에 급제하길 기다려 부모님의 명이 있으면 일이 잘 될 수 있을 것입니다.'라고 하여 서생은 바로 경사(京師)로 돌아가서 과거공부를 하였다. 처녀의 집에서는 사위를 맞으려고 하였다. 처녀는 평소 못에 가서 물고기에게 먹이를 주었는데, 물고기는 기침하는 소리를 들으면 반드시 와서 먹었다. 처녀가 물고기에게 먹이를 주면서, '내가 너희를 기른 지 오래이니 마땅히 나의 마음을 알 것이다.'라고 하면서 비단에 쓴 편지를 던지자, 큰 물고기 한 마리가 뛰어올라서 편지를 물고 유유히 사라졌다. 경사에 있던 서생이 하루는 부모를 위하여 반찬을 마련하려고 물고기를 사서 돌아왔다. 물고기를 자르다가 백서를 얻고 놀라서 곧바로 백서와 아버지의 편지를 가지고 처녀의 집으로 갔더니, 사위가 이미 문에 이르러 있었다. 서생이 편지를 처녀의 집안에 보이고, 마침내 이 곡을 노래하였다. 처녀의 부모가 기이하게 여기면서, '이는 정성에 감동된 것이지, 사람의 힘으로 할 수 있는 바가 아니다.'라 하고, 그 사위를 보내고 서생을 받아들였다."라고 한다.

(살펴보건대 『문헌비고』 '樂考'에는, "삼가 살펴보건대, 「여지고주」에 이르기를, '명주는 고구려가 망한 후, 신라 때 설치한 것이다. 이 곡은 마땅히 신라의 樂府에 속해야 한다.'라고 하였다. 삼가 살펴보건대 고구려 때는 애초에 科目이 없었으니, 과거 급제, 과거 공부 등의 말은 고구려 때의 일이 아닐 것이니, 고려의 음악인지 의문이다."라고 하였다. 그럴 듯하지만 명주는 많은 신라 시대의 전설의 무대인 지방이며, 독서출신과는 신라 왕조에서도 행하였으므로 이것을 굳이 고려까지 끌어내릴 필요는 없고, 또 원

래가 하나의 전설로서 시대적 변이가 있을 것이므로, 시대의 審定은 오히려 불필요한 가외의 일이다. 우선 고구려이든 신라이든간에 그 삼국 시대 이전의 고대 전설로 인정하여도 무방할 것이다.)

이러한 기사들은 고대의 노래 이야기가 갖는 본색을 잘 갖추고 있어서 마치 이세(伊勢) 설화 · 아마토(大和) 설화 등을 읽는 감이 든다. 이에 의하여 우리의 고대에도 노래에 대한 전설이 얼마나 많았던가? 또 고대의 가요와 설화가 그 얼마나 서로 떨어질 수 없는 관계에 있었던가를 알 수 있음과 동시에, 그 유래 · 연원이 결코 얕지 않고, 그 바로 앞에 일층 오랜 노래 붙은 고대의 역사 설화 시대가 연접되어 있었을 것임을 상상해 볼 수 있다.

대체로 『삼국사기』의 오랜 부분이 중국 자료에서의 인용, 중국 역사서를 모방한 것 외에는 실로 자유롭고 얽매이지 않은 순수한 설화성의 것이요, 더욱이 외형 · 내용 · 구성 동기 · 정취 등 어느 면으로 보더라도 『고사기』와 흡사함은 일견 명백한데, 그 틀리는 점은 설화의 살이 많이 깎여져 있음과 각개의 설화에 삽입 가요가 수반하는 것, [중단]

제2부

조선 문학과 일본

일본 문학에 있어서의 조선의 모습

　풀벌레 우는 가을과 찬바람 부는 겨울은 외롭고 쓸쓸한 곡절로 아주 규정되어 있는 모양입니다. 하지만 실은 기분도 상쾌하고 밤도 차차 길어 가는 요즘은 이른바 등화가친(燈火可親)의 시절로, 독서가 인간에게 가장 즐거운 일인 이상 가을과 겨울은 정신적으로 오히려 긴장을 요하고 위안을 얻는 시기라야 할 것입니다. 겐코 법사(兼好法師)가 "홀로 등불 아래 책을 펴고 세상 사람을 벗 삼는 일이야말로 더 없는 즐거운 일이거니"(『徒然草』)라고 한 것도 그러한 의미라고 생각됩니다. 아울러 일본 도서관 당국이 이러한 때에 맞춰 독서 주간을 만들고 갖가지 모임을 준비하여 이에 대한 반성을 새롭게 하여 많은 사람들에게 마음의 양식을 베풀어 주고자 하는 것은 참으로 의미심장한 일이라 하겠습니다.

　나는 본 부립(府立) 도서관장이신 오오야마(大山) 선생님[1]으로부

＊ 이 글은 1931년 2월 2일 도서관 주간 기념 강연 원고로, 일본어로 쓰여졌다. 1973년 고려대학교 아세아문제연구소의 『육당최남선전집』(현암사 간행)에 실려 있는 윤재영 번역을 참고로 하여 윤문 작업을 하였다.
1 최남선 1차 유학 시절, 동경 부립 제1중학교 보통학과 담임선생님이었던 오오야마(大山一夫)는 당시 경성부립도서관 관장으로 복무하고 있었다.

터 조선 문예에 관한 흥미 있는 사실을 될 수 있는 대로 책에 관련 시켜서 한 시간쯤 여러분께 이야기해 달라는 부탁을 받았습니다. 하지만 무엇보다도 말이 자유롭지 못한 나는 다른 적당한 분에게 의뢰하시라고 사양하지 않을 수 없었습니다. 그런데 선생님께서도 여러 형편상 안 되겠다고 하시며 거듭 분부하시는 바람에, 옛날 제 자 중 한 사람으로서 굳이 사양할 수가 없기에 비록 자신은 없습니 다만 그 흉내라도 내 보기로 한 것입니다.

지금으로부터 벌써 28년 전의 일입니다. 상대는 다릅니다만 바로 요즘처럼 만주의 들에 전운(戰雲)이 나부낄 무렵, 즉 메이지 37년 러일 전쟁이 한창 진행중이었습니다. 당시 한국 황제께서 50명 가량의 유학생을 일본에 파견하신 일이 있었는데, 나도 그중의 한 사람으로 동경에 갔습니다. 무엇보다도 말을 배우는 일이 시급 했으므로 동경 부립 제일중학교에 특별반이 설치되어, 거기서 말과 함께 필요한 보통학과(普通學科)를 배우게 되었습니다. 그때 그 반을 담임하신 분이 바로 지금의 오오야마 선생님이셨습니다. 물론 학과에 따라 각각의 선생님이 많이 계셨지만, 우리들 사이에서 가장 평판이 좋아 가장 많이 존경된 분은 역시 오오야마 선생님이 셨습니다.

선생님은 학식도 훌륭하고 수완도 뛰어나신 분이셨습니다만, 그보다도 우리들을 감동시켰던 것은 봄바람 같은 선생님의 따뜻한 정이었습니다. 학문상으로 보자면 다른 어느 선생님들도 다 훌륭하셨겠지만, 마음속에서 솟아나는 열렬한 동정으로 무엇이나 다정하게 돌보아주시는 분은 선생님 외에는 없었습니다. 이것은 말도 모르는 낯선 땅에 와 있는 우리에게 실로 무한한 힘과 위안을 주었습니다. 특히 동료들 중에서도 가장 나이가 어렸던 15세의 나는 선생님의 넘쳐나는 자애로움에 수없이 눈물지었습니다. 그 애정의 힘이 얼마나 큰 것인지를 깊이 느꼈던 것입니다.

조선 속담에 조선은 인정의 나라라는 말이 있어서 인정을 마치 조선인의 전유물인 줄로만 생각하고 있던 우리는 말도 잘 통하지 않는 중에도 선생님의 따뜻한 동정으로 인해 일본도 인정의 나라라는 것을 알게 되었습니다. 이것은 일본에서 우리가 배운 최초의 학문이었습니다. 그 후 "정은 남을 위한 것이 아니다."라든지 "사람은 정 아래 선다.", "귀신이 세운 돌문도 정에 열린다."라는 등의 속담이 일본에도 있음을 알았고, 또한 일본 학문의 기초가 '연민'에 있음을 듣게 되면서, 정에는 국경이 없음을 더욱 깊이 믿게 되었습니다.

인간에게는 지력 · 의지력 · 금력(金力) · 권력 등 여러 가지 힘이 있는데, 그중에서 가장 위대한 것은 실로 사랑의 힘, 정의 힘입니다. 다른 여러 가지 힘들은, 정도의 차이는 있겠지만 어느 것이나 장소 또는 시간의 제약을 받습니다만, 정의 힘은 보편적이고 영구적인 것이기 때문입니다. 빛나는 『원씨물어(源氏物語)』[2]의 오뇌(懊惱)를 젊은 베르테르로 하여금 오뇌하게 하고, 가스가노스보네(春日局)[3]가 흘린 눈물을 오를레랑의 소녀 잔다르크에게도 뿌리게 하는 것이 인간의 정입니다. 인간이 만들어낸 많은 문화 현상 중 오로지 인간의 정을 종자로 하여 그 가련한 모습, 갸륵한 활동을 그려 내는 것이 이른바 문학입니다. 인간의 정을 그 내용으로 하고 생명으로 하는 만큼, 문학은 본래 세계적인 것, 인류적인 것이 아닐 수 없

---

2 일본어로는 『겐지모노가타리(源氏物語)』라고 한다. 여류작가 무라사키 시키부(紫式部; 978~1016)가 지은 이야기로 황자(皇子)이면서 수려한 용모와 재능을 겸비한 주인공 히카루 겐지(光源氏)의 일생과 그를 둘러싼 일족들의 생애를 서술한 54권의 대작이다. 3대에 걸친 귀족 사회의 사랑과 고뇌, 이상과 현실, 예리한 인생 비판과 구도 정신을 나타낸 걸작이다.
3 도쿠가와 가문의 2대 쇼군인 도쿠가와 히데타다의 아들 도쿠가와 이에미쓰의 유모. 이에미쓰가 쇼군이 된 후에는 그의 유모라는 배경으로 권력을 휘두르며 오오쿠를 총괄했다.

는 약속 아래에 있는 것입니다.

옛날 이집트의 파피루스에 기록되어 있는 모자의 정과 사랑도 지금 우리가 신문의 연재소설에서 읽는 것과 다름이 없고, 뉴욕의 한 가운데 50층 고층 건물 위에서 주고받는 사랑의 속삭임도, 저 점점이 떠 있는 남양(南洋) 제도의 야자수 그늘에서의 것과 다를 것이 없습니다. 더욱이 인종적·문화적·역사적·지리적으로 가장 밀접하게 관계를 가지고 있는 나라끼리는 그 문학적 인연과 연속성 등에서 한층 농후하고 선명함이 없을 수 없습니다.

조선과 일본처럼, 특히 그 관계가 밀접했던 고대 시기는 이에 대한 가장 적절한 예입니다. 물론 오랜 시간에 걸쳐 일어났던 일들을 자세히 말씀드릴 필요는 없습니다만, 그중의 흥미 있을 법한 사실을 근접한 시대의 것에서부터 약간 소개해 보고자 합니다. 우리들 누구나가 다 보고 들어 알고 있는 현대의 것은 생략하기로 하고 청일 전쟁 무렵부터 말씀드릴까 합니다.

메이지 27년이면 지금부터 38년이나 전인데, 그해 12월 23일에 발행된 책 중 『장빈 조선 궁중 이야기』란 제목의 책이 있습니다. 작자는 유명한 후쿠지 오치(福地櫻痴)입니다. 책의 자료는 정우회(正友會)의 중진으로 한때 정계에 이름을 날렸고, 얼굴에 우두자국이 있어 해갑 장군(蟹甲將軍)이란 별명으로 끊임없이 신문에 가십거리를 제공하던 이노우에 가쿠고로(井上角五郎)에게서 나온 것입니다.

이노우에 씨는 메이지 15년 말경 조선 정부에 초빙되어 와서 박문국(博文局), 지금 말로 하면 인쇄국을 설치하여 『한성순보』와 『한성주보』 등의 관보 겸 잡지를 발행하면서, 당시 우리 외무대신이요 당대 일급의 학자였던 김윤식(金允植) 씨와 함께 조선에서 언문을 섞은 문체를 창시했던, 꽤 공로가 있는 분입니다. 이 사람이 전후 4년 경성(서울)에 체재하는 동안, 근대사의 자료에 접촉하는 사람들에게서 들었다는 당시 정계의 이면사를 적어 둔 것이 있었습니다.

이것이 도쿄에 돌아간 뒤 후쿠지 씨의 손에 들어가서, 거기에다가 후쿠지 씨 일류의 윤색이 더해져서 역사 소설로 만든 것이 『장빈 조선 궁중 이야기』입니다.

장빈은 장씨 빈(嬪), 곧 장씨 성을 가진 후궁입니다. 오늘날의 이강(李堈) 공, 당시 의화군(義和君)의 생모입니다. 훗날 명성 황후, 곧 일본인들 사이에서는 보통 민비란 이름으로 알려져 있는 이태왕(李太王; 고종)의 왕비는 여성이면서 재색이 뛰어난 일대의 여걸로서, 근세 정치사상에 커다란 파동을 일으켰음을 누구나 알고 있습니다. 그런데 장씨는 궁안에서 특별히 정력이 매우 두드러지게 뛰어나다는 이태왕 전하의 사랑을 한 몸에 받았으며, 특히 왕후 재세(在世) 중에 조그마한 변동도 보이지 않았던 이면에는 갖가지 복잡한 사정이 있었던 것입니다.

이 『장빈 조선 궁중 이야기』라는 책은 이태왕 전하의 총애를 받아 의화군이라는 금지옥엽을 낳았기 때문에 민비 전하의 역린(逆鱗)에 걸려 어이없는 최후를 마친 여성의 애달픈 운명을 중심으로, 당시의 궁중에 있었던 온갖 갈등과 알력, 그리고 그것이 정치의 표현에 나타난 결과를 재미있게 엮은 것입니다. 말하자면 궁중에서 있었던 삼색 또는 사색의 연애 투쟁 기록입니다. 정치의 근거가 궁정에 있고, 궁정의 중심이 내전에 있었던 조선 근세에 있어서, 내전의 소동이 곧 천하 대사로서, 중궁전(中宮殿)의 일거일동이 그대로 역사를 추진하는 원동력이기도 했습니다. 그러므로 『장빈 조선 궁중 이야기』를 어떤 의미로 보아서는 가장 역사의 미세한 기류에 가깝게 접촉한 근세사의 일장을 이루는 것입니다.

역사의 이면에는 여성이 있다고 하듯 근세 조선의 역사에서 가장 복잡하고도 미묘한 시기중의 하나는 확실히 민비를 중심으로, 민비를 태양으로 하여 수없이 많은 혹성과 혜성들이 돌아가고 변이했던 것이 사실입니다. 나아가 역사의 이면뿐 아니라 표면에도,

165
—문학론

그리고 첨단에도 민비가 살아있는 동안에는 민비의 그림자가 보이지 않는 국면은 없습니다. 파란 많은 민비의 일생 중에서도 가장 인간적인 맛이 풍부하여 희곡적 흥미에 찬 대부분이 무엇인가 하면, 장빈을 중심으로 하는 극적 사실이었습니다. 모처럼의 이렇게 좋은 글감이 다행스럽게도 일대의 문호 후쿠지 씨의 붓끝으로 윤색되어 후세에 전해지게 된 것은 조선 근세사의 자료로서도 그렇거니와, 죽어서 입이 열리게 된 장빈을 위해서도 큰 다행이라고 하겠습니다.

한 권이고, 겨우 99면에 불과한 작은 책자이지만, 이태왕(고종)의 선대인 철종이 왕위에 오르기 전의 일부터 붓을 일으켜, 이태왕의 즉위 및 대원군의 섭정 경위 등을 기록하고, 세계 궁정 역사상으로도 드문 당시 조선 궁정의 복잡하기 이를 데 없는 모든 관계를 설명한 후에야, 드디어 장 내인, 곧 장씨라는 후궁을 끌어옵니다.

궁중의 안에 있는 사람 중에 장씨라고 부르는 용모 · 자색 · 재예가 매우 두드러지게 뛰어나고 알려진 미인이 있었다. 이 나라 사람들 입에 전해지던 운향(雲香) · 부용(芙蓉) 등도 아마 이 장씨에게는 미치지 못할 것이다. 어떤 좋은 날에 태어난 남자가 이 미인을 아내로 삼을 것인가 하고, 남자나 여자나 다 그 이야기로 떠들썩하였다. 또한 궁중에서도 그 명예가 가장 높았는데, 뜻하지 않은 일로 국왕의 정을 입어 총애가 그 누구보다도 두터워졌다. 원래 내인(內人)이란 궁중에서 부리는 궁녀를 일컫는 이름인데, 양반의 딸 중에서 뽑아 쓰는 것이 규정으로 되어 있었지만, 수많은 궁녀 중에서 간혹 노비의 딸도 있었다. 그런데 이 장 내인이 천민 출신이라 하는 점은 어찌할 수 없는 일이었다.

이러한 식으로 후쿠지 씨 특유의 일류 달필로 써내려갑니다. 그 중에는 다소 오류가 있기도 하니, 근세에는 궁녀를 뽑을 때 이를 뽑아 들이는 일정한 계급이 있어서, 양반 내지 양반에 준하는 집에서는 절대로 딸을 궁중에 들여보내는 일이 없고, 또 만에 하나라도 노비와 같은 천한 사람 중에서 뽑는 일은 없으니, 양반이니 노비니 하는 것은 얼토당토하지 않은 말입니다. 그러나 남을 통하여 타국의 사정을 들은 후쿠지 씨로서는 이만한 오류는 부득이한 일이요, 소설로 본다면 더더욱 문제가 될 것이 아님은 물론입니다.

책은 곧 이어 장빈이 천부적인 자질을 스스로 버릴 수 없었고, 또 궁녀로 뽑혀서 군왕 가까이 있게 된 인연을 통해 폐하의 눈에 뜨이게 되었으며, 나아가 군왕의 총애를 받아 의화군을 낳고, 대원군과 민비와의 권력 다툼의 도구가 되는 과정을 그립니다. 일이 잘 될 때에는 빈궁(嬪宮)의 위치에까지 올랐지만, 쇠퇴해서는 삼계(三界)에 집이 없는 하류 생활로 떨어집니다.

임오년의 군란이 가라앉은 뒤에는 난리 중에 왕의 기억을 불러 일으켰다는 죄목으로 민비의 지시에 의해 궁중의 옥에 유폐되었는데, 갑신정변 후에는 "저 천한 계집을 살려 두었다가는 생각지도 못한 어떤 일을 또 일으켜 내게 장애가 될지 모르니, 차라리 죽여 화근을 잘라버리는 것이 좋겠다." 하여, 민비는 장빈이 일본에 망명해 있는 사람들과 내통해서 왕세자를 폐위시키고 자기가 낳은 의화군을 세자로 삼으려 한다는 말을 만들어내 이를 빙자하여 무참한 최후를 마치게 하였습니다. 소설은 장빈이 원한을 품은 혼령이 되어 민비에게 달라붙었으며, 이로 인해 예측할 수 없는 무시무시한 보복이 있을 것이라며 끝맺습니다.

이 책은 한 편의 소설이라고는 하지만, 청일 전쟁이 한창이던 때, 조선이 일반의 주의의 표적이 되었을 때, 타국의 궁중 비밀을 폭로했다고 하여 발행되자 문제를 일으켰는데, 사실로나 시기로나 작자로나 이 책의 평판이 한때 시끄러웠습니다. 이것은 단순히 소설에 그치는 것이 아니라, 그 약간의 윤색과 다소의 오류를 제하고는 달리 적당한 자료를 찾아볼 수 없는 이태왕 초기 30년간의 산 역사로 존중할 만한 문헌이기도 합니다. 오랫동안 세상에서 잊혀지고 호사가들 사이에 보배와도 같은 책으로 존중되어 왔는데, 지금은 『메이지문화사전집』 13권 시사 소설편 중에 수록되어 세상에 부활했습니다.

아시는 바와 같이 메이지 유신 이후 청일 전쟁까지의 사이는 조선 대 일본의 외교 역사상 일대 변환기로서, 잇달아 일어나는 외교상 알력이 일반인의 조선에 대한 신경을 끊임없이 자극하여, 이 세력에 이끌려 조선에 관한 출판물도 계속 나타나, 그중에는 『닭의 창자』라거나 『일청한(日淸韓) 삼국지』 등 소설 비슷한 표제를 붙인 것도 있고, 한편 『금오신화』나 『이십일도회고시(二十一都懷古詩)』 같은 조선의 문학서도 여러 대가의 협조로 활발히 번역되어 널리 읽히게 되었습니다.

그러나 메이지 초기에 조선 것 중 가장 빛나는 것은 뭐니 뭐니 해도 이 후쿠지 씨의 『장빈 조선 궁중 이야기』라 하겠습니다. 『장빈 조선 궁중 이야기』에 의해 종말이 좋지 않을 것이 예상된 민비 전하가 『장빈 조선 궁중 이야기』가 나오고서 1년이 지나지 않아 경복궁의 난을 당한 것을 생각하면 어쩐지 장빈과 민비의 기이한 변고 사이에는 어떤 인연이 있는 것 같이 생각되는 점이 있어서 일층 감흥을 자아냅니다.

그런데 메이지 시대의 조선은 표제와 체재는 어떻든, 요컨대 사실의 기록에 지나지 않는 것인데, 상상에 의한 순문예물의 작품은 도리어 도쿠가와(德川) 시대의 조선 것에서 볼 수 있습니다. 다이쇼(大正)·쇼와(昭和) 시대 이래 문예물의 대세도 눈이 어지러울 정도로 변화하여 잇달아 새로운 장면을 보여주고 있는데, 최근의 현저한 경향을 말한다면 실화를 다룬 작품들의 유행이 확실히 그것입니다. 신문이나 잡지 등에서 단연 빛나고 있는 것이 각종 실화물이고, 이에 관한 전문 잡지의 출현도 이미 한 둘이 아닌 형편입니다.

그런데 태양 아래 새로운 게 없다는 격으로, 새로운 유행의 실화물들이라는 게 실은 일본 문학에서는 극히 오랜 전통을 가지고 있는 것이어서, 에도(江戶) 시대 문학의 중요한 일면을 이루고 있는 것이 오히려 실화물이라고도 말할 수 있습니다.

실화물이란 옛날에는 실록(實錄)이라고도 하여, 사람의 시각·청각을 곤두세운 세상의 사건을 사실과 상상을 섞어서 재미있고 우습게 사람들에게 읽히려고 한 이야기책인데, 쉽게 말해서 「이달(伊達) 소동」·「소가(曾我) 형제」·「반츠이인 초베(幡隨院長兵衛)」·「야오야오시치(八百屋お七)」 등과 같은, 오늘날에도 신문의 읽을거리로 가장 많은 독자를 끌고 있는 야담물은 실은 이들 실록물을 적당히 부연하여 만든 것에 불과합니다.

실록물은 말하자면 에도 시대 대중 문학이었던 것입니다. 이 실록물은 근래 와세다(早稻田)대학 출판부가 이것을 수집하여 『근세실록전집』이라는 방대한 총서로 만들었는데, 이 실록물의 초기에 속하는 것을 따로 『원시(原始)의 실록』이란 이름으로 한 책으로 뭉뚱그려 놓았습니다. 『원시의 실록』 맨 처음에 나오는 것으로 「당인(唐人) 살해」·「진설(珍說) 파(波)의 꿈」이란 것이 있습니다.

「당인 살해」는 메이와(明和; 을유 중추) 동무은사(東武隱士)란 사람의 작품인데, 이때 당인(唐人)이란 말은 중국인이 아니라 조선인을 말한 것입니다. 일본인이 최초로 접촉한 외국이 지금의 경상도 남단인 가락국이었으므로, 외국이라는 의미로 차차 그 의미가 확장되어 조선반도나 중국을 통틀어 당(가라; カラ)이라고 하고, 마침내 털복숭이 서양인은 모당(毛唐)이라 하게 된 것은 여러분도 다 아시는 바입니다. 훗날에는 당(カラ)은 오직 중국을 의미하게 되었는데, 민간에는 역시 외국인이라 하면 당인(가라히토; カラヒト)이라고 하는 습관이 남아 있어서 메이와 연간에도 조선인을 당인이라 한 것으로 보입니다.

에도 시대의 나가사키(長崎)는 일본에 있어서의 대표적 무역항으로, 난징·베이징·광둥·루손·네덜란드 그 밖의 이국선의 출입이 끊이지 않았다. 이 나가사키에 마루야마(丸山)이라는 유곽 거리가 있었는데, 세상의 속담에도 서울의 여인에게 에도의 목소리를 가지게 하고 나가사키의 의상을 입혀서…하고 노래할 정도로 여인들의 몸 매무새가 아름답기로는 비할 데가 없었다.

때는 교오호오(享保) 19년 봄, 마루야마의 천세옥(千歲屋)이라는 유곽의 인기 있는 여자 천세(千歲)에게 단골로 다니는 손님 중에는 조선국 상인 계언(桂彦)이라는 사람이 있었다. 밤낮으로 찾아와 들어앉아서 거짓 아닌 정성을 나타내며 "하늘에 있으면 비익조(比翼鳥), 땅에 있으면 연리지(連理枝)"라고 맹세하였다. 일 년쯤 지나는 동안 숱한 사랑을 속삭인 뒤에 재회를 약속하고 계언은 귀국했다.

그런데 고향에 남아 있던 계언의 아내 연씨(燕氏)는 그 동안 텅 빈 규방의 쓸쓸함을 견디다 못해 생질인 만려(萬麗)와 떳떳하지 못한 관계가 되어 있었다. 하지만 계언이 돌아오고부터는 마음대로 만날 수가 없었으므로, 불륜의 남녀는 공모하고 계언을 죽여 버리고 그 재산까지 빼앗았다. 그리고는 아무 꺼릴 것 없이 동거하고, 또 세상에 대한 체면을 세우기 위하여 요로(要路)에 많은 뇌물을 바치고 벼슬을 하여, 마침내 상상궁(上上宮)이라는 지위에 오르고 이름도 최천종(崔天宗)으로 고쳤다.

한편 나가사키의 천세는 남편 계언에게 그런 일이 있는 줄은 꿈에도 모르고, 재회의 봄을 기다리는 중에 몸에 든 계언의 씨를 낳았다. 사내아이였으므로 이름을 다로(太郎)라고 지어 친정으로 보내 기르게 했다. 봄이 되어 조선에서 수백 척의 배가 왔지만 끝내 계언의 배는 보이지 않았기에, 천세는 가슴을 죄면서 걱정하고 있었는데, 어느 날 밤 천세의 베갯머리에 계언이 홀연히 나타나 눈물을 줄줄 흘리면서 무참한 최후를 마친 전말을 이야기하고 조선에는 혈육도 없으니 그대가 낳아 준 사내아이가 자라기를 기다려 이 원수를 갚아서 내 수라의 망녕된 집착을 풀어 달라고 간곡히 부탁했다. "조선과 일본이 떨어져 있다고 하더라도, 정성만 있으면 어떻게 해서든지 소원을 풀지 못하겠소. 도요토미 히데요시(豊臣秀吉)는 마츠시타(松下) 씨의 하인이었는데 천하를 병탄했고 조선을 정복했으며, 국성야(國姓爺) 정성공(鄭成功)⁴은 원래 히라도(平戶)의 어부였지마는 임금을 위해 충성을 나타내고 고사도(高砂島)를 복종시켜 연평왕(延平王)이 되었소. 이는 양국에서 널리 다 아는 바요. 제발 몸을 온전히 하여 자식을 지켜서 내 적을 쳐주오." 하는 아주 박식한 듯한 말로 부탁하는 것이었다.

천세는 이것을 마음에 새겨 가지고 그 간절한 소망을 헛되이 하지 않으리라 생각하고 그 뒤로는 정절을 지켜 많은 손님을 대해도 조금도 허술한 태도를 보이지 않았다. 그러던 중에 대마도의 통역관 스즈키 우에몬(鈴木傳右衛門)이라는 사람이 뻔질나게 찾아왔지만, 끝내 베개를 나란히 하지 못하고 돌아가며, 나는 독신이니 내 아내가 되어 달라 하고 성실한 자세를 보였다. 천세는 한때 망설였지만, 전해 들으니 도키와 고젠(常盤御前)은 남편 좌마두(左馬頭) 요시토모(義朝)의 적(敵) 상국(相國) 다이라노 기요모리(平淸盛)의 뜻에 복종하여 금약(今若)·을약(乙若)·우약(牛若) 세 사람의 목숨을 살려내서, 마침내는 겐지(源氏)의 세상이 되게 했다.

---

4 1624년 일본 나가사키 현 히라도(平戶)에서 출생하였다. 아버지는 중국과 일본을 오가며 해상 무역을 했던 정지룡(鄭芝龍)이고, 어머니는 하급 무사였던 다가와 시치자에몬(田川七左衛門)의 딸인 일본 여자였다. 청나라에 저항하여 명나라 부흥 운동을 펼쳤다. 그 공으로 주원장의 후손인 당왕 용무제로부터 주씨(朱氏) 성을 하사받아 국성야(國姓爺)라고도 알려져 있다. 윗글에 나오는 연평왕(延平王)은 정성공이 명의 영력제로부터 받은 봉호이다. 정성공은 청군과의 전투에서 밀리자 타이완을 공략하여 네덜란드 세력을 축출하고 새로운 기지를 확보하였는데, 네덜란드 세력을 물리친 공로로 중국 역사의 영웅으로 추앙받고 있다.

이것은 정녀를 깨뜨려 정녀의 길을 세운 것이다. 더욱이 이 사람은 통사이니 조선국 사람을 가까이 하는 일이 있을 것이다. 이렇게 생각하고 분연히 결심한 다음 스즈키 우에몬에게 전후 사정을 이야기하고 계언의 아들을 양자로 한다는 조건을 붙여서 마침내 몸을 빼어 함께 대마도로 돌아갔다. 그리고 계언의 아들 다로(太郎)는 스즈키 우에몬의 양자가 되어 이름을 스즈키 덴죠(鈴木傳藏)라 고쳤다.

스즈키 덴죠는 자란 뒤에 어머니에게서 계언과 최천종 사이의 관계를 듣고 기회만 있으면 아버지의 원수를 갚으려고 때를 기다렸다. 그러던 중에 마침 메이와(明和) 원년 정월 조선에서 10대 쇼군(將軍) 도쿠가와 이에하루(德川家治) 습직(襲職)의 하사(賀使)로 조엄(趙曮) 이하 133인이 에도에 왔다. 스즈키 덴죠는 그들 중에 최천종이 상상관으로 들어 있음을 보고 오랫동안 기다리고 기다리던 소원을 달성할 기회를 몰래 엿보고 있었다.

이때 스즈키 덴죠는 종가(宗家)의 명을 받아 사절 일행의 통역사가 되어 에도까지 따라갔다. 드디어 사절단이 사명을 마치고 에도를 떠나 귀로에 오르니, 동해 바닷길을 거쳐 오사카에 이르러 본원사(本願寺)에서 머물게 되었다. 최천종이 친아버지의 적임을 확인한 스즈키 덴죠는 마침내 이를 쳐서 오랜 소원을 달성하고 천종의 목을 아버지의 영전에 바쳤다. 스즈키 덴죠는 나라의 사절을 살해한 죄로 오사카 기즈가와(木津川)에서 사형에 처해졌는데, 스즈키 덴죠는 형을 집행하는 관리의 엄중한 문초가 있었지만, 최천종의 악명을 알리지 않겠다고 속으로 맹세하고 사건의 자초지종을 끝내 이야기하지 않고 형을 받았다.

「당인 살해」의 줄거리는 이상과 같습니다. 원래 도요토미 히데요시의 분로쿠(文綠) · 게이쵸(慶長)의 역(役)[5] 이후로 조선과 일본의 국

5 일본에서 임진왜란을 일컫는 명칭이다.

교가 끊어진 것을, 도쿠가와의 천하가 되자 막부에서는 비상한 고심으로 국교의 회복을 꾀하여 마침내 게이쵸(慶長) 13년에 양국 사절을 공식적으로 보내게 되었습니다. 그 이후 쇼군(將軍)이 바뀔 때마다 막부에서는 축하 인사를 하는 사절을 파견하기를 청하는 것이 상례로 되었는데, 메이와 원년의 사절은 그 11회째로, 정사(正使)는 조엄(趙曮)이고, 일행 477명 중에 대구 사람인 최천종이 하급 수행원으로 참가한 것 또한 사실입니다. 그해 2월 18일 에도에 도착하여 모든 일을 순조롭게 끝내고, 3월 11일 에도를 출발, 오사카에서 숙박하고 있는 중, 4월 7일 새벽녘에 수행원 최천종이 일본인에게 살해당했다는 보고가 있었습니다. 에도에서는 크게 놀라 대목부(大目附) 마가리부치쇼타로(曲淵勝次郎)이 오사카에 가서 조사해 보니 살해한 자는 통사 스즈키 덴죠였습니다. 스즈키 덴죠가 남긴 글에는 다음과 같이 적혀 있었습니다.

나는 지난 6일 저녁때, 본당(本堂) 부엌에서 조선인 사행과 말다툼을 했는데, 일본에 치욕이 되는 말을 하기에 내가 말대답을 하니깐 그 조선인이 성을 내었다. 여럿이 있는 가운데서 막대기로 마구 때린 일도 있었고, 이래저래 송구(悚懼)했지만 참을 수가 없어서 밤에 침실로 들어가 말다툼한 상대를 찔러 죽이고 곧 몸을 피했습니다. 조사가 있거든 위와 같이 말해 주시기 바랍니다. 이상 4월 7일 스즈키 덴죠.

'일본에 치욕'이라는 것이 무엇이었는지 일본 측에는 전연 전하지 않는데, 조선 측에는 유명한 이언진(李彦瑱)·성대중(成大中) 등의 문사도 일행에 끼여 있어서, 그때의 기행이 몇 가지 남아 있고, 정사 조엄의 복명서(復命書)에도 나와 있습니다. 이에 따르면 최천종이 거울 하나를 잃어버리고 스즈키 덴죠를 의심하여 일본인은 도둑질을 잘한다고 꾸짖으니까, 스즈키 덴죠는 조선인이 그렇다고

대들으로, 천종이 노하여 채찍으로 때리니 스즈키 덴죠는 그 자리에서는 어찌할 수 없으므로 밤에 죽인 것이라고 되어 있습니다.

일본인이 성급한 성미로 보아서는 그 자리에서 당장 피를 보았을 것이지만, 조선인이 많이 있는 자리에서는 얼른 손이 나오지 않았던 모양입니다. 그것은 단순히 공식석상을 꺼린 것만이 아니라, 에도 시대 사람들은 원래 조선인이 힘이 세다고 믿어왔었습니다. 더욱이 이번 메이와 원년의 조선사 일행 중에는 명무군궁훈련정(名武軍宮訓練正) 서백대(徐百大)라는 사람이 대단한 장사로 사람을 때려죽이기를 파리 잡듯 하여 주먹으로 한 번 치면 그 자리에서 죽는다는 소문이 나 있을 정도였으므로, 많은 사람이 보고 있는 자리에서는 손이 나오지 않아 모두 잠든 틈을 엿보아 암살이라도 하는 수밖에 없었던 모양입니다.

아무튼 또 당시의 기록에 의하면, 최천종은 장교라는 미천한 직에 있었지만, 매우 인격자라서 남에서 원한을 받을 만한 사람이 아니고, 죽을 때에 국사를 위해 죽는 것이니 한은 없지만, 공공연히 일본인에게 찔려 죽는 것은 뜻밖의 일이라고 하기도 하였습니다. 마지막 술을 주었을 때 옆의 사람이 술을 마시면 몸에 잘 퍼질 것이라고 했으나 그는 본국에서 술을 금하는 것이니 죽는 자리라고 하더라도 마실 수 없다고 단연 물리친, 그런 의리 있는 사람이었다고 합니다. 이만한 인격을 가진 자가 하찮은 일로 타국에서 칼 아래 원혼이 되고, 더욱이 허구뿐이고 괴악하기만 한 극적 인물이 되어 실속 없는 더러움을 일대에 드러내놓게 되었다고 하는 것은 여간한 일이 아닙니다.

스즈키 덴죠는 현장에서 달아났다가 섭주(攝州) 소빈촌(小濱村)에서 체포되어 5월 2일 기사라즈(木更津)에서 조선 사절의 입회 아래 참살되었습니다. 그때 스즈키 덴죠의 나이는 30세였다고 합니다. 또한 스즈키 덴죠의 사건 처리 때문에 사절 일행은 1개월이나 오사카에 머물게 되었는데, 그 동안 스즈키 덴죠의 체포·신문·처형 상황은 조선 측 기록에 자세히 전해지고 있습니다.

이상이 사실인데, 일본의 통역사가 조선 사절의 수행원을 살해했다는 것이 세상에서는 화제가 되었으므로, 이것을 복수 이야기 유형에 집어넣어 여러 가지 가상을 덧붙여서, 일종의 이국적 취미가 가미된 복수 이야기로 만들어낸 것입니다. 연극에서의 「한인한문수관시(韓人韓文手管始)」나 조루리(淨瑠璃)에서의 「당사직일본수리(唐土織日本手利)」는 이 「당인 살해」를 통해 각색된 것입니다. 흔히 「당인 살해」를 「본원사구토(本願寺仇討)」라고도 합니다.

원래 에도 시대에 조선의 사절이란 것은 약간의 무역적인 필요 이외에 점차 의례적인 의미로 바뀌게 되면서, 양편이 다 허세를 부리고 수식을 일삼아서 거창함이 상상 이상이었습니다. 이편에서는 가는 사람 수도 이삼백 명에서 때론 오백 명을 넘는 경우도 있어서, 의례를 위한 많은 하인들 외에도 시문·서화·음악·의약 그밖에 예능인까지 수행하면서 저편 사람들이 보고 듣고 배우도록 하는 일에 대비했던 것입니다. 막부에서는 조선 사절이 오는 것이 쇼군 직책을 받는 의식의 하나가 되어, 새 쇼군 일생일대의 대사업으로 최고 예의와 막대한 비용을 들여 실로 칙사 이상의 대우를 했던 것입니다.

마침내 사절을 파견한다는 통고가 오면 접빈하는 이가 대마도를 비롯하여 곳곳에 나가 있는 것은 물론이고, 한편에서는 연도(沿道)의 도로 교량을 수리하고 일절 보기 흉한 것을 제거하고 통과하는 지방에서는 거지나 부랑배들을 쫓아내고 그 소굴을 파괴해 버렸습니다. 사절이 입국하여 에도로 갈 때에는 그 경호와 대우가 실로 어마어마한 것이었습니다. 에도에서는 특히 명물인 화재의 단속에 세심한 주의를 더했고, 지나가는 거리에서는 전에 불탄 집의 수리를 서둘러 일행이 도착하기 전에 공사를 마치게 하고, 길 양쪽에는 땔나무·대나무 등을 밖에 쌓아 놓지 않도록 하는 등 여간 조심하지 않았습니다.

사절 일행의 숙소로는 오사카에서나 에도에서는 동본원사(東本願寺) 또는 본철사(本哲寺)를 제공했고, 숙소나 휴게소에는 좌우에 경호소를 두어 무사 5인, 활과 화살 10벌, 철포 5자루씩의 경호를 붙였습니다. 게다가 다시 거리 어귀에는 무사 2인, 창 5개씩의 경비를 두었으며, 그리고도 감찰이 끊임없이 순찰을 돌아 엄중히 경계를 했습니다. 음식 대접은 사절단의 상상궁(上上宮)에게는 칠오삼(七五三)·오오삼(五五三)[6]의 성찬을 내어 한껏 정중하게 하였습니다. 이와 같은 거창한 접대로 장기간의 여정과 체류를 하였고, 그 동안에는 닛코(日光) 관광까지 하여 조선 사절단의 도착은 거의 거국적인 소동이라고 할 만했습니다.

한편 일행 중의 절제 없는 종자들은 도중이나 체재하는 곳에서 상관의 권위를 믿고, 시민이나 백성들에게 대해 갖가지 무리한 짓을 하여 시끄러운 분규를 일으키는 일도 있었습니다. 따라서 조선 사절단이 일반 사람들의 눈과 귀에 거슬려 충돌하는 일도 꽤 많아서, 그것이 희극 작가에게 들어가서는 소설이나 희곡 거리가 되는 수도 적지 않았던 것입니다.

예를 들어 예나 지금이나 변함이 없는 조선의 특산물인 인삼은, 당시에 있어서도 이편에서 막부에 보내는 예물 중 첫째로 치는 것이었고, 저편에서는 그것을 진중히 여김이 여간 아니었습니다. 하기는 교오호오(享保) 연간[7]에는 8대 쇼군인 도쿠가와 요시무네(德川

---

6 조선 통신사에게 제공되었던 요리를 일컫는 말. 칠오삼 요리는 무가(武家)에서 제공하는 요리 중 최상의 의례에 해당하는데, 나나고산노젠(七五三の膳)이라고도 부른다. 사절단의 등급에 따라 고고산노젠(五五三の膳), 3즙15채(三汁十五菜), 2즙10채, 2즙7채 등의 음식이 있었다.

7 교오호오(享保) 연간은 일본 8대 쇼군인 도쿠가와 요시무네(德川吉宗)에 의해서 이루어진 개혁의 시대였다. 막부는 정치를 개혁하고 무예를 진흥시켰으

吉宗)가 인삼 종자를 조선에서 가져다가 닛코와 그 밖의 지방에 심게 해서 일본에서도 상당한 생산력을 보여 약효를 보았습니다. 그러나 약효로는 조선 품종을 중하게 여김에는 변함이 없었습니다. 그리하여 막부에서는 에도에 인삼좌(人蔘座)란 전매소를 설치하여 이것을 팔고 있었습니다.

인삼은 값도 썩 고가여서, 도쿠가와 시대의 수필 중에서는 인삼이 값도 비싸고 구하기도 어려워 빈천한 자의 병은 도저히 구할 수가 없음을 한탄한 것이 곧잘 눈에 띕니다. 아울러 그 시대를 다룬 작품이나 인정을 다룬 작품 등에는 부모나 남편의 병을 고치려면 인삼이 필요한데, 집이 가난하여 비싼 인삼의 값을 마련할 길이 없어서 일본 독특의 여성 최후의 경제 수단인 유곽에 몸을 팔아 조선 인삼을 먹인다는 줄거리의 작품도 적지 않습니다.

한편 인삼을 신초 영약(神草靈藥)이라고 하는 이유는, 단지 인간뿐 아니라 신선들의 신령한 새라는 학이 인삼의 신령스러운 효과를 알고 있어서 같은 무리에 있는 학의 병을 조선 인삼으로 치료했다는 이야기도 정말인 것처럼 민간에 이야기되고 있는 것도 한 둘이 아니기 때문입니다.

분세이(文政) 연간 여행가로 알려진 교토(京都) 모모이토우우(百井塘雨)의 만유기(漫遊記)인 『급애수필(笈埃隨筆)』이라는 책에는 이런 대목이 있습니다.

규슈(九州) 휴가(日向)에서 본 일인데, 어떤 사람이 쏘아 잡은 학을 사다 국을 끓여 먹으려 가다가, 학의 입 속에 무엇인가 들어 있어서 입을 열고 꺼내 보니까 그것은 굵다란 생삼이었다. 모두 이것을 보고 탄식하

며, 검약령을 내려 사치를 금하고 신분이 낮아도 유능한 사람을 등용했다. 또한 참근교대(參勤交代) 기간을 축소하고 그 대신에 세금을 더 내게 했으며 풍작 · 흉작에 관계없이 연공의 액수를 정했다. 사실상의 세금 인상이었다.

기도 하고, 또 그 넓은 바다를 건너오려면 기력이 무척 쇠약해질 것이니까 인삼이라도 물고 와야만 했을 것이라고 하기도 했다. 그리고 영약의 효력을 알고 있음은 과연 감탄할 만한 일이다 하기도 했다. 또 비슈(尾州) 사람의 이야기에는, 학의 새끼가 병이 났을 때는 수십 마리의 학이 날마다 똑같은 곳에 내려와서 그것을 지켜보고 조금도 자리를 옮기지 않다가 병이 완전히 나은 다음에야 일제히 날아가서 앉은 자리를 바꾸는데, 그 자리를 찾아가 보면 반드시 생삼, 조선의 큰 인삼이 있는 것이었다. 이것은 많은 학들 중에 이국에 날아가서 인삼을 물어 오는 놈이 있어서, 병이 난 학이 있으면 그것을 물어다가 먹이고 여러 학들이 모두 간호하여 병이 완쾌하면 각자 날아가는 것임에 틀림없었다. 학은 과연 영조(靈鳥), 즉 신령스러운 새다 하는 이야기를 들었다

역시 분세이 시대의 사학자이자 『비중명승고(備中名勝考)』를 쓴 고데라 키요유키(小寺淸之)의 『노년여천(老年餘喘)』이라는 책에는 다음과 같은 말도 있습니다.

비중(備中)[8]의 백석도(白石島)에 분세이(文政) 8년 8월에 한 쌍의 학이 날아왔는데, 한 마리가 병이 든 모양이었다. 병든 학이 나무 위에 앉아 있을 뿐 날지도 않고 걷지도 않자, 날마다 많은 학이 날아와서 간호하는 듯했다. 9월에 들어가 또 한 마리의 학이 새끼를 데리고 날아오는데, 독수리가 그 새끼를 채어다가 바다에 떨어뜨렸다. 어미 학이 무진 애를 써서 새끼를 바다에서 물어 올리려고 했지만 잘되지 않았다. 바다에서 고기를 잡고 있던 사람들이 배 위로 건져 올려다가 촌장에게 갖다 주었다. 촌장은 새를 기를 줄 아는 사람이었으므로, 발을 다친 것을 알

---

8 빗츄 지역으로 일본 옛 지방의 이름이다. 지금의 오카야마 현(岡山縣) 서부 지역을 일컫는다.

고 약을 발라 치료해 주었더니, 얼마 안 가 나아서 학의 무리로 날아갔다. 이듬해 촌장의 집 하녀가 미쳤다. 고칠 길이 없고, 귀신이 붙었다고 하여 모두 달아나고 아무도 가까이 가지 않았다. 그러던 어느 날 학 두 마리가 촌장의 집 위를 마루 끝 가까이 빙빙 돌고 있었는데, 그날부터 하녀의 병이 신기하게 나아갔다. 웬 일인가 하고 알아보았더니, 하녀의 말이 오늘 마당에 이상한 것이 있기에 그것을 주워 먹었는데 한때 정신을 잃었다가 깨어나니까 병이 나았다고 했다. 그리고 손에 남아 있는 것을 보니, 그것은 틀림없는 조선 인삼이었다고 했다. 모두 생각해 보니, 이런 귀중한 것이 이 섬에 있을 리가 없고 아까 집 위를 날아다니던 학이 떨어뜨린 것으로, 이것은 작년에 받았던 은혜를 갚은 것이 틀림없다고 하였다. 이는 본인에게 들은 대로 적은 말이다.

인삼 기타에 관한 이런 종류의 조선과 관련된 이야기는 이밖에도 적지 않습니다만, 이 정도로 해 두기도 합니다. 도쿠가와 시대에는 통신사의 왕래 등에서 자극을 받았다고 생각되는 조선을 소재로 삼는 문학 작품이 적지 않았음을 알아주시기 바랍니다.

이 밖에 도쿠가와 시대에는 전국 시대의 뒤를 이어 문예 교육을 크게 진흥시켰습니다. 이 점으로도 조선에 특별한 친근감을 보여 간에이(寛永) 이후 조선의 저술이 잇달아 번역 출간되어, 앞서 말씀 드린 「금오신화」(「牡丹燈籠」 등등의 대본으로 유명한 중국 「剪燈神話」를 흉내 내어 지은 스릴 넘치는 단편 소설집) 같은 것도 게이쵸(承慶) 2년에 이미 에도에서 판매되었습니다.

게이쵸 2년이라고 하면 처음으로 『고사기』가 출판된 간몬(寛文) 8년보다 16년이나 이전입니다. 또 조선의 사절을 일대의 학자나 문인으로 우러러보아, 문사들은 그들과 교제를 가져 시문을 함께 짓는 것을 기쁜 일로 여겼습니다. 이에 만났을 때의 필담이나, 또는 주고받은 문건 등을 정성들여 책으로 만들고 출판한 것이 많이 있습니다. 이들과 관련된 일에도 여러 가지 이야깃거리가 있습니다만 생략하도록 하겠습니다.

여기서 다시 거슬러 올라가, 도요토미 시대에는 유명한 분로쿠(文綠) · 게이쵸(慶長)의 역(役)이란 매우 큰 일이 있었습니다. 더욱이 침입군 혹은 포로가 되어 양국인과 양국 문화의 비정상적 관계가 매우 심각했습니다. 한편 기독교를 중심으로 한 사상 및 문학상의 새로운 천지도 열려서, 조선과 일본의 관계에 다시 남만(南蠻)의 요소를 더한 재미있는 이국정조(Exoticism)의 교착이 문학에 나타나고 있습니다. 그러나 이 방면의 것도 여기서는 제외하기로 하겠습니다.

이보다 이전인 아시카가(足利) 시대(1333-1572)에는 이쪽에서 말하는 이른바 왜구를 중심으로 하여, 여기서 더 거슬러 올라가 가마쿠라(鎌倉) 시대에는 일본에서 말하는 이른바 원구(元寇)를 중심으로 하여, 양국 사이에 여러 가지 분규가 있었습니다. 이에 그때의 시대 심리를 표현한 문학들도 꽤 재미있는 것이 있습니다. 『태평기(太平記)』 · 『신황정통기(神皇正統記)』 · 오산문학(五山文學)이나, 이치렌(日蓮)의 신종교 중에도 반도의 영향을 적지 않게 찾아볼 수 있는데, 이들 논의를 요하는 부분은 건드리지 않기로 하겠습니다.

흥미 중심으로 무로마치(室町) 시대와 카마쿠라 시대의 문학적 특징을 본다면, 그것은 민담 · 동화의 성립, 또는 발전이라 할 수 있습니다. 고래로 민간에 행해지고 있는 모든 종류의 이야기를 모아 놓은 것으로는 가마쿠라 시대의 『십훈초(十訓抄)』 · 『고금저문집(古今著聞集)』 같은 것이 있습니다. 이러한 오랜 전설을 발전시켜서 어른 대상으로 한 동화라고도 할 수 있도록 만들어 놓은 것은 『증아물어(曾我物語)』 · 『몽환물어(夢幻物語)』 · 『천지언물어(天稚彦物語)』 · 『포도태랑(浦島太郎)』 · 『합초자(蛤草子)』 · 『호초자(狐草子)』 · 『아로합전물어(鴉鷺合戰物語)』 · 『가자시노히메기미(カザシの姫君)』 · 『범천국

(梵天國)』·『백합약대신(百合若大臣)』 등과 같은, 이른바 후세의 '어가 초자(御伽草子)'[9]가 같은 것이 있습니다.

또 아시카가 시대의 신문학 형식인 가요 곡 중에도 민간에서 전승된 것을 종자로 한 것이 많음은 아시는 바와 같습니다. 이들 이야기는 새로운 나라 · 헤이안 시대, 이른바 왕조 시대의 전통을 계승하고 있는 것입니다. 이 가요 곡들이 소리 없이 흘러 세계의 구석구석에 스며들어가 설화 전파의 대조류에 부딪친 것으로, 이는 다만 일본 문학의 사실뿐만이 아니라, 조선과 일본의 사이에 문학적 교보의 자료로서 뿐만 아니라, 전설을 중심으로 하는 세계 문화사의 일부분으로 보아도 실로 매우 깊은 흥미를 느끼게 합니다.

가곡의 종류로 말해 보자면, 그 적합한 예로 「우의(羽衣)」니 「송산경(松山鏡)」이니 하는 것들을 들 수 있습니다. 그러나 동화에 있어서의 조선과 일본은 그 접근해 있는 정도가 너무나 깊어서 이것을 면밀하고도 투철하게 조사해 나가면, 어느 것이나 마지막에 가서는 특별한 특징이 없어지고 다만 말을 달리한 동일한 동화라는 느낌에 도달할 뿐입니다. 그러므로 어느 것을 말씀드려야 재미있을까 하는 생각이 들어 망설여지기도 합니다. 편의상 마금(馬琴)의 『연석잡지(燕石襍志)』에 동화라고 제목이 되어 있고, 그 출처가 고증한 다섯 가지 이야기에 대해 생각해 보아도 『원해합전(猿蟹合戰)』이건 『도태랑(桃太郎)』이건 『설절작(舌切雀)』이건 『화소옹(花咲翁)』이건 『토끼의 공(功)』(カチカチ山)이건, 그와 흡사한 민간 전설이 조선에도 있고 또한 같은 이야기에라도 여러 개로 변형된 것을 가지고 있습니다.

『도태랑』은 내용이 적극적이고 무용담이면서 성공담이기에 일

---

9 무로마치(室町) 시대부터 에도(江戶) 시대 초기에 걸쳐 만들어진 아녀자와 노인을 위한 소박한 단편 소설을 총칭한다.

본 동화 중의 동화로 하나의 자랑거리로도 되어 있습니다. 이것이 조선에서는 예(濊)나라의 여도령(黎道令), 신라의 도선(道詵)이라는 사람에 관련시켜 이야기되고 있고, 오랜 옛날 중국에 전해진 고구려의 동명왕이며, 일본에 전하는 신라의 천일모(天日矛) 왕자의 전설과도 연관을 가지고 있는 것입니다. 남중국에도 오래된 이런 종류의 동화를 가지고 있습니다.

『설절작』은 조선의 대표적 동화인 『흥부전』과 똑같은 내용이고, 더욱이 이런 종류의 동화는 몽고에서도 발견됩니다. 『원해합전』은 조선에서는 콩 따는 노파와 호랑이 이야기로 알려져 있는데, 이런 종류의 동화는 그림 동화에도, 인도네시아 토착 민족의 전설에서도 발견됩니다. 이밖에 원숭이의 생간, 시집가는 쥐 등의 이야기는 인도에서 기원한 이야기며, 『백합약대신』은 말을 하고 구덩이에 무엇을 묻는 이야기와 같은 그리스 기원의 이야기로, 세계를 배경으로 하는 조선·일본의 동화의 연속과 단절 면모를 살펴보는 것은 꽤 재미있는 것이 있습니다만, 이쯤 해 두기로 합니다.

이제 좀 더 거슬러 올라가서, 헤이안 시대의 시대색과 사회상이 취지를 점차 달리하여 그것이 그대로 조선에 접근해 왔음을 깨닫게 됩니다. 일본의 풍속과 중국 문화의 교착, 신도(神道)와 불교의 뒤섞임, 태평에 젖은 민심과 유락에 빠진 특권 계급의 난숙한 생활 등등 어느 것이든 동일한 사정 아래에 있었던 신라와 고려의 어떤 시기를 눈앞에 방불케 합니다.

이 시대를 대표하는 『원씨물어(源氏物語)』에 그려져 있는 시대의 공기와 생활양식은 특정 시기의 일본 세상이 아니라, 그대로 동시대에 있어서의 반도의 세상을 보여주는 듯한 감이 듭니다. 불행하게도 반도에는 무라사키 시키부만큼 재주 있는 사람이 태어나지 못하여 『원씨물어』만큼 자랑할 만한 작품을 남겨 놓지는 못했습니다. 하지만 다행히 같은 시대의 사회 생활 인정 중심의 생활 형태를 전하는 문학이 있었더라면, 동양의 문학은 또 하나의 『원씨물어』로 장식되었으리라 생각합니다. 시험 삼아 『원씨물어』를 들추어 보면, 개권 첫머리 동호(桐壺)의 부분은 다음과 같습니다.

그때의 임금이, 신분은 높지 않지만 총애가 대단한 여관(女官)의 몸에서 옥 같은 왕자를 낳았다. 태자로 삼고 싶었지만 권세가를 배경으로 한 첫 번째 왕자가 마음에 걸려 어떻게 하면 좋을까 하고 고민으로 날을 보냈다. 모든 사람의 시기를 품고 있어 왕자의 신명을 보전하게 하려면 아무래도 그를 신민이란 신분으로 내려 두는 것이 좋을 것 같았다. 그러나 욕심 때문에 쉽사리 결정을 내리지 못했는데, 임금으로 하여금 만사를 제쳐놓고 이것을 결행하게 하는 의외의 일이 있었다.
마침 당시 고려에서 사신이 와 있었는데, 이들 중에 용한 관상가가 있다는 말을 듣고 두 번째 왕자를 보통 사람 차림으로 꾸며 가지고 몰래 사신들이 있는 곳으로 보내서 상에 나타나는 운명을 판단해 보게 했다. 그랬더니 관상가는 깜짝 놀라서 몇 번이고 고개를 갸우뚱거리며 이상하게 생각하고 말했다. "나라의 어버이가 되어 제왕이라는 무상의 지위에 오를 관상이오만, 그 제왕이라는 면에서 본다면 분란이 일어나서 걱정되는 일이 있을는지도 모르겠소. 또 조정의 주석으로서 천하의 정무를 도와간다는 면에서 본다면 이 상을 다른 방면으로 판단해야 하오."했다. 임금은 이 말을 듣고 자기의 생각이 틀린 것이 아님을 내심 기뻐하고, 단연 결의하고 왕자를 신하의 열에 내려서 원씨(源氏)의 성을 주었다.

여기서 말한 고려는 실은 발해(渤海)일 것입니다. 고려는 이미 멸망한 뒤였습니다. 또 발해 관상가가 일본에 가서 신기한 예언을 했는데 적중했다는 이야기는 다른 문헌에서도 흔히 볼 수 있습니다. 이것이 일본 고대 문학의 황금탑이요, 동양 소설사상 최대 최장의 작품이며 애욕의 열탕 위에 떠오른 고대 귀족 생활의 네온사인인 『원씨물어』의 출발점입니다. 이 스타트를 끊게 한 이가 다른 아님 고려의 관상가였던 것입니다. 이하 54권 사이에 근심을 풀고 흥을 돋움에는 고려의 □□이 있고, 오뇌의 노래를 적고 그리워하는 글을 써서 보내는 데는 고려의 호도 색깔 종이가 있고, 살풀이에는 백제 전래의 금강자(金剛子) 염주, 연회에는 고려의 푸른 바탕 비단이 있는 등 『원씨물어』의 생활에 파고 들어가 있는 반도의 전통은 꽤 심후한 것이었습니다.

한편 고려라고도 백제라고도 내세우지는 않았지만, 『원씨물어』에 나타난 헤이안 왕조 귀족의 생활 의식인 각종의 연회라든지 탐운(探韻) · 운새(韻塞) · 바둑 · 쌍육(雙六) · 선락(船樂) · 조락(鳥樂) · 타구(打毬) 등과 같은 것이며, 그것을 향락의 재료로 삼는 그들의 생활 실제를 내면적으로 생각해 보면 물질보다 더 반도적인 것으로서, 중국과 유사한 당시의 문화 생활을 의미하는 것입니다. 그렇기 때문에 우리가 마음을 은근히 하여 『원씨물어』를 읽으면 문헌과 유적이 적은 반도 고대의 어떤 생활양식이 역력히 눈앞에 나타나서 일종의 믿음직스러운 기분이 들곤 하기도 합니다.

좀 방향을 바꾸어 헤이안 시대의 풍속을 조선 현재의 생활양식과 비교해보면 그간의 소식이 한층 더 잘 이해될 것이라고 생각합니다. 첫째로 의복부터 말씀드리면, 조선인을 또한 백의의 민족이라고도 함과 같이, 흰옷을 입는 것인 조선 특유의 것인 것 같은 생각이 듭니다. 그러나 『원씨물어』도 '흰옷'(白き衣)이라는 문구가 군데군데 보이는 것처럼, 헤이안 시대에 일본에도 백의를 숭상하는 풍습이 있었습니다.

오늘날 조선옷과 일본옷과의 현저한 차이는 조선옷이 상의와 하의, 즉 고(袴: 바지)로 나뉘어져 있음에 비해, 일본옷은 내리닫이로 되어 있는 것이 특징인데, 일본에서도 헤이안 시대에는 상의와 하

의의 구별이 있어서 남녀가 다 고를 입었던 것입니다. 더욱이 여자의 저고리는 소매가 좁고, 아랫도리에는 상군(裳裙)·고(袴) 등을 겹쳐 입고, 예복으로 갖춘 차림에는 당의(唐衣; カラギヌ)를 착용함이 대체로 조선 여자들의 풍속과 비슷합니다.

부녀자의 고를 폐지하고, 남자가 아래 위를 하나로 입게 된 것은 무가(武家) 시대 이후의 일입니다. 시방은 조선에서도 이 시대의 풍조가 밀려와 여자가 외출할 때 얼굴을 가리는 '장옷'이라는 것이 거의 없어졌습니다만, 일본은 헤이안 시대에도 여자가 밖에 나오려면 피의(被衣)라는 것을 뒤집어썼습니다. 더욱이 머리 위에 시녀립(市女笠)을 쓴 것은(이것을 壺裝束이라고 했습니다), 조선의 여자가 옛날 외출할 때 전립(氈笠) 또는 전모(氈帽)를 썼던 것과 유사한데, 이는 도쿠가와 시대의 초기까지는 행해졌습니다. 조선의 남자가 갓을 쓰고 실내에서도 벗지 않는 것은 익숙하지 못한 사람에게는 좀 이상하게도 보일 것입니다만, 헤이안 시대에는 조선과 마찬가지로 남자가 일반으로 조모자(鳥帽子)라든지 두건과 같은 관물(冠物)을 쓰고 자리에 앉아서도 벗지 않았습니다.

음식으로는 사슴·돼지새끼·닭·오리 등 새와 짐승 종류의 음식을 좋아하였습니다. 주거에는 대문(大門)과 중문(中門)으로 된 구조에 중정(中庭)·내방(內房)·외사(外舍; 침전)·행랑(行廊)으로 구별되었고, 이것을 축지(築地)의 담으로 둘러쌌는데, 이른바 침전조(寝殿造)에 대한 서원조(書院造)는 무가 시대에 송나라에서 유입한 불교 사원의 건축 양식이 차차 일반으로 퍼지게 된 결과입니다. 식사 풍습을 보더라도, 헤이안 시대에는 지금과 같이 밥그릇(밥공기)을 바꾸는 일 없이 조선에서와 마찬가지로 한 그릇 가득 담아서 대반 또는 쟁반 위에 갖가지 반찬과 함께 올려놓은 것을 적당히 먹고 남겨놓는 풍습이었습니다.

그밖에 인생 일대의 모든 의식이며 연중행사 등에도 양쪽이 일치하는 것이 많고, 조선과 일본에는 각각 실제 행위는 있으나 의미를 잃어버린 것이 서로 다른 한쪽에 전해지고 있음으로써, 이것을 밝힐 수 있는 것도 있음도 매우 흥미 있는 사실입니다. 예를 들어서 반도의 민간에 아직도 행해지고 있는 답교(踏橋)란 다리 밟기의 풍속과 같은 것, 곧 정월 14~15일에 걸쳐 남녀가 떼를 지어 대로를 걸어 다니는 것이 있습니다.

그런데 그 유래가 분명치 않으나 언제부터인지 이것은 조선어로 교(橋)도 다리, 각(脚)도 다리라고 하는 데서, 다리(橋)를 건너다녀 일년 중 다리(脚)의 병을 물리친다는 속설이 생겼습니다. 그런데 내가 헤이안 시대의 풍습을 조사해 보고 알게 된 바로는, 조선의 답교라는 것이 실은 답가(踏歌)의 변형인 듯하다는 것입니다.

중국에서는 오랜 옛날부터 답가(踏歌)라는 것이 있었는데, 당나라 때에는 5월 15일 전후의 밤에 큰길에 등 기둥을 세우기도 하고, 집집마다 등을 달기도 하여, 이른바 등절을 개최하였습니다. 이것을 구경하는 사람들이 노래를 부르면서 한길을 걸어 다니는 것을 답가라고 하였습니다. 이는 매우 성대한 연중행사였습니다. 문화에 있어서 당의 장안(長安)의 연장이라고도 할 수 있는 것이 신라와 일본에 어느 사이에 전해진 듯합니다.

조선에서는 등절(燈節)과 답가가 다 행해지고, 일본에서는 답가만이 지토 천황(持統天皇) 때부터 행해졌습니다. 그러나 일본에서는 등절이 수반되지 않았기 때문에, 궁정의 한 의식처럼 되어 버려 목소리가 아름답고 노래를 잘 부르는 도성 사람을 뽑아서 남자가 14일(혹은 15일)은 노래하고, 16일은 궁중에 들어가 축가를 부르고 춤을 추면서 궁전과 궁전과의 사이를 줄지어 걸어 다니게 하는 것으로 되었습니다. 헤이안 시대에 많은 행사 중에서도 이 답가가 가장 화려한 것으로서, 온 가족이 함께 즐기는 일대 향악이었습니다. 이는 『원씨물어』에도 열 군데나 나타나 있습니다.

내가 보는 바로는 조선의 답교는 이 답가의 유풍으로서, 본래의 의미를 잊은 뒤에도 유사한 어형으로 원래 '다리 건너기'라고 하는 다른 계열의 습속과 결부되어, 오늘날 답교(踏橋) 즉 '다리 밟기'라는 새로운 말을 낳았을 것이라고 대강 상상할 수 있습니다.

더욱 재미있는 것은 답가의 곡 끝에는 반드시 '만년아라레(萬年アラレ)'라는 말을 연거푸 부르는 데서 답가를 일명 '아라레바시리(アラレバシリ)'라고도 했는데, 이 '아라레(アラレ)'라는 것이 조선 민요의 대표적인 것으로 여겨지고 있는 '아리랑'과 무슨 관련이 있지 않을까 하는 점입니다.

이 '아라레(アラレ)'에 대한 종래의 해석은 '아라쇼(アラショ)', 즉 '곧 그렇게 되어지이다'라는 의미라고 하는데 그러한 축의를 이 곡에만 붙인다는 것도 좀 무엇하므로, 무엇인가 다른 유래를 가진 경사스러운 말 또는 비슷한 악곡의 기분을 나타내는 말로서 조선의 '아리랑'과 기원을 같이 하는 말이라고 생각됩니다. 만약 이것이 사실이라고 하면 조선에서 지금도 행해지고 있는 '아리랑'이 옛날 헤이안 시대 사람도 입에 담던 문구라고 할 수 있으니 참으로 재미있지 않습니까?

이처럼 풍습을 하나로 하고 감정을 하나로 하고, 게다가 중국 본위의 같은 문학적 동경을 가지고, 신도와 불교가 뒤섞인 것 같은 비슷한 신앙을 서로 가지고 있었던 일 등을 생각해 본다면, 헤이안 시대 생활에서 조선색이 농후하게 나타나고 있음은 우연이 아니라는 걸 깨달을 것입니다. 일본의 어느 유명한 역사가가 조선의 풍속을 보고 헤이안 시대의 시대적 상황을 그림처럼 눈앞에 펼쳐놓은 것 같다고 한 것은 옳은 말이라고 생각합니다.

이것을 좀 더 위쪽의 시대로 끌어 올려서 『금석물어(今昔物語)』 내지 『일본영이기(日本靈異記)』『제국풍상기(諸國風上記)』 등에 전개되어 있는 전설의 세계를 들여다보고 『만엽집(萬葉集)』에 담겨 있는 정감의 세계를 검토해 본다면 어떠하겠습니까? 말만은 다릅니다. 표현의 형식에 약간의 차이가 없는 것도 아닙니다. 또한 지금 전해지고 있는 그에 관한 문헌의 분량에는 현격한 차이가 있습니다. 그러나 현재 조선쪽에 남아 있는 약간의 자료에 대해 생각해보건대, 그것들을 구성하고 있는 사상의 기조라든지 사회의 배경 등이 동일하여 큰 차이가 없음을 인정하게 됩니다.

다시 한걸음 내켜서 『고사기』 내지 『일본서기』 등에 우뚝 빼어나 있는 신화의 가장자리로 올라가 보면, 거기에는 이미 조선이 어떻다니, 일본이 어떻다니 하는 간격이나 가로막힘이 없어져 버리고 오랜 옛날 동북아시아 일대의 공통된 사상의 빛이며 생활의 퇴적뿐임을 보게 됩니다.

『고사기』의 신화 같은 것은 물론 일본의 독특한 건국 설화로, 고래 일본 국민들 사이에 이야기되어 전해 내려온 것임에 틀림없습니다만, 어찌 뜻하였으랴, 오호쿠니누시노카미(大國主神) 이야기에 딸려 있는 이나바(因幡)[10]의 토끼도, 스사노오노미코토(素戔嗚命)에서 설명되고 있는 팔기(八岐)의 큰 뱀도, 야마토(大和)의 가시하라(橿原)도, 다카치호(高千穂)의 환촉봉(槵觸峰)도, 어느 것이나 다 일본만의 것이 아니라 조선의 것이요, 내지는 북쪽으로 또는 서쪽으로 펼쳐져 나가는 광대한 범위의 공통 신화인 것입니다. 조선도 일본도 초월한, 아니 조선도 일본도 포괄한 천국이라고도 할 광대한 세계가 우리들 앞에 전개될 뿐입니다. 시간 관계상 이들에 관한 예증을 자세히 말씀드릴 수 없음을 유감스럽게 생각합니다.

이상 띄엄띄엄 말씀드린 것은 정(情)을 연줄로 하는 문학 세계에 있어서 조선과 일본이 어떻게 수천 년에 걸쳐 심밀한 관계를 가지고 있는가를 개괄적으로 살펴 본 것입니다. 마치 부채의 살을 활짝

---

10 일본 옛 지방 이름으로, 지금의 돗토리 현(鳥取縣) 동부 지역을 일컫는다.

편 끝에서부터 부채 사북 쪽으로 더듬어 올라가는 것과 같이 상대로 거슬러 올라가면 올라갈수록 차차 간격이 좁아져서, 마지막에는 피아의 구별이 없어지는 근본에 도달함을 말씀드린 것입니다.

말하는 순서로 따진다면, 이것들을 뭉뚱그려서 이유를 분명히 밝히고 그 의의를 찾아내야할 것입니다. 그러나 이런 까다로운 일은 다른 기회로 미루는 것이 좋겠습니다. 다만 고대에 있어서의 신화 전설이 일치하는 이유에 대해 세간에는 일본과 조선이 동일 민족에 속하기 때문이라고 설명하려고 하는 사람이 있으나, 이와 같은 중대한 사항은 그렇게 쉽사리 단언할 수 없는 것이므로, 무슨 목적을 위해 한다면 몰라도, 학자로서 경솔한 말은 삼가야 할 것입니다.

그러면 실제로 일치하는 점이 많은 또는 완전한 일치를 보이고 있는 양국민의 고대 문화상은 어떻게 설명할 것인가. 나는 이에 대해 문화적 원천을 함께 공유하기 때문이라고 우선 대답하고 싶습니다. 일본은 그 민족과 마찬가지로, 일본 고유의 것이 아니라, 그 거의 전부를 대륙 방면에서 받았고, 그것을 운반하고 심고 가꾸고 하는 역할을 한 것이 이 반도입니다.

일본의 오랜 역사에 의하면 집 짓는 법, 배 만드는 법, 옷감 짜는 법, 쇠를 불리는 법, 그릇 굽는 법, 옷 깁는 법, 술 간장 담그는 법, 누에 치는 법, 방아 찧는 법 등 일상 백반의 것을 비롯하여, 크게는 문학 예술, 진보한 윤리 종교 등의 문화적 가치는 모두 조선 반도에서 유입된 것으로 되어 있습니다. 심지어 추진도(秋津島)를 푸르게 채색한 갖가지 나무 종자까지도 여기서 가져간 것입니다. 이와 같은 보물을 운반해 가기 위해 처음으로 배를 만들었다고 하고, 일본 국토의 모자라는 부분에는 조선 반도에서 남는 부분을 떼어다가 붙였다는 전설이 있을 정도입니다.

그러므로 일본 신화에 나타나는 조선 반도는 보물의 나라요, 어머니의 나라요, 근본의 나라요, 영원의 나라인 것입니다. 이것은 물론 신화와 전설입니다만, 이와 같은 신화 전설이 아무런 까닭 없이 이루어지는 것이 아닙니다. 말하자면 원시의 일본이 모든 문화를 반도에서 얻어간 사실에 대한 고대 일본인의 기억과 감사가 설화적으로 결정된 것일 따름입니다.

반도의 문화가 당시의 일본인에게 어떠한 의미로 받아들여졌는가를 엿보기 위하여 이러한 일례를 말씀드리면 되겠습니다. 『부상약기(扶桑略記)』라는 오래된 역사책에 씌어 있는 것인데, 스이코 천황(推古天皇) 원년 정월에 당시 진보파의 수령인 소아대신(蘇我大臣) 마자숙녜(馬子宿禰)가 □□의 청원에 따라 아스카(飛鳥) 땅에 법흥사(法興寺)를 지었는데, 찰주(刹柱)[11]를 세우는 날, 대신 마자숙녜(馬子宿禰)를 비롯하여 참여자 백여 인이 백제 옷을 입고 구경하는 사람들이 모두 기뻐했다고 했습니다. 이것은 일본인이 외국의 복장을 한 시초라 하는 유명한 사실인데, 백제의 옷은 당시의 사람들에게는 근세인의 양복과 같은 것이었습니다. 따라서 모처럼의 의식에서 그것을 모두 갖추어 입었습니다. 무엇보다도 인기를 끄는 데 효과적이었던 것입니다.

이것은 복장에 대한 일례에 지나지 않습니다만, 적어도 아스카 시대에는 건축이라든지 기구를 비롯하여, 모든 기술적인 것은 다 반도의 것이 비상한 숭상을 받아 이른바 한족(韓族) 양식·백제 양식 등이 물건의 가치를 규정하는 표준이었습니다. 이와 같이 고대의 일본이 조선 반도를 문화의 모국으로 하였음은 확고한 사실입니다.

한편 일본의 고대 야마토 시대로부터 아스카·나라 시대에 걸쳐

---

11 큰 절 앞에 세우는 깃대와 비슷한 물건. 나무나 쇠로 만드는 데, 도덕이 높은 승려를 널리 알리기 위하여 세웠다.

반도 민족의 일본 이주가 갖가지 기록으로 볼 수 있는 바처럼 예상 이상으로 많았고, 이들은 대개 문화적 우월자로서 조정을 비롯하여 일반 인민으로부터 큰 존경을 받고 최고의 대우를 받아 사회적 지위와 세력이 매우 컸습니다.

예를 들면 일본 고대 문화의 황금 시대인 스이코 시대, 특히 쇼토쿠 태자(聖德太子)의 위업과 같은 것도 실은 반도 사람을 배경으로 하고 또 중심으로 하여 이루어진 것입니다. 동시에 그들의 여성은 일종의 자랑으로서 일본 본토인에게 맞아들여져서 그들의 문화를 일본 생활에 깊이 뿌리박은 기회를 이루었고, 진구 황후(神功皇后)며 간무 천황(桓武天皇)과 같은 일천만승(一天萬乘)의 현인신(現人神)도 반도인의 혈통에서 나오는 이가 있게 되어, 당시에 그들의 권위가 대략 상상이 됩니다.

그들이 가지고 있는 다른 문화와 마찬가지로 그들의 신화 · 전설이 일본인에게 애용되고 신념이 되어 왔음은 자연스러운 것이라 볼 것입니다. 또 한편으로는 문학을 기록하는 기술 같은 것도 3세기경 백제인을 통한 수입이 있고 부터, 근 5~ 6세기 동안 문서 기록의 직분에 있는 이가 반도인 또는 그 자손이었습니다. 일본의 고대 역사가 의거한 자료는 반도로부터의 이주민의 손에 만들어졌음을 생각하면, 일본 고대의 신화 · 전설에 조선 냄새가 농후한 까닭을 대략 상상할 수 있습니다. 현재 『일본서기』와 그 밖에, 조선에는 이름도 전하지 않는 고려인 · 백제인의 저술도 몇 가지 인용되어 있습니다.

한편 아스카 시대의 불교는 물론, 이른바 나라 시대 여섯 종파[12]에 이르기까지 일본 불교에 있어서 교화의 주임이 역시 반도 승려

---

12 나라 시대에 성행했던 화종엄 · 율종 · 삼론종 · 법상종 · 성실종 · 구사종 등 여섯 종파를 이른다.

였음을 생각하면, 반도계의 오랜 설화가 그들의 포교 방편으로도 얼마나 깊이 사람들의 마음속 깊숙이 스며들어 갔을까를 생각하게 합니다. 이것을 뒤집어서 일본에도 반도에서 와 있던 사람이 많았음과, 그들 중에는 반도인을 아내로 삼아서 앞서는 백제의 뒤에는 신라의 서울에 발꿈치를 이어 이르렀음 등을 볼 때도, 반도 문화가 일본에 흘러들어가는 중대한 기회였을 것입니다.

이것을 가요로 말하면 단순한 감정과 소박한 말밖에 가지고 있지 않았던 고대의 일본인에게 섬세한 마음과 그것을 나타내는 아름다운 말을 늘어놓은 법을 가르쳐 준 것은 역시 반도인이었습니다. 같은 정과 경치를 나타내는 데 있어서도 "참으로 멋진 낭군이십니다, 참으로 아름다운 낭자로다" 정도의 표현이 "갈대밭 속의 허술한 오두막집에, 풀로 짠 멍석을 깨끗하고 상큼하게 깔고 우리 두 사람은 잤도다"가 되고, 더 나아가 "죄를 용서받고 돌아온 사람이 수도에 도착했다고 들었기 때문에 너무나 기쁜 나머지 자칫하면 죽을 뻔 했지요. 당신인가 생각해서"라는 식으로까지 밀고 나갈 수 있었던 것은 반도인 및 반도문화의 도움이 많았음을 생각하지 않으면 안 됩니다.

일본에 중국 문학을 전하여 글(文)의 수장, 곧 서기관장(書記官長)의 직분을 세습하게 되었다는 왕인(王仁)이 동시에 "나니와즈(難波津)에 이 꽃이 피었다오. 겨울에 틀어박혀 있던 꽃이 드디어 봄이라고 이 꽃이 피었다오"의 작자로, 와카(和歌)의 신으로 숭배되는 것도 물론 우연한 일이 아닙니다. 이로써 일본 고문학에 대한 반도인의 지위를 상징할 수 있다고 생각합니다.

일본 신전(神典) 중의 성애적 문학
- 생식의 일을 당당히 드러내놓고 말하였다

오늘날 문명국가들 중에 생식기 숭배의 유풍이 가장 많이 남아 있는 것으로 유명한 나라는 일본이다. 일본의 고대 역사 및 신화가 국토의 생성 및 만물의 기원에 관해 모두 생식 작용으로 설명하는 것으로 보아 그 유래가 아주 오래되었으며 의미 또한 깊고 중요함을 알 수 있다.

『고사기』는 지금으로부터 약 1,200년 전(서기 812년)의 왕의 칙명으로 편찬된 책이다. 일본의 고대 전설을 비교적 충실하게 기록으로 전한 것이라 하여 가장 중요한 역사 서적으로 치는 것인데, 한편으로는 신도(神道) 숭배자들에게 경전으로도 존숭되는 대단한 책이다.

『고사기』는 책 첫머리부터 에로틱한 색채가 농후한 특색을 갖고 있다. 우선 우주의 창시와 관련하여서는 "천지가 처음으로 나타나 움직이기 시작했을 때에, 천상계에 생긴 신은 아메노미나가누시노카미(天之中主神)·다카미무스비노카미(高産靈神)·가미무스히노카미(神産巢日神)이니, 이렇게 삼위 신은 단독 신으로서 몸을 감추었

* 이 글은 1929년 2월 『괴기』 제2호에 발표되었다.

다." 하고, 그로부터 천지가 차례로 형성되었다고 한다. 여기서 '중주(中主)'는 생식기를 가리키고, '산령(産靈)'은 그 작용으로 보는 것이 학자들의 통설이다.

아메노미나가누시노카미로부터 여러 대를 지내고 나서 이자나키(伊邪那岐)·이자나미(伊邪邪美)라는 남매 신이 태어남에 이르러 일본 국가의 생성을 말하는데, "여러 천신들이 이자나키와 이자나미 두 신에서 떠다니는 국토를 수리하여 정리하게 하면서 옥으로 장식한 창을 하사하니, 이 두 신이 부교(浮橋)에 서서 창으로 휘젓다가 뽑아내자 그 창끝으로 바닷물이 떨어지면서 방울이 엉켜 저절로 굳어져 섬이 되었다."고 한다. 그런데 이것은 생식 행위를 결실을 서술한 것임을 얼른 알 수 있다.

다시 한 발 더 나아가면, "두 신이 섬 위에 강림하여 하늘 기둥으로 큰 궁전을 세우고 지내는데, 이자나키(오빠)가 아자나미(동생)에게 '네 몸은 어떻게 생겼는가?'라고 묻자, 동생의 대답이 '내 몸은 생기다 생기다 아물지 아니한 데가 한 군데 있소.'라고 하였다. 이자나키 신이 이르길, '내 몸은 생기다 생기다 너무 생긴 데가 한 군데 있으니, 내 몸의 남는 것을 네 몸의 아물지 못한 곳에 틀어막아서 국토를 출산해 보는 게 어떠한가?' 라고 하였다. 이자나미 신이 '그것이 좋겠소.' 라고 하여, 이자나키 신이 '그러면 나하고 너하고 이 하늘 기둥을 끼고 돌면서 미토노마구하히(ミトノマグハヒ)를 하자.' 하고, '너는 오른쪽으로 돌아오너라. 나는 왼쪽으로 돌아가서 만나마.' 라고 하며 그렇게 하다가 이자나미 신이 먼저 '에구 좋아라! 예쁜 서방님이야!'라고 하니, 뒤에 이자나키 신이 '에구 좋아라! 예쁜 색시야!'라 하였다. 서로 이 말을 마치자 그 누이동생에게 '여자가 먼저 말을 하여 불길한 걸.'이라 하였다. 그러나 침소에 들어가서 (병신)아들을 낳으니, 이 아들을 갈대로 만든 배에 태워 물에 띄워 보냈다."고 한다.

이런 이유로 이번에는 고쳐서 혼인을 하니 이번에는 남편이 먼저 말을 붙이고 그 결과로 여덟 개의 섬을 낳아 사람과 비슷한 이름을 지으니, 여기서 비로소 일본의 국토가 성립되었다고 말한다. '미토노마구하히(ミトノマグハヒ)'는 성교를 이르는 말이다. 기둥을 끼고 돈다는 것이 대개 고대의 혼례일 듯하다. 하여간 사설이 성적으로 어떻게 생겨나는지 흥미 있게 볼 것이다.

일본의 신화는 여기에서부터 산천초목과 날마다 쓰는 온갖 물건과 자연 현상을 관장하는 온갖 신 등을 모두 이자나키와 이자나미 두 신이 생식적으로 출산하였음을 말하는데, 그 중에는 이러한 사설도 있다. 이자나미신이 불의 신 히노야기하야오노카미(ヒノヤギハヤオノカミ), 일명 히노카카비코노카미(ヒノカカビユノカミ), 또 다른 이름 히노카구쯔찌노카미(ヒノカグヅチノカミ)를 낳는 대목이다.

이 신을 낳다가 미호토(ミホト)를 데어서 아파 누워 있었다. 이때 구토를 하자 거기서 금산신(金山神) 내외가 생기고, 그 다음으로 똥에서 식녀신(埴女神) 내외가 생기고, 그 다음에는 오줌에서 관개신(灌漑神)이 생기고, 또 생육신(生育神)과 식물신(食物神) 등이 나왔다. 이자나미신은 불의 신에게 덴 곳이 덧나서 죽고 말았다.

호토(ホト)는 여자 생식기를 가리킨다. 앞에 붙은 미(ミ)는 존칭의 의미다. 만물을 생성한 신이 불의 신에게 피해를 입었다는 뜻은 무엇이든지 간에, 그 사인은 호토(ホト)를 다친 데 있었다 하여 이를 주의할 것이다. 또 이자나(伊邪那)라는 단어는 '꾀어내다'는 뜻을 갖고 있다. 그런데 마구하히(マグハヒ)든 호토(ホト)든 지금 같으면 입에도 바로 올리지 못하게 된 말이지만, 『고사기』를 찬술하던 시대만 하더라도 이러한 존엄한 문자에 이것을 그대로 막 써서 아무 수식을 더할 필요가 없었던 것이다.

또 이자나미신이 음부를 불에 데이고 죽은 뒤에, 이자나키신이 그를 그리워하여 저승으로 찾아가지만 그곳에서 더러운 꼴을 보고 다시 인간으로 돌아와 온몸을 깨끗이 씻는 중에 여러 신이 생겨난다. 이자나키신의 왼쪽 눈에서 아마테라스오미카미(天照大神), 오른쪽 눈에서 츠쿠요미노미코토(月夜見神), 코에서 스사노오노미코토(素戔嗚神)가 생겨났다. 그중에서도 스사노오노미코토는 인간계를 다스리는데, 성품과 행동이 난폭하여 가끔 천상으로 올라와 아마테라스오미카미 등을 성가시게 굴었다.

아마테라스오미카미가 견디다 못하여 석굴로 은신하고 지게를 꽉 닫아 국토가 그만 암흑과 소란에 잠기는 변이 생겼다. 이에 천상의 팔백만 신이 심히 우려하여 어떻게든지 아마테라스오미카미를 끌어낼 모책을 세우는데, 야단법석으로 석굴 앞에 춤과 음악을 설비하였다. 그리고 댄싱 걸로 선발된 아메노우즈메(天宇受女)에 관한 다음과 같은 대목이 있다.

칡덩굴로 옷을 젖혀 매고, 담장이 덩굴로 머리 끈을 만들어 쓰고, 산에서 나는 대나무 잎을 묶어서 손에 들고 빈 통을 엎어놓고 발로 쾅쾅 구르며 신이 나서 춤을 추는데, 젖통이는 벌렁벌렁하고 치마끈이 음부에 드레드레하니, 아마테라스오미카미가 이를 보고 천상이 들썩거리도록 크게 웃었다. 그러고 나서 아마테라스오미카미가 세상이 깜깜할 터인데 무슨 재미있는 놀이들을 하냐고 하며, 석굴의 지게를 방긋이 열고 내다보는 것을 힘센 신이 달려들어 문을 잡아 젖히면서 아마테라스오미카미를 끌어내니 천하가 다시 광명을 찾았다.

이 신화가 뜻하는 바를 여러 방면으로 관찰할 수 있는데, 여기서는 다만 그 음부 위주의 춤과 노래가 얼마나 신성하고 미묘한가 하는 점을 솔직하게 서술한 것에 초점을 맞추고자 한다. 스사노오

노미코토는 생식신의 일면을 갖고 있는지 그와 관계된 설화에는 흔하게 성기가 강화 요소로 나옴을 볼 수 있다. 스사노오노미코토가 식물신인 오호게츠히메(オホゲツヒメ)를 만났을 때의 장면은 다음과 같다.

　　오호게츠히메신에게 먹을 것을 달라고 하니, 코와 입, 엉덩이에서 여러 가지 맛난 것을 끄집어내서 음식을 내놓았다. 스사노오노미코토는 그 꼴을 보고 더러운 음식으로 대접한다 하여 그만 오호게츠히메를 죽여 버렸다. 그랬더니 죽은 이의 머리에서 누에가, 양쪽 목에서 벼가, 양쪽 귀에서는 조가, 코에서는 작은 콩이, 음부에서는 보리가, 항문에서는 큰 콩이 나서 이것이 이 모든 것들의 종자가 되었다.

　　한편 『고사기』의 신들의 시대는 일면으로 보면 황실 이하 여러 귀족들의 성씨의 뿌리에 대한 기원을 설명하고 있다고 할 수 있다. 그러므로 혼인 설화가 많고, 여기에 부수적으로 성적인 서술이 있다. 이에 우리로 하여금 고인의 간소한 태도를 엿보게 한다. 그러나 그것들을 일일이 나열할 겨를이 없으니, 곧바로 음부를 들추어 말한 사례를 살펴본다.

　　덴무 천황이 이미 천하를 평정하고 대위에 오르시매, 왕비가 될 미인을 구하는데, 오오쿠메(大久光)가 여쭙기를, 여기 신의 딸이라는 처녀가 있다고 하였다. 그녀는 미시마노미조쿠이(三島溝咋)의 딸 세야다타라히메(勢夜陀多良比賣)였는데, 그녀가 신의 딸인 이유는 다음과 같다. 그녀의 어여쁨을 보고 오오모노누시노카미(大物王神)이 사랑하여, 그 미인이 뒷간으로 들어갔을 때 붉은 황토 흙을 바른 화살(丹塗矢; ニヌリヤ)로 변신하여 뒷간 밑에서 그 미인의 음부를 쿡 찔렀다. 미인은 대경실색하여 얼른 일어나 그 화살을 뽑고 가져다가 머리맡에 두었는데, 화살은 곧

장부가 되었고 그 미인과 혼인하여 딸을 낳았다. 딸의 이름을 히메타타라이스케요리히메(富登多多良伊邪須岐比賣)라고 하니, 이 까닭에 신의 딸이라 한다.

이와 같은 대목은 전체적으로 특별히 노골적인 성적 서술이다. 그 이름에서부터 '호토타타라이즈케요리히메(ホトタタライスケヨリヒメ)'는 음부를 찔리고 놀라서 발동한 색시를 뜻한다. 뒤에 '히메타타라(ヒメタタラ)'로 고쳤다는 것은 호토(ホト)란 말을 후대 세대의 사람들이 싫어하여 떼어낸 것이라 한다. 이 색시가 『일본서기』에는 히메타타라이스즈히메(媛蹈韛五十鈴比賣)라 하여 덴무 천황의 정실부인으로 나온다. 이 혼인이 일본 개국의 전제인 이른바 천손(天孫) 계통과 이즈모(出雲) 계통의 융합을 보이는 중요 사실이었다.

또 일본 땅에 있는 한인(韓人)의 세력을 말하는 천일모(天日矛)의 전(傳)에는, "신라에 아구노마(阿具奴摩)라는 늪이 있는데, 이 늪가에서 신분이 천한 여인가 낮잠을 잘 때, 햇살이 무지개처럼 그 호토(ホト) 즉 음부를 가리켰다. 또 다른 신분이 천한 남자가 이것을 보고는 이상하게 생각하여, 늘 그 여인의 뒤를 밟았다."고 한다.

이렇게 출신 혈통의 출처를 말할 때 등장하는 구멍을 들추어내지 않는 게 없는 점에서 옛 사람들의 정직함을 보게 된다고 할 수 있다. 햇빛에 감응했던 그 여인이 곧 잉태하여 붉은 구슬을 낳고 이 구슬이 변하여 색시가 되었는데 천일모(天日矛)가 그 색시에게 장가들어 함께 일본으로 건너가니, 이로써 신라 이주민들의 우두머리가 되었다는 내용이 그 아래쪽 문장에 적혀 있다.

또 호토타타라이즈즈키히메(ホトタタライススキヒメ)라 하여 귀한 인물의 이름에도 버젓이 내세우는 것처럼, 천자(天子)의 무덤 소재지를 음부의 이름으로 지은 예도 있다. 시키쓰히코다마데미(師木津日子玉手見; シキツヒユタマデミ)이라 하여 훗날 안네이 천황(安寧天皇)이라고 일컬어지는 어른의 무덤이 우네비야마(畝火山: ウネビヤマ)의 미호토(美富登: ミホト)에 있다는 식의 예가 그것이다. 『일본서기』에는 '우네비야마미나미노미호토노이노에노미사자키(畝傍山南御陰井上陵: ウネビヤマナミノミホトノヰノヘノミサザキ)'라 적어서, 지금의 야마토국(大和國) 다카이치군(高市郡) 시로가시와촌(白橿村) 오오아자요시다(大字吉田)에 '어음정(御陰井)'이라 하는 지명이 그대로 남아 있다.

이렇게 『고사기』에는 신들이 통치하던 시대의 성적 교합을 전하여 지극히 솔직한 대목이 많고, 또 생식기 및 그 작용을 비유적으로 표상한 것도 적지 않다. 『고사기』가 아닌 다른 일본의 고전, 이를테면 『풍토기(風土記)』나 『만엽집(萬葉集)』 같은 것 중에도 성애(性愛)에 관한 소박한 문자가 자못 적지 않다.

어떠한 민족에서도 성애의 사실은 옛날에 꺼리거나 숨기는 것이 아니었다. 더욱이 일본으로 말하면 고신도(古神道)의 근본 관념에 낳고 또 낳는 생생의 즐거움이 핵심으로 있는 만큼, 생식에 관한 일은 도리어 그것을 빛내 드러내려는 자취가 보인다. 고신도의 구성 요소가 이러함을 보아 오늘날 일본의 신사(神社)나 진제례(眞祭禮) 중에 성애적 표상이 특별히 많은 이유와 유래를 알 수 있을 것이다.

해제

    최남선(1890-1957)의 생애는 그 자체로 한국 근대 전환기의 전시기를 관통한다. 더욱이 그는 10대 후반 저술 활동을 시작한 이후 68세로 삶을 마감할 때까지 거의 한 순간도 저술 활동을 멈추지 않았던, 근대화와 글쓰기 사이의 상관 관계를 가늠해 볼 수 있는 특별한 인물이기도 하다. 잘 알려져 있듯 최남선의 일생은 크게 잡지와 신문 출판 등 매체 활동을 통한 계몽운동가로서의 문필 활동과 역사 및 신화 연구가로서의 학문 연구 활동으로 나누어 볼 수 있다. 하지만 이들 각각의 활동들은 또한 상호적이고 중층적이다. 그런 의미에서 이 책이 최남선의 '문학론'이라고 분류되어 있긴 하지만, 본질적으로 이 글들은 최남선의 글쓰기를 분과 학문의 영역으로 고립시키지 않는 특수한 배경 위에서 이해되어야 할 것이다.

    사실 한국 근대 문학에 대한 이해는 이러한 몇 개의 전제들과 불가피한 대결 관계에 놓인다는 것을 의미한다. 그 불화의 원천은 대부분 자명한 것처럼 보이는 '한국 근대 문학'이라는 용어로부터 나온다. 간단히 말해 한국 근대 문학은 한국이라는 국민 국가(nation-state)의 문학을 뜻한다. 그런데 이때 문학은 엄밀히 말해 18세기 이후 서양에서 성립된 '리터래처(literature)'이다. 요컨대 선험적(?)인 것으로서의 네이션(한국, 민족)이라는 가치와 역사적인 것으로서의 문학의 만남인 셈. 그러므로 한국 문학을 연구한다는 말은 생각만큼 보편타당한 것이라고 보기 어렵다. 게다가 네이션으로서의 민족 또한 '상상의 공동체'에 지나지 않는다.

최남선은 1900년대 후반 이후 『소년』과 『청춘』 등 이 땅에서의 잡지 출간을 주도했다. 최남선은 『소년』을 통해 새로운 시 형식(新詩)을 선보인다든가 혹은 톨스토이나 다니엘 디포 같은 서양 근대 문학 작품들을 소개하는 등 동시기 다른 누구보다 새로운 문학 수용에 선구적이었다. 『소년』과 『청춘』에는 당시 최고의 인기 장르였던 신소설이 한 번도 실리지 않은 대신 『청춘』에서는 특정한 글쓰기의 형식을 통해 독자들의 작품을 공개 모집하기도 했다. 오늘날 문예지들이 신인 작가를 발굴 · 추천하는 식의 공식적인 투고의 장도 마련되어 있었다. 하지만 최남선은 몇 편의 시와 산문 그리고 몇 개의 외국 소설을 번역했지만 문학인 행세를 하지는 않았다. 최남선의 이러한 태도는 1910년대뿐만 아니라 그의 일생을 통해 일관되게 유지된다. 최남선에게 문학은 처음부터 그 자신이 추구하는 본령의 가치는 아니었던 것이다.

그렇기 때문에 최남선의 '문학론'은 단지 '리터래쳐=문학'으로서의 문학적 논설들이 아니다. 예를 들어 문학사의 영역에서 논의할 때 최남선의 「조선 국민 문학으로서의 시조」라는 글의 의의는 무엇일까. 이를 단순히 산문에 대한 운문으로서의 시가, 그 중에서도 시조의 의의를 밝힌 글이라고 보는 것은, 물론 얼마든지 가능하고 일견 타당한 논의이긴 하지만, 적어도 최남선의 글쓰기 혹은 한국 근대의 전개 양상의 특수성을 희석시킨다.

최남선은 시조를 문학 즉 세계 문학과의 관계 속에서 조망한다. 시조는 세계 최고의 문학은 아니다. 하지만 적어도 시조는 세계 문학의 논의 장 속에서 이야기할 수 있다. 왜냐하면 시조는 조선에서 구조 · 음절 · 단락 · 체제의 정형을 갖는 성형 문학이기 때문이다. 시조는 그 자체로 최고 문학이어서가 아니라 세계성 즉 문학이라는 근대적 보편성을 갖춘 문학이기 때문에 조선의 국민 문학이 될 수밖에 없다는 것이다. 문학이라는 근대적 보편성을 갖추고 있다는 사실, 이 말은 시조가 갖는 문학적 의의를 지적한 말이지만, 동시에 한국의 근대성에 관한 문제 제기이기도 했던 것이다.

최남선이 처음 저술 활동을 시작하던 무렵에는 아직 이 땅에 문학이라는 영토가 분화되어 있지 않았다. 또한 그 자신도 고백했듯, 그는 천품이 시인은 아니었다. 그러던 그가 어느 날 갑자기 시조론을 들고 문단에 나타났다. 1920년대 중반은 이미 이 땅에서 문학이 고유한 영역을 확정한 시기였다. 근대 문학의 적자인 소설 분야에선 이광수 · 김동인 · 염상섭 등이 왕성한 활동을 벌이고 있었고, 시 분야에선 자유시 의식에 기반한 근대 시인으로서의 김소월 · 한용운 등이 등장한 이후였다. 이런 와중에 문학 활동에 꾸준히 가담했던 인물도 아니고 스스로 문학인의 자의식도 갖고 있지 않았던 최남선이 문학론을, 더욱이 소설이나 근대시가 아닌 시조 관련 글을 발표한 것이다.

그런데 돌이켜보면 최남선의 일생에는 이렇듯 방향 착오적인 것으로 보이는 행위들이 종종 반복되곤 했다. 때론 모순처럼 보이는 두 개의 극단이 곧잘 뒤섞인 채 공존하는 것처럼 보이기도 한다. 예컨대 최남선은 근대 계몽기를 이끌었던 계몽주의자이자 합리주의자였음에도 불구하고 조선심 · 단군주의 등을 주장하는 낭만적이고 신화성 짙은 역사학자였다는 사실, 조선 독립 운동의 선언서를 집필한 골수 민족주의자이면서 다른 한편에선 현실 타협적인 문화주의를 외친 민족의 배반자로 기억된다는 사실 등이 그렇다. 문체의 측면에서도 최남선은 1900년대 후반 이미 국문체 글쓰기를 월등한 수준에서 선취한 인물이었다. 하지만 그는 사실상 국문체가 대세였던 1920년대 이후에도 꾸준히 한문식 국문체를 고집했다. 이런 사실들은 단지 최남선 개인의 시대착오적인 감각 혹은 불완전함 때문이었을까.

최남선은 19세기 말부터 20세기 중반까지 한국 근현대가 지나온 모든 격변의 시간을 살았다. 그리고 그 속에서 글쓰기를 시작한 이후 단 한 번도 저술 활동을 멈춘 적이 없다. 아직 미분화되고 미확정적인 순간에도 그의 글쓰기는 쉬지 않고 언제나 작동했고 또 무언가를 욕망하고 있었던 셈. 이 과정에서 그의 글쓰기는 때론 문학과 만나고 때론 다른 무엇과 만났다. 이 부분은 조금 강조될 필요가 있다. 요컨대 문학이나 다른 무엇으로 분화되고 획정된 경계의 감각으로 그의 시대와 글쓰기를 재단하는 건 자칫 본말을 전도시킨 채 공리공담이 될 공산이 크기 때문이다. 그보다는 먼저 최남선이라는 글쓰기-기계가 어떻게 작동했는지, 그 작동 과정에서 어떤 효과들을 생산했는지를 살펴보는 작업이 필요하다.

본 책에 묶인 7편의 글이 이러한 최남선의 글쓰기, 특히 문학 관련한 글쓰기를 총체적으로 조감할 수 있는 최선이자 최적의 선택인가에 대해서는 이견이 있을 수 있을 것이다. 그러기엔 최남선의 글쓰기는 훨씬 더 다양하고 광대하다. 다만 조선 문학의 뿌리를 일본의 고대 신화와 가요 등을 통해 비교하거나, 민요를 분석하고, 조선의 가정 문학을 집중해내려는 그의 시도가 갖는 역사성은 팩트(fact)와 가치 판단의 옳고 그름 이전에 근대화와 문학 논의 사이의 깊은 상관 관계를 시사한다.

최남선의 글쓰기는 한국 근대화 과정을 이해하는 중요한 단초다. 여기에는 문학을 포함한 근대의 많은 인식들이 새롭게 만들어지고 분화되고 사멸되어 가는 과정이 포함되어 있을 뿐 아니라 최남선 개인 혹은 식민지 지식인의 분열적 욕망에 관한 기본 형식들까지 내재되어 있다. 이는 '최남선'이라는 이름이 여전히 한국의 근대화 및 한국 근대 담론의 인식론적 배치를 설명하는 문제적 성격이 되는 이유이기도 하다.

실제 윤문 작업은 생각보다 쉽지 않았다. 글들 속에서 일본과 중국의 고대 가요 및 신화(역사) 등을 마구 넘나드는 최남선 특유의 박람강기에 길을 잃는 것조차 천학의 윤문자에겐 어려운 일이었다. 백 년 전 근대 계몽기의 언어에는 조금 단련이 되었다는 착각이 깨지는 데는 많은 시간이 필요치 않았다. 눈으로 이해할 수 있는 것과 실제로 문장을 풀어 나와 동시대인들에게 읽을 수 있는 문장으로 만드는 일은 또 다른 차원의 일이었다.

아울러 독특한 스타일이 있는 최남선 특유의 문체를 최대한 살려야 한다는 점도 부담이었다. 결과는 어느 한쪽도 만족스럽지 못했다는 것을 고백해야겠다. 초벌 윤문 때 붙였던 주석들은 상당 부분 교정을 통해 제거했다. 때론 과감하게 문장 자체의 뼈대까지를 뒤틀어야 했지만, 때론 매끄럽지 않은 문장과 사전을 찾아봐야 하는 낯선 단어들도 그냥 놔두었다. 윤문이라는 게 어떻게 해도 읽는 분들께는 부족할 수밖에 없을 작업일 테지만, 그 울퉁불퉁함과 균제되지 않음을 통해 조금이라도 윤문의 가공된 느낌을 덜고 싶었기 때문이었다.

실로 한 권의 책이 만들어지기까지에는 보이지 않는 많은 분들의 도움이 절대적이다. 일일이 인사를 드리지 못해 송구하지만, 마음으로 크게 감사드리고 싶다. 그분들께 누가 되지 않기 위해서라도, 대책 없는 오류는 없었으면 좋겠다.

최남선 한국학 총서를 내기까지

　현대 한국학의 기틀을 마련한 육당 최남선의 방대한 저술은 우리의 소중한 자산이다. 그러나 세월이 상당히 흐른 지금은 최남선의 글을 찾아보는 것도 읽어내는 것도 어려워졌다. 난해한 국한문 혼용체로 쓰여진 그의 글을 현대문으로 다듬어 널리 읽히게 한다면 묻혀 있던 근대 한국학의 콘텐츠를 되살려 현대 한국학의 발전에 기여할 것이었다.

　이러한 취지에 공감하는 연구자들이 2011년 5월부터 총서 출간을 기획했고, 7월에는 출간 자료 선별을 위한 기초 작업을 하고 해당 분야 전공자들로 폭넓게 작업자를 구성했다. 본 총서에 실린 저작물은 최남선 학문과 사상에서의 의의와 그 영향을 기준으로 선별되었고 그의 전체 저작물 중 5분의 1 정도로 추산된다.

　2011년 9월부터 윤문 작업을 시작했고, 각 작업자의 윤문 샘플을 모아 여러 차례 회의를 통해 윤문 수위를 조율했다. 본격적인 작업이 시작된 지 1년 후인 2012년 9월부터 윤문 초고들이 들어오기 시작했고 이를 모아 다시 조율 과정을 거쳤다. 2013년 9월에 2년여에 걸친 총 23책의 윤문을 마무리했다.

　처음부터 쉽지 않은 작업이리라 예상했지만 실제로 많은 고충을 겪어야 했다. 무엇보다 동서고금을 넘나드는 그의 박학함을 따라가는 것이 쉽지 않았다. 현대 학문 분과에 익숙한 우리는 모든 인문학을 망라한 그 지식의 방대함과 깊이, 특히 수도 없이 쏟아지는 인용 사료들에 숨이 턱턱 막히곤 했다.

최남선의 글을 현대문으로 바꾸는 것도 쉽지 않았다. 국한문 혼용체 특유의 만연체는 단문에 익숙한 오늘날 독자들에게는 익숙하지 않았다. 그렇다고 문장을 인위적으로 끊게 되면 저자 본래의 논지를 흐릴 가능성이 있었다. 원문을 충분히 숙지하고 기술상 난해한 부분에 대해서는 수차의 토의를 거쳐 저자의 논지를 쉽게 풀어내기 위해 고심했다.

많은 난관에 부딪쳤고 한계도 절감했지만, 그래도 몇 가지 점에서는 이 총서의 의의를 자신할 수 있다. 무엇보다 전문 연구자의 손을 거쳐 전문성을 확보했다는 것이다. 특히 최남선의 논설들을 현대 학문의 주제로 분류 구성한 것은 그의 학문을 재조명하는 데 도움이 될 것으로 본다. 또한 이 총서는 개별 단행본으로 구성되었다는 것이다. 총서 형태의 시리즈물이어도 단행본으로서의 독립성을 유지하여 보급이 용이하도록 했다. 우리들의 노력이 결실을 맺어 이 총서가 널리 읽히고 새로운 독자층을 형성하게 된다면 더 바랄 나위가 없겠다.

2013년 10월
옮긴이 일동

문성환

인천대학교 국어국문학과 졸업
인천대학교 대학원 국어국문학과 졸업(문학박사)
현 남산강학원 연구원

• 주요 논저
『최남선의 에크리튀르와 근대 · 언어 · 민족』(2008)
『전습록, 앎은 삶이다』(2012)
『고전톡톡』(공저, 2011)
『인물톡톡』(공저, 2012)
『〈소년〉과 〈청춘〉의 창』(공저, 2007)

최남선 한국학 총서 13

문학론

초판 인쇄 : 2013년 12월 25일
초판 발행 : 2013년 12월 30일

지은이 : 최남선
옮긴이 : 문성환
펴낸이 : 한정희
펴낸곳 : 경인문화사
주   소 : 서울특별시 마포구 마포동 324-3
전   화 : 02-718-4831~2
팩   스 : 02-703-9711
이메일 : kyunginp@chol.com
홈페이지 : http://kyungin.mkstudy.com

값 12,000원
ISBN 978-89-499-0980-6 93810
ⓒ 2013, Kyung-in Publishing Co, Printed in Korea